U0609417

麒麟玉佩

李伟东／著

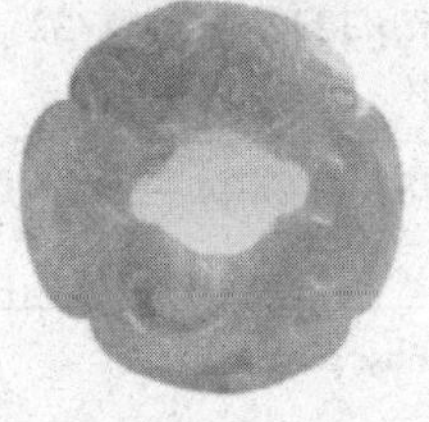

群众出版社・北京

图书在版编目（CIP）数据

麒麟玉佩/李伟东著．—北京：群众出版社，2017.3

ISBN 978－7－5014－5642－0

Ⅰ.①麒…　Ⅱ.①李…　Ⅲ.①短篇小说—小说集—中国—当代

Ⅳ.①I247.7

中国版本图书馆CIP数据核字（2017）第039307号

麒麟玉佩

李伟东　著

出版发行：群众出版社

地　　址：北京市丰台区方庄芳星园三区15号楼

邮政编码：100078

经　　销：新华书店

印　　刷：北京普瑞德印刷厂

版　　次：2017年4月第1版

印　　次：2017年4月第1次

印　　张：8.5

开　　本：880毫米×1230毫米　1/32

字　　数：220千字

书　　号：ISBN 978－7－5014－5642－0

定　　价：30.00元

网　　址：www.qzcbs.com

电子邮箱：qzcbs@sohu.com

营销中心电话：010－83903254

读者服务部电话（门市）：010－83903257

警官读者俱乐部电话（网购、邮购）：010－83903253

文艺分社电话：010－83903973

目录

麒麟玉佩

一

海城市劳改农场印发的一份协查通报摆放在海城市公安局刑警支队大案队队长钟雪松办公桌上，这份协查通报，他认真仔细地看了一遍。

柯春宇，男，28岁，海城人，一年前因故意伤害罪被判处有期徒刑15年，2006年10月20日，在西山劳改农场利用外出劳动之机杀害一名管教干部，抢走一支54式手枪，子弹10发，越狱潜逃。

钟雪松仔细端详着通报上的照片。柯春宇目露凶光，嘴角挂着一丝冷冰冰的笑，肥胖的脸上流露出一副桀骜不驯的样子。

富有多年刑侦工作经验的钟雪松意识到，这是一颗难以铲除的社会毒瘤，耳边又响起了丁支队长的话：钟雪松，你现在放下手里所有的工作，集中精力上这个案子，绝不能让他逍遥法外，继续危害社会。我希望你在近期内给我一个满意的答复……

钟雪松今年 28 岁，身材适中，体格健壮，是一位有着高度责任感和事业心的青年刑警，他的脸部线条分明，鼻子、嘴角、额头有着雕塑般的凝重，他那双明眸闪烁着逼人的光芒。

他点燃了一支香烟，通过观察照片，他已经把柯春宇的面貌特征牢牢地记在脑海里。他感到，肩上担负着党和人民的重托，人民警察的誓言在他耳边回荡着，渐渐地，他的内心深处升起了一股高昂的斗志，浑身热血沸腾……

他拿起桌上的电话，把大案队的几位精干刑警召集到办公室。女刑警梅婷和刑警于谷雨、苏建武纷纷推门而入，他们见队长一脸严峻，知道又发生了大案子。

钟雪松拿起桌上的协查通报，递给了坐在他身边的刑警梅婷："我们有活干了。照片上的人杀害了一名管教干部，还抢走一支 54 式手枪，这给我们的抓捕带来了一定的难度和危险。他是海城人，梅婷，你去支队情报资料室查一下有关他的详细资料，他是因故意伤害罪被捕入狱的。"

梅婷接过协查通报，看了一眼照片上的人："啊，长得够凶的！眼神像狼一样！"

钟雪松柔和的目光中透露着一种威严和刚毅，他语气坚定地说："既然说他是狼，我们就把这次行动叫作'猎狼行动'！"

梅婷赞赏地说："我们一定要为我们的同志报仇雪恨！"说完，她脚步匆匆地离开了大案队办公室。

钟雪松拿起桌上的一盒香烟，递给于谷雨和苏建武："这是我的朋友从新加坡带回来的，你们尝尝。"

于谷雨接过包装精美、闪着亮光的香烟盒。“看包装还算精致!”他一边说着，一边撕开烟盒。他们三人分别点燃了香烟……

于谷雨抽了几口，摇头道:“很一般，还是国产烟味道好!”

钟雪松轻轻点头，表示认同于谷雨的说法:“你们手头还有什么案子吗?”

苏建武和于谷雨相互对视了一眼。苏建武说:“还有一起盗车案没有结案，三名主要犯罪嫌疑人还在潜逃，我们已经发出了通缉令!”

钟雪松语气严厉地说:“盗车案移交给二队，我们现在全力以赴上这个案子，这是丁支队下达的硬任务!近期内，将这只狼擒获!”他刚说到这里，房门开了，梅婷手里拿着一沓A4纸走了进来。

于谷雨迫不及待地问:“怎么样，查到他的情况了吗?”

梅婷微微颔首:“资料室里有他的详细情况，我复印了一份。”她把手里的纸递给了钟队长。

钟队长认真仔细地看着，眉头紧锁。

去年8月16日晚上9点钟，柯春宇和女友顾雨薇在天雨夜总会观赏歌舞表演时，他们邻桌的一位醉酒的客人，将杯里的啤酒洒在顾雨薇的身上，不但不道歉还借着酒劲对顾雨薇恶语相加，触摸顾雨薇的乳房，似乎没有把坐在一旁的柯春宇放在眼里。怒火万丈的柯春宇怪叫着扑了上去，三拳两脚就把醉鬼打倒在地，并朝醉鬼的头部、小腹和软肋猛踢，致使醉鬼的肋骨折了6根，颅内出血，当即昏迷……

有人报了警，110的巡警赶到了现场，柯春宇用椅子腿将其中一位巡警的手臂打伤，被戴上手铐后仍对身边的巡警破口大骂。那个调戏顾雨薇的醉鬼，经医生奋力抢救才把他从死亡的边缘线上拉了回来，但落下了头疼头昏的后遗症。柯春宇被判处有期徒刑15年。

柯春宇今年28岁，居住在海城市建设大街17号拥军胡同。母亲在他5岁时因病离世，他父亲是市第一纺织厂保卫干事，妻子病故后，一直未再娶。20年前的秋天的一个夜晚，他在厂里值班，由于天气寒冷在值班室里喝了一斤白酒，喝醉后，他呼呼大睡，被窃贼钻了空子，致使仓库里的贵重物品全部被盗。他辞职后在火车站靠蹬三轮车为生。他为柯春宇付出了很多，百般溺爱，万分宠爱，还请民间武林高手教柯春宇少林拳，没想到儿子用所学的武艺伤害他人，被判刑入狱。

钟雪松翻阅完柯春宇的相关资料后，随后便讲述给于谷雨和苏建武。两位刑警认为，柯性情急躁，做事不计后果。

钟队长把资料放在办公桌上："支队领导对缉捕柯春宇的工作非常重视。我们现在兵分两路，我和梅婷去柯春宇的家中，和他父亲接触一下，看能否从中发现他的线索或相关踪迹；于子和建武查访顾雨薇，她可是柯春宇一案的重大知情人。"

钟队长和梅婷赶到了建设大街。建设大街居委会主任早已接到派出所的通知，派了一位精明干练、富有工作经验的大妈以收卫生费的名义去柯春宇家查验了一番，但大妈并没有发现柯春宇家中有什么异常。他家临街，他父亲柯祥自儿子出事后，已经不在火车站蹬三轮车了，在街边摆了一个烟摊，早晚卖一些茶叶蛋，以维持生计。

钟队长和梅婷远远地站在街角，望着瑟瑟秋风中的老人，心里有股难言的酸楚……

钟队长和劳改农场的几位同志对柯春宇的住宅以及他所居住的这条小巷都进行了秘密监控，但直到傍晚时分仍然没有发现柯春宇的踪影。

钟雪松意识到，蹲坑守候这种老办法不会起到太大的作用，柯春宇是一只惊弓之鸟，不会轻易在老宅附近露面。钟雪松决定和柯春宇的父亲正面接触一下，也许能发现一些线索。

随着夜幕的降临，钟雪松和梅婷出现在老人的烟摊前。钟队长向老人出示了警察证。老人抬起浑浊的双眼，仔细地看了一遍警察证，神情漠然地注视着眼前的两位刑警。

钟雪松言简意赅地说明了来意。

“怎么？他又出事了？”老人眼里有亮晶晶的液体在闪动。

“他跑了出来，还杀了人！”钟雪松实言相告。

“……”老人手里的烟盒落到地上，他浑身颤抖，说不出话来。

梅婷急忙从地上给老人拾起烟盒。老人双手抖动着打开了烟盒，取出一支香烟，请钟雪松吸。

钟雪松摆摆手，表示不吸烟。

老人看着街面上不断走过的行人，张了张嘴，不知如何是好。沉吟片刻，他轻叹了口气：“两位警官，到寒舍一坐。站在门外说话多有不便，屋里请。”

钟雪松和梅婷跟随着老人穿过院门，走进了幽静的小院。

老人步履零乱地紧走了几步，推开了紧闭的屋门。屋里黑黢黢的，散发着一股潮湿的气味儿。老人随手打开了灯。钟雪松借助昏暗的灯光，观察着屋里的摆设。物品和家具非常简单，不难看出老人的生活非常清贫。

老人从里间屋给两位刑警搬来了两把凳子，用衣服袖子轻轻地擦拭着凳子上面的灰尘。进屋以后，钟雪松发现，老人的举止非常沉稳，没有了先前的慌乱。

钟雪松不想耽误老人太多的时间，直截了当地说明了来意。柯祥面无表情地听着钟雪松的讲述，心情变得格外沉重。钟队长讲述完柯春宇犯下命案并畏罪潜逃的犯罪事实后，空气仿佛停止了流动，房间里出现了短暂的沉寂……

柯祥此时显得特别平静："孽子这次犯下的是死罪。养不教，父之过！现在我感到无比悔恨啊！我年轻时干过保卫工作，当过工人纠察队队长，知道党和政府的政策，一有他的消息，我马上告诉你们，让他认罪伏法！"

钟雪松从柯祥的话语中感觉出，他对儿子犯下的罪行极为愤慨，并对儿子彻底失去了信心，没有必要再和柯祥讲政策了。

二

瑟瑟秋风席卷了华北大地。

午夜时分，长虹路附近的大街小巷，沉浸在一片寂静之中，只有那冷冷的秋风夹杂着落叶发出的唰唰声，白天拥挤不堪的街道此时却显得特别空旷……

东城区公安分局刑警队侦查员王海涛骑着一辆破旧的自行车，拖着长长的影子，在一条寂静的小巷里独行……

老王因在队里处理一些日常事务，耽误了下班时间。深更半夜回家，对干了多年刑警的老王来说，简直就是家常便饭。他在刑警队有自己的宿舍，但宿舍再好也没有自己的家温暖啊！老王的家离分局并不太远，骑自行车也就十几分钟的路程。老王没有走大路，他选择了一条僻静的小巷，走这条小巷能缩短一半路程。

突然，一声清脆的枪响划破了寂静的夜空，老王左臂中弹，应声倒地。

枪声来自一棵粗大的梧桐树下面，一个粗壮的黑影朝老王射出了罪恶的子弹。

干了多年刑警的老王在翻身倒地的那一瞬间意识到，这是一支54式手枪射出的子弹，他动作极快地翻滚着，躲到人行便道上的一棵梧桐树后面。“砰”，又是一声沉闷的枪响，子弹打在梧桐树上。

老王的左臂火辣辣地疼痛，殷红的鲜血从伤口汩汩涌出。他用右手捂着伤口，趴在梧桐树后面，一动不动。

老王与持枪的黑影相距只有20余米，他睁大眼睛注视着马路对面的情况，判断着枪响的方向。借助月光，他逐渐地看清了，一棵梧桐树后面蹲着一个身材粗壮的大汉。两声枪响之后，周围陷入了死一般的寂静，马路对面的几棵梧桐树后面并没有可疑的人影，小巷的两头也没有什么异常。老王立即分析出，袭击他的歹徒只有一人。

老王咬紧牙关，下意识地用右手摸了摸腰间，腰部空荡荡的，他没有携带配发的64式手枪。最近，上级机关正在进行枪支大检查，分局刑警队所有刑警配发的枪支一律交由上级机关检查。此时，他目不转睛地注视着前方，脑海里飞速思考着对付歹徒的办法。歹徒开了两枪之后，并没有贸然进攻，似乎也有顾虑，以为老王也有枪。他躲在大树后面，仔细观察着老王这边的动静。他见老王趴在梧桐树后面纹丝不动，以为老王中了一枪，不是丧失了反抗的能力，就是没有携带手枪。

歹徒四下张望着，见周围异常平静，离小巷不远的大街上也没有汽车的响动声，胆子似乎大了起来。他猫着腰，低着头，朝老王逼进，一步、两步、三步……虽然有20余米的距离，但是老王逐渐感受到了死亡的气息——听到歹徒粗重的喘息声。在月光下，老王看清了歹徒的相貌，认出是他亲手处理过的不法之徒，但想不起来歹徒叫什么名字……

绝不能坐以待毙，一定要与歹徒做最后的一搏！老王四下一摸，梧桐树下面散落着几块半截砖头，他顺手抓在手里，随后不顾伤口的流血和疼痛，一跃而起，朝逼来的歹徒头部投掷了两块砖头，一块砸中了歹徒的头部，另一块砸中了歹徒持枪的右手腕。歹徒被突然飞来的砖头砸倒在地，手里的枪也掉到了地上。他感到一股热流顺着头顶往下流，他摸了一下，看清楚是殷红的鲜血。看清击倒他的是两块砖头时，他有些恼羞成怒。可是，就在他略微迟疑的那一瞬间，老王手脚并用爬到了树中间，双手紧紧地抓着一根结实的树枝，身体晃动了一下，借助身体的惯性，灵活地跃到小巷旁边的墙头上，在墙头上晃动了几下便不见了。

歹徒眼睁睁地看着老王从自己的视线里消失，感到万分懊恼，他不顾伤口的疼痛，拾起掉在地上的手枪，正要追赶老王时，忽然听到小巷口传来一阵汽车的刹车声。一阵急促的脚步声从巷口传来，一支精干的巡逻队听到了枪响，循着枪声查到了这条小巷。

这支队伍是区分局巡警队，他们装备精良，快速反应能力强，具有一定的实战经验。他们头戴钢盔，手持微型冲锋枪，朝这里迅速包抄……

歹徒看到巡警们手中亮光闪闪的微型冲锋枪，知道自己不是对手，如果发生枪战，自己肯定会被打成马蜂窝。他把手枪插回腰间，学着老王的样子，爬到一棵树上，借助树枝跳到了墙头上，然后消失得无影无踪……

区分局刑警队值班刑警接到王海涛的报警后，立即派出队里值班的所有刑警，迅速赶到现场，增援受伤的老王。

永乐巷的巷口停满了警车，巡警队的巡警在现场附近展开了细致的搜索，刑警队值班的法医在警车里给老王的伤口进行了清洗、包扎。幸好没有伤到筋骨，只是皮外伤，因为失血过多，老王的脸色显得特别苍白。持枪歹徒的相貌特征已深深地印在他的脑海里，干了多年刑警的老王认为，这是一起有预谋的袭击事件，这个歹徒一定受过公安机关的打击和处理。从事警察工作以来，老王亲手处理的不法之徒数以千计，他打开了记忆的长河，仔细地回想着，猛然间，一个名字在老王的脑海里闪过：袭击他的歹徒是柯春宇。柯春宇曾因在天雨夜总会故意行凶伤人被抓，被押到区分局刑警队后气焰依旧非常嚣张。老王狠狠地踹了柯春雨两脚，柯春宇被老王威严的气势震住了，心里对老王充满了仇恨，扬言要杀死老王。

当时老王对柯春宇的威胁只是一笑了之，作为刑警，经常面对穷凶极恶的暴徒，时常受到这类威胁，他根本不为所动。

王海涛对坐在他身边照顾他的刑警说出了柯春宇的名字后，这位刑警惊叹地说：“下午，我在值班室看到一份协查通报，柯春宇越狱潜逃，还杀死了一位管教干部。队长让我把这份通报下发到分局各派出所。他怎么会这么快对你下手?”

王海涛点燃了一支香烟：“当年，他行凶伤人后，我经手了这起案子。当时，他认罪态度不好，我忍不住踹了他两脚。在法院宣判前，我一直与他接触着，用野兽形容这小子都不为过。那时，他心里很可能埋下了仇恨的种子。”

刑警听老王这么一说，猛然间想起了什么：“这起越狱杀人案，局里非常重视，追捕工作由市局刑警支队大案队队长钟雪松负责，我们应该马上把这个消息告诉钟队长。”

老王取出手机，拨通了钟雪松的电话。虽然是深夜，但是刑警的工作是没有时间限制的，大案队队长的手机24小时开机。话筒里传出钟雪松的声音，老王把刚才发生的袭击事件详细地讲述了一遍……

钟雪松心头燃起了一团怒火：这个家伙确实是亡命徒，如果不将他尽快抓捕归案，说不定他会在海城掀起什么风浪。想到这里，他关切地询问：“老王，你现在伤势如何?”

老王颇不以为然，轻松地说：“我只是受了点儿皮外伤，并无大碍。”

“那就好，我马上带人过去!”钟雪松果断地说。

钟雪松带领队里的几位精干刑警火速赶到了现场。老王因流血过多，身体有些虚脱。钟队长紧紧地握着王海涛的手，宽慰了他几句。当钟队长得知柯春宇的头部被老王投掷的砖头击中时，他快步走到小巷的路中央，观察着地上的血迹和两块砖头，迅速作出了判断。他看了一眼手表，心想，袭击事件已过去一个多小时，柯春宇头部受伤，逃离现场后，一定会到医院或个体诊所去包扎，应布置警力对全市所有医疗场所进行搜查。

钟雪松简明扼要地向现场的刑警和巡警布置着搜查工作。

现场的十余辆警车相继离去后，钟雪松坐在王海涛身边说："老王，我现在送你去医院休整几天，全面检查一下身体，追捕柯春宇的工作由我们去做。没有想到柯春宇会对你下毒手！"

老王深感遗憾地说："我没带枪，要不然，他跑不掉！"

坐在助手座的于谷雨颇有感触："幸亏你投掷的那块砖头砸中了他的脑袋，不然，后果不堪设想啊！"

钟雪松轻轻地拍了拍于谷雨的肩膀，示意他不要再多说了。他知道，老王是身经百战的老刑警，有丰富的对敌经验，如果今天晚上老王携带枪支，柯春宇一定会束手就擒。"老王，我始终有一个疑问：柯春宇在夜总会连伤数人，为什么还对出现场的巡警大打出手呢？你认为，他真是在酗酒滋事吗？"

老王眨了一下眼睛，似乎在回忆当时的情景……

"他在夜总会喝了多少酒？喝的是什么酒？你作了调查吗？"钟雪松问。

老王轻轻地抚摸着自己的脑门儿："柯春宇供述，他在夜总会一共喝了两瓶啤酒。"

"两瓶啤酒就会使他犯下如此暴行吗？"钟雪松深感不解。

"也许，他太喜爱自己的情人顾雨薇了。"于谷雨分析着。

“你对他作过酒精检测或者尿液检测吗?”钟雪松继续问。

老王略微思索了一下，恍然大悟：“你的意思是他服用了兴奋剂或者毒品之类的违禁品?”

钟雪松不置可否，接着提出了第二个疑问：“天雨夜总会的老板黄天浩在海城黑道上是位赫赫有名的人物，夜总会雇的保安全是刑满释放人员，手狠心毒，他们怎么会对柯春宇的暴行置若罔闻呢?所有的保安一起上，柯春宇的小命早就玩完了。”

老王的眼睛里闪过一丝亮光：“这里也许隐匿着什么秘密?”

三

在一个阳光明媚的早晨，海城市广厦生活小区里静悄悄的，只有几个老人在小区的花园里慢悠悠地打着太极拳……

一辆红色桑塔纳出租车缓缓地停在小区大门口，一位戴着墨镜、身穿黑色风衣，身材魁梧的青年男子手里提着一个棕色的密码箱从车里下来。他站在小区门口，四下张望，待出租车调转车头驶离小区后，他迈开大步径直朝小区里走去。小区大门口站着一位身穿制服、腰插警棍的年轻保安。青年男子朝保安礼节性地笑了笑，直接走进了小区。他似乎对小区非常熟悉，顺着小花园旁边的人行便道往花园附近的居民楼走去……

小区里非常安静，几乎没有什么行人和车辆。他在一幢楼前止住了脚步，随后从口袋里取出手机拨打电话，他一边向手机里说着什么，一边漫不经心地转过身子往身后看了一眼。大约一分钟后，他挂断了电话，迈开大步朝一个单元楼里走去。他顺着楼梯来到了3楼6号，在门前停下，神情专注地听了听楼上、楼下的动静，按响了门铃。悦耳的音乐响了两遍，也没有人开门。他俯在门前侧耳细听，确信家里无人，低下头，仔细地观察着防盗门锁的型号，脸上闪过一丝恶意的笑。

他从裤兜里取出一个形状怪异的细铁片，把铁片捅进防盗门的锁里，非常娴熟地捅开了防盗门锁，幽灵般闪身进屋，眼睛里闪烁着绿莹莹的亮光……

他把密码箱放在门口的鞋柜旁，把细铁片塞进裤兜。这是一套四室两厅装修豪华的住宅。他动作飞快地戴上一副白手套，在几个房间里转来转去，将几个房间都翻遍了就是找不到现金。从屋子的装饰来看，这家像是有钱的主儿啊！

他贼心不死，继续搜索着，猛然间，他在书房的西墙壁上发现了一个秘密，墙壁上隐藏着一个墙壁式保险柜，伪装得非常巧妙，一般人还真难以发现。他为自己的意外发现感到非常得意，并没有马上去触摸保险柜，而是异常专注地观察着。他发现保险柜带有报警装置。他蹲在保险柜前，目不转睛地观察、寻找着，少顷，又从裤兜里掏出那个铁片，小心翼翼地捅进保险柜锁里，慢慢地扭动着铁片。几分钟后，他打开了保险柜，随着门的开启，他那贼亮的眼睛发出了亮光。那一沓沓码放整齐的百元大钞使他的呼吸急促起来。他格外激动，快步走到门口，拿来密码箱，把一沓沓钞票装进去。足有10万元！哈哈哈！他高兴得嘴都咧歪了。他又撬开了保险柜里的小抽屉，里面有两根金条、两个金元宝和两个金佛等贵重物品，他把这些值钱的物品统统放进密码箱里。

他合上密码箱，飞快地走到门口，站在门边听了听，门外没有什么动静，拉开防盗门，疾步走到楼下，不紧不慢地往外面走去……

接连三天，海城市高档住宅小区发生了十起入室盗窃案，每起盗窃案被盗现金均在一万元以上，还有金银首饰等贵重物品。一时间，市局刑警支队和所在辖区刑警大队奔波在各个案发现场。经技术人员现场勘查，刑警们确定，犯罪嫌疑人为青年男性，年龄在25岁至30岁之间，身高在180厘米至182厘米之间，体重在82公斤至85公斤之间；所有的盗窃案均为一人所为，该嫌疑人不但具有高超的开锁技术，而且还有一定的反侦查手段，出入各个小区时均戴着一副大墨镜，并且有意躲避小区门口的监控探头。

即便如此，刑警们还是锁定了犯罪嫌疑人，他正是越狱潜逃的杀人重犯柯春宇。

大案队队长钟雪松立即组织精干警力对柯春宇实施抓捕，并对其所有的社会关系进行调查。他所接触的人全是一些社会混混，没有正当的职业，他们即使知道柯春宇的下落，也不会轻易告诉警察。柯春宇过去那些手下的兄弟，见到来访的刑警都是三缄其口，讳莫如深。当钟队长获悉柯春宇疯狂入室盗窃时，感到义愤填膺。

在北郊一座简陋的民房里，柯春宇犹如一头困在笼子里的恶狼，在屋子里转来转去。屋子的角落散坐着几个青年人，他们全是柯春宇手下的兄弟。

柯春宇咆哮着："我让你们找那个娘儿们的下落，你们怎么还没有消息？"

"宇哥，你不要着急，兄弟们一定会找到她的。"一个叫姜国峰的小伙子用讨好的口吻说。

另一个叫梁小涛的年轻人也随声附和着："大哥，放心！她现在和黄天浩靠在了一起，不出三天，准有消息！"

其他几位兄弟也连连称是。

柯春宇见兄弟们对他依然唯命是从，心里感到无比高兴。他从皮包里拿出几沓钱，摆在桌子上，欣喜地说："今天晚上，我们要去最好的酒店喝茅台酒，再去洗浴中心找小姐按摩。老子有了钱也该好好放松一下了！走，弟兄们！”

众人大呼小叫地簇拥着柯春宇离开了小屋……

于谷雨和苏建武经过细致的调查，终于查到了顾雨薇的下落，她现居住在海城富人区玫瑰园别墅区。

一天黄昏，两位刑警在别墅区物业管理人员的陪同下，来到顾雨薇居住的别墅。管理员按响了大门口的门铃，猛然间，院子里传来一阵剧烈的犬吠声，随即，一位身材魁梧的大汉打开了紧闭的大门，他满脸横肉，神情傲慢地问：“你们有什么事?”

于谷雨掏出警察证递给大汉：“我们是市公安局刑警支队的，找顾雨薇了解一些事情！”

大汉看过于谷雨的警察证后，态度有所缓和，他从裤兜里取出对讲机，打开开关，毕恭毕敬地说：“浩哥，警察找顾小姐！”

“什么事?”对讲机里传出的声音非常洪亮。

“人家没说！”

“那好，让他们进来！”

大汉收起对讲机，做了一个请的手势，领刑警们进去。众人刚往前走了两步，两条健壮、肥硕的狼狗就从院子的一个角落里咆哮着冲了出来，直奔两位刑警。大汉喝退了两条狼狗，狼狗在大汉的吆喝下，乖乖地回到了角落里的犬舍。

大汉并不多言，领着刑警们走进了一楼的客厅。客厅装修得富丽堂皇。刑警们刚在沙发上落座，一位40来岁、目光威严的中年男子从楼梯上走下来，手里拿着一个大烟斗。

在客厅里双手垂立的大汉急忙迎上前去，恭敬地说：“浩哥！”

这位中年男子正是海城黑道上大名鼎鼎的人物黄天浩，他挥挥手：

"给警官沏茶!"

"不必客气!"苏建武简单地说明了来意。

黄天浩的嘴角闪过一丝不易察觉的冷笑:"柯春宇这个人，我是知道的，当年他大闹我的夜总会，还打伤了前来制止的巡警。我在海城大小还算是个人物吧，我的夜总会经营这么多年，还从来没有遇到过这种事情。他被判刑入狱后，他的女朋友生活不下去了，差点儿到我的夜总会当坐台小姐。我见她很有女人味，善解人意，便让她做了我的秘书，现在呢，她是我的女朋友，在这套别墅里居住。"

苏建武见黄天浩直截了当地说明了他和顾雨薇的关系，感觉他做事非常沉稳，直言道:"我们想了解一下，在柯春宇服刑期间她和柯春宇是否还有联系?"

黄天浩面无表情地把玩着手里的烟斗，向站在门口的保镖递了一个眼色，保镖心领神会地往二楼走去。不一会儿，从楼梯上走下来一位衣着艳丽的年轻美貌女子，她款款地走到两位刑警身边，面带微笑地打了一个招呼，随后，便坐到黄天浩身边。

苏建武和于谷雨被年轻女人迷人的气质吸引住了，都感到顾雨薇仪态端庄，有一种成熟女人的风韵。苏建武言简意赅地说明了来访的原因。

顾雨薇小巧的嘴角浮出一丝醉人的微笑:"他进去以后，我给他送过一些钱和衣物，他的态度很不好。我知道他脾气暴躁，易冲动，和他草草地说了几句话便心灰意冷地离开了监狱。从那以后，我和他再也没有联系过。在他出事之前，我俩确实是情侣关系。他手下有一帮小弟，可是整天在街头打架斗殴。跟他厮守终生，我的生活能有什么保障呢?任何女人都想嫁给一个可以值得托付终身的男人，可是，他的所作所为却让我对他失去了信心。要不是浩哥，我也不会有今天这样安逸舒适的平静生活。"

苏建武感觉，顾雨薇对黄天浩的感情非常深厚，现在的社会流行大款包养二奶，顾雨薇现在无疑是黄天浩包养的金丝雀，从她这里获取有关柯春宇的线索已经没有什么希望了。柯春宇在监狱里犯下杀人重案，畏罪潜逃，这里一定有重大的隐情。他想到这里，站起身，说了几句客套话便和于谷雨离开了玫瑰园别墅区。

黄天浩把刑警们送到大门口之后，回到客厅，见顾雨薇一副忧心忡忡、若有所思的样子，知道顾雨薇此时是怎样的心情。他走到顾雨薇身旁，伸出左臂，轻轻地把顾雨薇拥入怀中，右手轻柔地抚摸着顾雨薇娇嫩的脸蛋："宝贝儿，你放心吧，一切有我呢。别说是一个柯春宇，就是十个柯春宇，我还不是照样收拾！"他一边温柔地安慰着顾雨薇，一边亲吻着她芳香的嘴唇。

说完，黄天浩把顾雨薇抱在怀中，迈着有力的步子，直奔二楼的卧室。

夜幕笼罩着别墅，卧室里静悄悄的，只有床头灯发出微弱的光亮。顾雨薇躺在席梦思床上，地板上散落着她的衣物。黄天浩在她熟睡时悄悄地离去了。她从床上爬起来，走进卫生间，打开了淋浴器喷头。

洗完后，她擦干身子，围着浴巾，站在宽大的镜子前，欣赏着自己饱满的双乳……

忽然，她听见阳台上传来"吧嗒"一声轻响，她的心头一沉，急忙扔下浴巾，穿上睡衣，去阳台看个究竟。阳台上空荡荡的，没有什么异常。她站在阳台上往小院里探了探身子，院子里寂静无声。她呼唤着两条看家的狼狗："阿龙，阿虎！"

院子里依然是静悄悄的，两条狼狗没有任何回音。这要是在往常，两条狼狗一听到她的呼唤，马上就从犬舍里跑出来，在她身边蹦来跳去地撒欢儿。今天太反常了！她决定到楼下去看一看。当她转身回到卧室时，猛然见到卧室中间站着一个彪形大汉，她借着卧室微弱的灯光看清楚了大汉的面容，禁不住花容失色……

卧室里的不速之客正是柯春宇。她见只有柯春宇一人，悬着的心平静下来，小巧的嘴角滑过一丝轻蔑的微笑。

她四下张望着，希望阿龙、阿虎能奇迹般地出现在她身旁。

柯春宇似乎看穿了顾雨薇的心思："你养的那两条狗不会再替你看家护院了，它们吃了掺了毒鼠强的肉包子。过去我手下的兄弟查找你的踪迹，可真是费了一番功夫。重赏之下必有勇夫啊！我那帮小弟还是有些手段的！黄天浩和他的保镖今天晚上不会回来了！"

顾雨薇从柯春宇说话的口气和镇定自若的样子以及自己对他的了解知道，他今天晚上是有备而来的，暗暗思忖着如何渡过眼前的难关。

"你真是越来越水灵了！"柯春宇讪笑着。

"哼，你倒是没有什么变化！"面对着昔日的情人，顾雨薇面无表情。

柯春宇的目光里带着几分寒意，说话的语气里带着冷冰冰的杀机："我这次出来犯了杀人重罪，现在大街小巷贴满了通缉我的公告。你手里拿着我家祖传的宝物麒麟玉佩。当年，我为你栽进了监狱，没想到，你这么快就投进了黄天浩的怀抱，心甘情愿地做人家的二奶。我不想再多说什么了，把我家的宝物还给我！"他的手腕一抖，一把闪着寒光的尖刀握在手中。他伸出左手一把撕开顾雨薇的睡衣，咽了口唾沫，用尖刀逼向雪白的乳房，凶残地说："我要割掉这对可爱的令黄天浩喜欢的东西！"

顾雨薇下意识地一步步后退着。柯春宇步步紧逼，直把顾雨薇逼到席梦思床边。顾雨薇知道，如果不说出麒麟玉佩的下落，今天这一关无论如何是过不了了！

她故意装出一副若无其事的样子，红润的脸上挤出一个媚笑："玉佩在黄天浩手里!"

柯春宇狠狠地扇了顾雨薇一个耳光，她仰面朝天地倒在床上。"我的宝物，你为什么放在他那里?"

顾雨薇战战兢兢地说不出话来。她知道，如果惹怒了柯春宇，他可是什么事都能做出来的！她在脑海里飞快地思考着脱身的对策，泪水转瞬间涌出了眼眶。她带着哭腔颤颤巍巍地说："你进去以后，我为了救你，在万般无奈的情况下，只好去找黄天浩，他在海城有一定的势力。我低三下四地对他说好话，让他找人去救你，我没有钱，只好把玉佩放在他那里，求他托关系为你减刑，好让你早点儿出来。我当时真是走投无路啊！不过，我听说，黄天浩把玉佩交给了一个叫呼振良的人。"

"他住在哪里?"柯春宇的脸都气绿了。

"他好像开了一家电脑公司，主要业务其实是倒卖文物!"

柯春宇把尖刀狠狠地插在床上，气愤不已地叫骂着："你他妈的，把老子当傻子耍着玩，到了这般光景你还给我玩虚的！你真是活腻了！好，老子成全你!"

柯春宇薅住她的头发，使劲地扇着耳光，足足打了顾雨薇十几巴掌，把她那娇嫩的脸蛋都打肿了。

顾雨薇浑身哆嗦着："我说的都是实话啊！求你看在咱俩好过一场的分儿上，放过我吧!"她清楚，现在任何人都救不了她，只有恳求柯春宇放她一条生路了。她在柯春宇的逼迫下说出了呼振良的住址。

"只要你说的是实话，我今天会放过你的!"

柯春宇目露凶光，杀气腾腾地注视着吓得缩成一团的顾雨薇，撕掉她的睡衣，淫笑着脱掉自己的衣服，恶狠狠地扑了上去……

天亮时分，柯春宇才心满意足地离开了玫瑰园。

四

清晨，鹅毛般的大雪纷纷扬扬地飘满了天空……转瞬间，整座城市一片银白。

午后时分，雪停了，明媚的阳光照射在雪地上，折射出耀眼的光亮。

柯春宇踏着厚厚的积雪，来到海城市家园小区，他身穿一件黑色风衣，头戴一顶貂皮帽子，一副宽边大墨镜遮住了半张脸。他在小区门口止住了脚步。小区门口的门柱上张贴着一张通缉令，他走到门柱前，看着通缉令上面自己的照片，脸上掠过一丝自信的微笑。

他四下张望，见小区门口没有行人，只有一名保安身体笔直地站在警卫室门前。他朝保安点点头，打了个招呼，随即大大方方地走进了小区。

他在一栋楼前放慢了脚步，仔细确认了楼号和单元号后，迈开大步，走进了1单元。他一边上楼，一边回头观察身后有无异常。他脚步匆匆地上了二楼，看了一眼门牌号，确认正是他所要寻找的，脸上闪过一丝狰狞的笑。防盗门虚掩着，他略微迟疑了一下，拉开门闪身而进。客厅里非常安静，这是一套三室两厅的房子。他从腰间拔出尖刀，蹑手蹑脚地走进卧室。

眼前的情景使他惊得出了一身冷汗：一位30多岁的中年男子仰面朝天地躺在地板上，胸口上插着一把尖刀，殷红的鲜血流淌了一地。柯春宇手里紧握着尖刀，仔细观察死者的面容，发现他早已气绝身亡。

"有人抢在了我的前头？"他思忖着退到了客厅。

一声刺耳的刹车声传入他的耳朵。柯春宇疾步走到阳台上，往下探视，只见四位头戴钢盔、手持冲锋枪的巡警跳下巡逻车，往楼上奔来……

"妈的，来得可真够快的！"柯春宇急忙冲出门，沿着楼梯往楼上跑，他知道，楼上有消防梯，从那里可以逃离现场。

巡警们进入现场发现卧室里的死尸后，立即封锁现场并展开搜索，同时，向指挥中心报告。市公安局刑警支队大案队队长钟雪松接到指挥中心指令后，迅速带领值班刑警赶到了家园小区。

死者叫呼振良，今年42岁，是这套房子的主人，他是海城长城电脑公司的经理，妻子是市第一中学的物理老师，儿子在市第十六中学上高二。

几位刑警对他家邻居进行了调查，并在楼上楼下展开了搜查。技术人员对现场的脚印进行了提取，分别提取了两组不同的脚印，其中一号脚印为43码，系男性，年龄在25岁至30岁之间，体重82公斤，身高在180厘米至182厘米之间；二号脚印为42码，系男性，年龄在23岁至25岁之间，体重70公斤，身高在175厘米至178厘米之间。

技术人员在现场未提取到任何指纹，说明嫌疑人非常狡猾，有一定的反侦查手段。现场没有任何打斗和翻动的痕迹，死者家里的贵重物品（一万元现金、金戒指、金项链、金条等）凶手丝毫未取，由此可以排除谋财害命的可能，死者死于情杀或仇杀的可能性极大。钟雪松逐个房间查验了一番，除了凶手留在死者胸口上的一把蒙古匕首外，未发现任何痕迹，而且匕首的把儿上没有指纹。钟队长一边在客厅里踱着步子，一边思索着这起命案，脑海里闪现着死者的面容，同时，默念着呼振良的名字。呼振良正是当年调戏顾雨薇的那个醉鬼，难道呼振良的被害是柯春宇所为？钟雪松想到这里，马上找来首先赶到现场的巡警队长，问他是怎么得知家园小区发生凶杀案的。

巡警队长已经感觉出这起案子有蹊跷之处，把当时出警的情况向钟雪松作了一番说明："我们中队在队里值班，接到指挥中心指令，说家园小区发生了一起凶杀案，让我们队迅速赶赴现场，并说明了具体门牌号。我们赶到现场时看到，死者胸口插着一把匕首，早已死去多时，便向指挥中心作了汇报，并在现场附近展开搜索。"

钟雪松拨通了指挥中心的电话，找到了接报警电话的值班民警。民警在电话里说："我是在下午 1 点 46 分接到报警电话的，听口音我判断报警人是一位青年男性，我询问报警人的姓名和工作单位时，他没有回答我，问他是怎么知道住宅楼里发生凶杀案的，他也没有回答我。他只是说：'我没有报假案，这是一起千真万确的凶杀案，杀人凶手目前还在现场。你们如果不来，凶手就要脱逃了。为了自身的安全，我不便把自己的名字告诉你们，希望你们谅解！'我正要进一步做他的工作，让他说出自己的名字，他就挂断了电话。我只好通知值班巡警按照报警人提供的地址，火速赶往现场。报警人使用的电话是一部手机，手机号码是神州行。巡警到达现场后，向我通报了信息，我再打这个报警电话时，手机一直关机。"

值班民警把报警人的手机号码告诉了钟雪松。钟队长用手机拨打这个号码，对方仍然关机。

钟雪松知道，这种手机号码不用身份证便可在电信营业厅购买，报警人使用这种号码报警，说明他不想暴露自己的真实身份。想到这里，他把电话直接打到海城市电信公司经理办公室。由于工作需要，钟雪松经常要到电信公司查询一些手机号码，所以他和电信公司的一些工作人员非常熟悉。

今天值班的经理正好是钟雪松的中学同学。钟队长在电话里简短地说明，根据案件需要，他急需查询这个手机号码，并答应明天一定补上相关的法律手续。

值班经理见钟雪松说得言辞恳切，马上答应了下来。

钟雪松挂断电话后，查验死者的刀伤。凶手一刀刺中呼振良的心脏，刀法娴熟，一刀毙命。死者全身只有这一处刀伤，并无其他伤痕。根据现场门窗无破损以及呼振良衣着整洁等情况判断，凶手与死者非常熟悉，要不然他不会在家里接待来访者。呼振良是在卧室里遇害的，可能是他到卧室里取什么东西时，凶手尾随而人，趁其不备，刺了他一刀，使其当场死亡。现场勘查工作结束后，钟雪松让刑警们将呼振良的尸体送到局法医室作进一步尸体检验，从而确定死亡时间以及死者体内有无其他毒素成分。正在这时，他的手机响了起来，他按下了接听键。电信公司值班经理打来电话说，这部神州行手机只打过一个 110 报警电话，并无其他通话记录。

钟雪松谢过值班经理后，若有所思地挂断了电话。他隐隐约约地感觉出了什么。

柯春宇失魂落魄地回到租赁的民房，他对顾雨薇的愤怒到了极点，恨不得一刀杀了她。他垂头丧气地燃起一支香烟，浑身无力地躺在床上，脑海里闪现着顾雨薇雪白的肌肤和丰满粉嫩的乳房。这个娘儿们简直就是一个害人的狐狸精！要不是为了她，自己也不会落到今天这种地步，犹如一条丧家犬四处躲藏。他闭上眼睛，往事历历在目……

顾雨薇从小父母双亡，她和年迈的姑姑生活在一起。姑姑因病离开人世后，她便孤苦伶仃，生活没有了着落，只好到一家小餐馆打工，做起了端茶送水的服务员。由于她长得漂亮迷人，吃饭的客人总是对她动手动脚，晚上打烊以后，色眯眯的老板也想吃她的豆腐，占她的便宜。

这一幕幕都被常来吃饭的柯春宇发现了，他也垂涎顾雨薇的美貌和迷人的姿色，便做起了护花使者。他在当地是一个小有名气的混混，还有一身的武艺，没人敢招惹他。那些过去调戏顾雨薇的客人和老板都对她客气了起来，不谙世事的顾雨薇因此对柯春宇感恩戴德。柯春宇趁机占有了她的身体，后来，她辞去了餐馆的工作，心甘情愿地和柯春宇厮混在一起。

两人没有固定的工作，没有任何收入，柯春宇便打起了歪主意，他让顾雨薇在酒吧里装作酒吧女郎，专门勾引色眯眯的老头，等他们到宾馆开了房，刚要宽衣解带时，柯春宇就带领手下的兄弟们手持匕首冲进来，大肆敲诈老头的钱财。这些人都有家室，到酒吧无非是为了寻找刺激，他们有一定的钱财，为了顾全自己的名声和家庭，他们宁愿破财免灾也不愿意报警。

柯春宇一伙作案屡屡得手，收敛了大笔的钱财。这笔钱足够他们挥霍了。那时，顾雨薇常给他出谋划策，在他眼里她就像一个圣女。那真是一段美好的时光啊!

柯春宇被房间里冷冰冰的寒气拉回到现实，他感到身上冰凉刺骨，仇恨的怒火在他的胸膛里剧烈燃烧……

夜幕降临，天雨夜总会门前的霓虹灯闪烁着诱人的光芒，四位面容娇美、身材苗条的礼仪小姐身穿传统的红色旗袍，亭亭玉立地站在夜总会大门口，笑容可掬地迎接着每一位来宾。

夜总会门前宽敞的停车场里停满了各种款式的豪华轿车，几位身材魁梧的保安在场子里机警地巡视着。

天雨夜总会是海城市规模最大的娱乐中心，每天都有400名坐台小姐供客人们选择，在这里消费娱乐的客人都是一些有钱有势的达官显贵、富商巨贾。

到了午夜时分，夜总会迎来了一天中的最高峰，客人和小姐们在KTV包房里都已经喝得醉眼迷离、神情各异，舞池里蹦迪的客人们在强劲的舞曲中疯狂地扭动着身子……

正当人们在夜总会里高歌劲舞时，一位身穿黑色风衣的青年男子表情冷漠地注视着眼前的一切，他独自一人坐在僻静的角落里，要了一瓶啤酒慢慢地喝着。他喝完两瓶后，打着酒嗝，慢悠悠地晃着身子去了卫生间。他的举止给人一种醉酒的感觉，可是他的眼神却非常犀利，他暗暗观察着周围尽情放纵的人们。谁也没有去刻意留意身边的人。

他方便之后，站在卫生间门口，四下张望，周围没有什么异常情况。他早已观察好了，一楼楼梯的拐角处有一道后门，直通后院，后院非常宽敞，足有篮球场那么大，一幢五层高的楼房与夜总会的十层高楼遥遥相对，这幢楼只有4楼的几个房间亮着灯光，其他房间都是一片漆黑。他知道自己要找的人就在这幢楼那几个亮灯的房间里，他并没有径直穿过院子，而是悄悄地潜入院墙下的阴影中，顺着墙根飞快地走进楼道里。他顺着楼梯脚步轻快地来到4楼，蹑手蹑脚地站在亮灯的房间门口。直到这时他才发现，这幢楼有一部电梯和两个步行楼梯，而且他刚才走上来的楼梯直通4楼。他四下观察着周围的动静，整幢楼非常安静，只有亮灯的房间里面隐隐约约地传出电视机的声音。他轻轻地推开虚掩着的房门，闪身而进。进屋后，他借着灯光看清了，这间屋好像是接待室，大约有50平方米，四周摆满了一圈沙发，沙发对面的茶几上摆放着精美的茶具。这个房间有两扇门，他决定逐个房间查验一番，于是脚步轻缓地走到有电视机声音的房间门口。房门还是虚掩着，他轻轻地推开房门走了进去。他被眼前的景象惊呆了：一位40多岁的男子端坐在宽大的老板桌后面的皮椅上，他身后站着两个威风凛凛的彪形大汉。在老板桌斜对面摆放着一台电视机，里面播出的是周杰伦的个人演唱会……

身穿黑色风衣的青年男子看清楚了，坐在皮椅上的男子正是他所要寻找的黄天浩。黄天浩轻蔑地注视着闯进来的柯春宇，柯春宇眼睛里似乎要喷出一团火来，他正要开口说话，忽然，从他身后拥上来两个手持铁棍的壮汉。

柯春宇意识到自己中了人家的埋伏，迅速转身就势倒在地上打了几个滚，拔出腰间的手枪冲着两个持铁棍壮汉开了两枪，两个壮汉应声而倒。柯春宇迅速调转枪口朝坐在皮椅上的黄天浩开了两枪，当柯春宇的枪口对准黄天浩时，黄天浩动作迅速地跳下椅子，趴在老板桌后面。

柯春宇射出的子弹打在了皮椅上，站在他身后的一个保镖手臂一扬，“嗖嗖”两把闪着寒光的飞刀，准确无误地扎在柯春宇持枪的手腕上。柯春宇疼痛难忍地大叫了一声，手枪落到地上。另一个保镖跃过老板桌，像豹子一般冲到柯春宇身边，飞起一脚把地上的手枪踢到角落里，又顺势一脚踢向柯春宇的头部。柯春宇急忙转动了一下头，躲过了致命的一脚，但是他的肩膀挨了重重的一脚。柯春宇在地上又打了两个滚，左手顺手抄起地上的铁棍，抡向保镖小腿的胫骨处，保镖“扑通”一声栽倒在地。

柯春宇强忍着疼痛，一个鲤鱼打挺从地上一跃而起，欲挥舞铁棍冲向玩飞刀的保镖。还未等他跨出一步，保镖手臂又是一扬，两把闪着寒光的飞刀飞向柯春宇的前胸。柯春宇暗叫不好，身子往后一仰，倒在地上，躲过了飞刀，手中的铁棍也落到地上。倒在地上的柯春宇捂着受伤的右手腕，他知道，这位保镖擅使飞刀，再这样下去，自己就会葬身于此地。腿部受伤的保镖挣扎着从地上爬了起来，拉开架势，要对柯春宇展开猛烈攻击。这时，黄天浩也从桌子后面爬了起来，冲着使飞刀的保镖喊道：“今天绝不能放过这个小子！”

这个保镖右手腕一抖，一把亮光闪闪的飞刀夹在食指和中指间，他正要甩出飞刀，另一个保镖朝柯春宇的头部使了一个凌厉的侧踹。柯春宇闪身躲过致命的一脚，与保镖展开了近距离肉搏。看着眼前的情景，手持飞刀的保镖不敢贸然出刀，怕伤着自己人。正在这紧要关头，一个头戴面罩、身穿一身黑色衣服的不速之客突然闯了进来，他右手腕一抖，两把亮光闪闪的飞刀直奔手持飞刀保镖的颈部和前胸。这个保镖猝不及防，身中两刀，倒在了地上。黄天浩暗叫不好，知道这个来客是武林中的高人，此时，绝不能束手待毙。他一个急转身，冲进身后的一个暗门，关死了门。那个与柯春宇展开殊死搏斗的保镖见到这个情景也无心再战，拳脚也有些慌乱。蒙面人一个干净利落的扫堂腿，保镖沉重的身躯栽倒在地，蒙面人顺势一脚，又踢中了保镖的右肋部，保镖惨叫一声，昏死了过去……

蒙面人四下张望，看着倒地的保镖，低声吼着："快走！不然要出事了！"

柯春宇愣怔了一下，急忙跑到角落里，拾起那支手枪，在蒙面人的指引下，迅速离开了天雨夜总会，消失在茫茫的夜色中……

第二天，海城电视台早间新闻播放了天雨夜总会发生的暴力事件。夜总会的四名保安两死两伤，这是海城近年来发生的最为严重的流血事件。刑侦技术人员对遗留在现场的子弹壳进行了鉴定，暴徒所使用的枪支与袭击区刑警队王海涛的枪支系同一种型号，这支手枪正是海城劳改农场管教干部所配发的54式手枪，因此，刑警们断定，袭击天雨夜总会的暴徒正是被公安机关通缉的逃犯柯春宇。

海城电视台滚动式播出追捕柯春宇的通缉令，悬赏人民币5万元。

五

大案队队长钟雪松获悉天雨夜总会暴力事件后，让技术科的技术员送来了现场勘查时提取的脚印和飞刀等遗留物品。他看着脚印鉴定报告书，和家园小区凶杀案现场遗留的脚印进行了对比，其中一组脚印和家园小区凶杀案中的一号脚印是一致的，鉴定证实，柯春宇曾在呼振良家中出现过。

案发后，钟雪松曾调取了小区门口的监控录像。在下午 1 点 35 分，一位身穿黑色风衣、戴着一副大墨镜的青年男子走进了小区，经仔细辨认，确认这位男子正是警方所要追捕的柯春宇。根据法医鉴定，呼振良的死亡时间在下午 1 点至 1 点 30 分之间，这说明在案发时间柯春宇未在凶杀现场，可以排除柯春宇作案的可能。根据现场遗留的一号脚印可以断定，柯春宇到过案发现场，而技术人员确定，在现场出现的二号脚印是杀人凶手留下的脚印。打报警电话的人一定与凶杀案有极大的关系，或者就是杀人凶手，他这样做肯定是为了栽赃陷害柯春宇。

钟雪松通过家园小区的保安部调来了案发当天小区里所有的监控录像。遗憾的是，在呼振良所居住的那栋楼前竟然没有安装监控录像。当 110 巡逻车到达现场 10 分钟后，柯春宇脚步匆匆地出了小区。

钟雪松调取了小区小马路上的监控录像，并把时间锁定在下午 1 点 46 分。结果在离呼振良家 50 余米处的一条小马路的人行便道上，他清楚地看见，一位青年男子在打电话，根据他打电话的时间以及 110 报警台记录的通话时间，钟雪松又把小马路上所有的录像仔细地看了一遍。在此时间段并没有第二个人在拨打电话，所以他断定，这位打电话的男子就是报警人。这位男子身穿一件军用大衣，竖着的领子遮住了半边脸，头戴一顶鸭舌帽，录像里没有录下他清晰的相貌。110 巡逻车从这位男子身边经过后，他才迈着悠闲的步子融入路边的行人里，直到他的背影在录像里消失。

看完监控录像，钟雪松意识到，柯春宇越狱潜逃至今，这里面一定有一个重大的秘密，他的出逃并不是简单的报复杀人，而栽赃陷害柯春宇的人恰恰利用了这一点杀害了呼振良，把罪责推到柯春宇身上。昨天晚上的夜总会袭击事件更有力地说明了这一问题。柯春宇被判刑入狱后，他的情人很快投入了黄天浩的怀抱，那么柯春宇的入狱会不会是黄天浩设下的一个圈套呢？

这时，值班刑警推门而入，将一份传真放在钟雪松的办公桌上，说："钟队长，省厅发来一份有关国家文物的案子，需要你亲自签收。支队领导让你全力以赴上这个案子！"

钟雪松接过传真："柯春宇的案子我们刚理出了头绪，这个时候放手，似乎……"

值班刑警知道，钟队长只要一接手案子，一定会穷追不舍，不查个水落石出，绝不会轻易罢手。自己的案子移交给他人办理，这不是他的办案风格！他接过钟队长的话茬说："国宝案子和柯春宇有关系，他家有一件祖传的麒麟玉佩，是一件唐代的玉，上面雕着一个骑在麒麟上的梳着髽髻的童子，温润细腻，莹白如脂，巧夺天工，那是一件价值连城的宝物啊！是唐朝的皇帝赐给一位战功显赫的大臣的，这位有功劳的大臣就是柯春宇的祖先。这件宝玉一直流传至今。最近，香港文物市场出现了这件宝物的照片，引起了文物市场的轰动，数十位资深文物收藏家和鉴赏家都认为，这件文物有极高的历史研究价值。香港警方传来消息，香港一个黑社会组织已经派出得力干将秘密潜入我市，欲收购柯春宇家祖传的宝物麒麟玉佩！据悉，柯祥和这个组织的成员有密切联系，这里面大有文章！"

钟雪松脸色凝重……柯春宇越狱潜逃是为了家里祖传的宝物！他决定立即赶到柯春宇家中，向柯祥了解宝物的具体情况，同时，了解一下柯春宇的行踪。

钟雪松让苏建武和于谷雨在全市宾馆、酒店查询从香港来的人。传真上只有一张香港来客的照片，具体情况并不很详细。两位刑警立即展开了工作。

他和梅婷再次来到柯春宇的家里。柯祥赶紧沏茶上烟，忙着招待来访的刑警。钟雪松摆摆手："你别忙了。今天的早间新闻你肯定看了，夜总会的事与柯春宇有关系。最近，市里的几起大案子都和他有关系，我们这次来主要是有一件事想和你了解一下！"

当钟雪松说出麒麟玉佩时，柯祥苍老的脸上布满了阴云，他想，既然刑警知道了家传的宝物麒麟玉佩，再隐瞒下去也没有太大的必要。他的耳畔响起了父亲临终前的话：祥儿，麒麟玉佩是咱家祖传的宝物，万万不可落到他人手中。你要一辈辈地传下去。它的历史参考价值是无法用金钱衡量的，说它价值连城也不为过啊！

柯祥点点头，颤颤巍巍地说："我家确实有一件祖传的宝物，可是宝物如今不在家里，我儿子送给了他的女朋友顾雨薇！"

钟雪松端起茶杯喝了一口茶水，他的视线却落到桌上一张小纸条上，这是一张利民超市的购物小票，上面打印着牛肉、烧鸡、火腿肠、康师傅方便面、矿泉水等大量的食品，这些食品足够四个人吃一个星期的。柯祥为什么买这么多食品呢？

柯祥发现了钟队长充满疑虑的目光。

钟雪松面带微笑地站起身，在小屋里转了一圈儿。这间小屋左边是一间卧室，右边是一间卧室。

柯祥似乎看出了钟队长的意图，急忙站起身，推开左边卧室的门："这是我的小屋，只有床、衣柜、电视机。右边的屋是逆子的。"他说着又推开了右边卧室的门，里面空荡荡的，只有一些简单的家具。

钟队长又把目光移向了小院里的几间屋子。柯祥走到院子中间："我家只有这三间屋是正房，东边的两间屋一间是厨房，另一间是堆放杂物的储藏室，西边的那间屋是卫生间。"

钟雪松在柯祥的指引下逐个屋子转了一圈儿，他走进光线昏暗的储藏室时，看到物品摆放错落有致，墙角还有两口大缸，其中一口大缸有明显移动过的痕迹。他装作漫不经心的样子，掀起了盖子，里面装有半缸大米。他目光移向柯祥时，发现柯祥的眼神有些异样。他又掀开了另一口缸的盖子，里面装有半缸面粉，而装面粉的缸没有移动过的痕迹。

钟雪松走出储藏室，站在阳光明媚的院子里："你可能比我清楚那件麒麟玉佩的价值。当初你儿子把玉佩送给女朋友时，你没有反对吗？"

柯祥摇头叹息道："那件玉佩我一直珍藏在卧室的墙洞里，等我发现玉佩不在时，逆子已经在监狱里了，直到那时我才知道，他送给了他的女朋友。我去监狱里探望他时，让他好好改造，争取减刑，早日出来！没想到，他竟然犯下惊天命案啊！"

"他逃出来后，和什么人有联系吗？"钟雪松暗指柯春宇是否回过家里，说话的同时，他那锐利的眼睛紧盯着柯祥布满皱纹的脸。

柯祥的脸色没有丝毫变化，说话的语气也非常平稳："今年春天，我在监狱里见过他一面，之后就再也没有见过他！至于他和谁联系，我确实不知道啊！"

钟雪松从柯祥的语气里听不出有什么破绽，他的目光在小院里扫了一圈儿，脑海里闪动着那口装大米的大缸，缸底明显被移动过的痕迹已深深地印在了他的脑海里……

从柯祥的小院里出来后，他和梅婷快步走到一个僻静的街角，低声说："柯祥绝对知道柯春宇的下落。柯春宇袭击夜总会时手腕受了伤，你想，他是一个被通缉的逃犯，敢到医院或诊所去包扎治疗吗？最安全的地方就是……"他的目光移向了柯祥寂静的小院。

梅婷疑惑不解，眨动着大眼睛。钟雪松看了一下手表，说："我们抓紧时间去附近的几家药房，查一下柯祥是否购买过治疗刀伤的药品，这是第一；第二，柯祥的桌子上放着的超市购物小票上记载着大量的熟食，他能吃那么多吗？第三，柯祥的家里一定有一个可以藏人的地下室，装大米的大缸下面很可能就是地下室的入口。"

钟雪松的一番话，使梅婷茅塞顿开。

两人在附近的几家药店进行了一番查询，在裕康大药房获取了新的线索。售货员对柯祥记忆犹新，她说："今天早晨8点半多，他匆匆地在药房购买了治疗刀伤的藏药、阿莫西林以及绷带等包扎外伤的物品。"

有了售货员的证言，钟雪松的心里更有底了，他叮嘱售货员，此事一定要保密，绝不能对任何人提起。

在回刑警支队的路上，钟雪松的手机响了起来，是苏建武打来的："我们查清了香港来客的身份，他叫罗明瀚，今年55岁，是香港富鑫股份有限公司信息开发部经理，现住在海城宾馆1128房间，没有发现与他同行的人。"

钟雪松在电话里布置着下一步的工作："密切注视罗明瀚的动态，注意观察他和什么人接触，对他进行24小时监控！绝不能让他有所察觉！"

梅婷有些激动地说："钟队，两个目标都已经进入了我们的视线，我们应该马上收网了。"

钟雪松一边驾驶着警车，一边若有所思地说："我们先后两次接触柯祥，我感觉，他是一个很有心计的人，眼睛里总有一种令人捉摸不透的光亮。"

六

海城宾馆的大厅里，一位年轻的保安身穿笔挺的制服，在大厅里转来转去。其实，这位保安是刑警于谷雨，他从保安部借来了一身保安服。宾馆保安部给予了积极配合，并吩咐总服务台服务员，如果有什么人找罗明瀚，立即通知于谷雨。

宾馆方面说，罗明瀚自昨天下午住进宾馆后一直没有离开房间，饭菜都是由服务员送到房间里，也没有什么人来找过他。

下午3点，一名身穿棕色皮衣的青年男子来到总服务台，询问香港来的罗明瀚住在几号房间。总台服务员彬彬有礼地告诉了这名男子，待这名男子准备乘电梯去11楼时，她悄悄地把这一情况告诉了于谷雨。

于谷雨凝视着青年男子的背影，用对讲机通知了在11楼化装成服务员的苏建武。电梯升到11楼，电梯门打开后，青年男子跨出电梯，与恭候在电梯口的苏建武打了一个照面。

男子说："我找香港来的罗明瀚！"

苏建武礼节性地微笑着："先生，这边请！"说完，他领着男子往1128房间走去。

两人到达1128房间门口时，男子挥挥手，等苏建武离开后，轻轻地敲响了房门。一位中年男子打开了紧闭的房门。男子面带微笑地说："先生，您好！您是香港来的罗明瀚先生吗？"

中年男子点点头："我是罗明瀚！"

男子恭敬地说："我是天雨夜总会黄天浩派来的，我叫路新亮。他要给罗先生接风！请您今天晚上6点去新世纪海鲜城218房间吃海鲜。"他一边说着，一边从衣兜里取出一封信，递给了罗明瀚。

罗明瀚打开信封，看到里面有一张照片和一封信，他嘴角掠过一丝微笑。他确认这是黄天浩的亲笔信，而照片上的麒麟玉佩更使他欣喜不已，于是他欣然道："好的，我晚上一定去！"

路新亮低头行了一个礼："罗先生，届时恭候您的光临！"

"不远送！"罗明瀚客气地说。

路新亮完成了老板交办的任务，脚步轻快地离开了宾馆，他没想到，一直有一位刑警紧紧地盯着他，直到他回到天雨夜总会。

苏建武把跟踪结果在电话里向钟队长作了汇报。钟雪松指示苏建武，继续秘密监视，一有新情况马上汇报，绝不能让对方有所察觉。

晚上6点，罗明瀚准时来到了新世纪海鲜城。黄天浩和顾雨薇正在包间里恭候罗明瀚的光临。

包间里没有其他人，只有下午送信的那个年轻人，黄天浩的得力保镖路新亮。他手里提着一个手提箱，毕恭毕敬地站在黄天浩身后。

黄天浩和罗明瀚并不是初次见面，他俩在海城有过多次接触。他为罗明瀚点了满满一桌海鲜，并亲手开了一瓶珍藏多年的茅台酒。

罗明瀚摆摆手，客气地说："天浩，我们先不要忙着喝酒，让我先验一下货。你说的价钱，我们老板接受，这笔钱足够你吃三辈子！"

黄天浩沉稳地点点头，顾雨薇柔美的眉间掠过一丝喜色。

黄天浩示意站在他身后的路新亮把手提箱打开，从里面小心翼翼地取出了用绸子包裹的麒麟玉佩。

路新亮将玉佩轻轻地放在桌子上，随后走出包房，守在包房门口。

罗明瀚的眼睛直勾勾地盯着麒麟玉佩，仔细端详片刻，从随身携带的背包里取出了一个放大镜。他用放大镜仔细检查着玉佩，渐渐地，他眉头紧锁起来。随后，他把放大镜放在桌上，脸上露出了轻蔑的笑："黄总，你这是在拿老哥开玩笑，这件玉佩是赝品。你搞什么名堂?"

"什么？赝品?"黄天浩睁大了眼睛。

顾雨薇也一脸疑惑。

罗明瀚嘲讽地说："黄总，再好的酒我也喝不下去了！这到底是怎么回事啊？我们老板对你非常信任和器重，你让我很失望啊！"

黄天浩此时愤怒的心情可想而知，他知道，顾雨薇不会欺骗他。这件玉佩是她从柯春宇手里接过来的，肯定是柯春宇用假玉佩骗了顾雨薇。

罗明瀚的话犹如重锤击打着顾雨薇的心，她有一种上当受骗的感觉，粉嫩的脸蛋苍白如纸。

“黄总，你能告诉我这件玉佩的来历吗？它虽然是一件仿品，可做工一流，绝对是现代工艺制作的精品！”罗明瀚的目光落在了玉佩上。

黄天浩知道，这时候再隐瞒已经没有什么意义了，只好道出，这是柯春宇家传宝物，但是他隐瞒了顾雨薇使用欺骗的手段骗取了玉佩。

罗明瀚听到柯春宇的名字时，神情一振，激动地说：“他是一个什么样的人？他今年多大年纪？祖籍何处？”

黄天浩见罗明瀚精神倍增，只好如实说道：“他今年二十八九岁，祖籍好像是离海城 200 余公里的江州市五岭县下家湾村，他父亲叫柯祥，是一家纺织厂的退休工人。据我所知，柯春宇从小在海城长大，他的老家好像已经没有什么人了。他父亲退休后一直在海城居住，也没有回老家颐养天年。”

当黄天浩说到柯祥的名字时，罗明瀚的心禁不住抖动了一下，如果这件玉佩出自柯祥的家中，那么这件仿制玉佩的出现就顺理成章了。他知道柯祥家的这件祖传之物，他不但熟悉柯祥，而且还和柯祥是同一个村的人。他 30 多年前偷渡到香港之后，一直生活在社会底层。由于他自幼学得一手鉴定文物的本领，被香港走私贩卖文物的黑社会组织看中，成为黑社会组织的一名成员，他的这手绝技得到了黑社会老大的认可和赏识。几乎每次文物交易都是在罗明瀚的参与下进行的，他可以马上鉴定出文物的真假以及市场价值，所以，文物走私集团的老大视他为手中的一张王牌。

黄天浩把这件玉佩的照片传真发到香港时，老板请罗明瀚到住所鉴定照片上的文物。罗明瀚看过照片后，欣喜地说：“单看照片，这是一件唐朝的玉佩，它的历史参考价值难以估量！我要见实物。”

老大见罗明瀚对这件玉佩非常赞赏，当即决定，派他到海城鉴定文物的真伪。

罗明瀚确认了假玉佩的来历后，并没有指责黄天浩，而是口气威严地说："我给你一天时间，找到柯祥，后面的事情由我来做！我回宾馆等你的消息！"

黄天浩急忙站起身，恳切地说："我已经准备好了酒菜，你吃过晚饭后再回宾馆休息吧。"

罗明瀚收起放大镜，背起背包："我不见到玉佩没有心情喝酒。一天时间！"他拉开房门，扬长而去……

黄天浩深情地看了顾雨薇一眼，然后把路新亮叫到了包房里，让他去调查柯祥。

罗明瀚和黄天浩在海鲜城里的会面，一直在刑警们的监视之中，罗明瀚回到宾馆，刑警才回到大厅继续监视。

黄天浩和顾雨薇从海鲜城直接回了夜总会。

罗明瀚回到房间，衣服也没有脱便躺在床上，眼睛紧盯着天花板。也不知过了多久，他感到肚子有些饿了，准备打电话让宾馆餐厅送一些饭菜上来。忽然，他发现门口的地毯上有一个信封，他疾步走到门口，拆开信封。里面有一封信和一张火车票，信是用毛笔写的老式繁体字，只有寥寥几句话：你已经被警察盯上了。迅速离开宾馆，注意不要从大厅走，那里有监视的警察。到车站乘坐凌晨 1 点 18 分的火车到江州，那里有你想要见到的东西。

信没有署名，但罗明瀚仔细看过信上的字迹后，即猜出写信人是谁了，因为他太熟悉这种书写方式和笔体了，他们保持通信联系已有多年。他欣喜若狂，立即在卫生间里烧毁了信，迅速收拾好自己的随身物品。他看了看车票，这是一张软座车票，离发车时间还有 3 个小时。他站在门口，听了听外面的动静，走廊里非常安静，他轻轻地拉开房门。他知道，电梯口正对着服务台，只有走消防梯才是最安全的，消防梯直通后院，在白天时他早已观察过，后院是供旅客休息、游玩的花园。

他隐约听到服务台旁有人说话，还有人影晃动，他蹑手蹑脚地沿着寂静的走廊来到消防梯，一个人也没有碰到，他感到万分欣喜。他加快脚步，一直走到后院。他蹲在两米高的院墙下面，观察着周围的动静，见没有什么异常，从背包里取出一根带有铁爪的绳子，把铁爪用力扔在墙头上，使劲拽了拽，铁爪犹如吸盘一样牢牢地钩在砖头上。他双手抓紧绳子，双脚使劲地蹬着墙，“噌噌”几下上了墙头。他收好绳子，动作敏捷地跳下了墙头，消失在茫茫的夜色里……

一个黑影潜伏在院子里茂密的花丛中，密切地注视着罗明瀚的一举一动，罗明瀚离开宾馆后，他才离开后院，走进地下停车场……

罗明瀚到达海城火车站后并没有进候车室，而是坐在火车站广场上的长椅上，观察着车站周围的动静。一切都是那么井然有序，偶尔有一两个值勤的警察在候车室入口附近巡视。

当车站广播员清脆悦耳的声音响彻在广场上的夜空时，他才站起身，不慌不忙地走进了候车室。广播员预报，开往江州的特快列车就要进站了……

罗明瀚检票进站上车，一直非常谨慎，警惕地观察着周围情况。直到他稳稳地坐在自己的座位上，列车缓缓地驶离了灯火通明的车站，周围的旅客都坐在座位闭目养神时，他才轻轻地出了一口气。他微微地闭上眼睛，打着盹儿，恍惚间，他对坐在他身体左侧的人有一种似曾相识的感觉。他睁大眼睛，仔细观瞧，原来这人正是他所等待的柯祥。

罗明瀚有些激动，正要开口说话，柯祥将右手食指放在嘴边，示意他不要吭声。罗明瀚只好又闭上了眼睛。

黎明时分，列车稳稳地停靠在江州车站，两人一前一后地走出车站。回到阔别多年的故乡，两人内心都有一种异样的喜悦，在出站口，两人的大手紧紧地握在一起……

他们乘坐出租车离开了江州。出租车行驶了两个多小时，来到了下家湾村，绕着村子转了一圈儿。柯祥有些伤感地说："我要到祖坟上去烧炷香，添把土。既然回来了，你也去你家的祖坟上看一看吧。半小时以后，我们在小时候经常玩耍的树林里见面！"

柯祥到达家里祖坟后，眼含热泪，给自己的父母和先人磕了三个响头，他连连叹息着，心里对自己没有管教好儿子感到无比自责。他想，只有做出违背先人的事情，才能保住儿子的性命啊！儿子毕竟是柯家唯一的香火啊！

他大步流星地跑回了自家的老屋，绕着荒芜的院落转了一圈儿，翻过墙头，跳进了杂草丛生的院子。他凝视着眼前熟悉的一草一木、一砖一瓦，禁不住潸然泪下，然后，抹干泪水，直奔一间破旧的老屋。他掀起了土炕的草席，推开床板，露出一个黑黢黢的地洞。他双手扶着洞口，纵身跳了下去，他适应了洞里的黑暗后，从兜里取出一个手电筒，往洞里走去。洞里空荡荡的什么都没有。他大约走了几十米，似乎到了尽头。他在一堵墙壁上摸索了一会儿，使劲推了一下，一面一米见方的墙壁被推开了。这是一间足有 20 余平方米的暗室，他跨了进去，里面摆放着祖先的牌位，他顾不上磕头行礼，径直走到一张条案的后面，在条案上又摸索了好大一会儿，又打开了一面一米见方的墙壁。他从墙洞里捧出一个沉甸甸、黑乎乎的大坛子，撕开坛口密封的油纸，从坛子里小心翼翼地取出了六个用防潮油纸包着的铁匣子，双手合十，暗中祈祷。猛然间，他感觉到暗室的门口有些异样的凉风，他下意识地抬头观望，暗叫不好，只见罗明瀚和一个身材魁梧的大汉立在门口，罗明瀚手里端着一支勃朗宁手枪，黑洞洞的枪口正冲着他的前胸。一股怒火迅速燃遍了全身，他脸色一凛，用左手一指："你们看后面是什么！"

大汉往身后望了一眼。在这一瞬间，柯祥的右手腕一抖，两把闪着寒光的飞刀带着风声飞向了大汉的颈部，大汉还没有回过味儿来，两把飞刀就扎进了大汉的脖颈。大汉惨叫一声，命丧黄泉。

罗明瀚见此情景，急忙扣动扳机，但开了三枪都没有射出子弹。他脸色大变，惊慌失措地看着手中的勃朗宁手枪。

柯祥的双眼好似要喷出火来，他好像猫戏老鼠一样注视着罗明瀚："你的枪里打不出子弹来，子弹在我这里!"他一边说着一边从衣兜里掏出一把黄灿灿的子弹，他张开手，亮光闪闪的子弹从手指间一粒粒地落到地上。

柯祥紧盯着失魂落魄、瞠目结舌的罗明瀚，右手腕一抖，右手的食指和中指间夹着一把飞刀。罗明瀚扑通一声跪在柯祥面前，扔掉勃朗宁手枪，声泪俱下："祥哥，饶兄弟一命吧！兄弟有眼无珠啊!"

柯祥上前一脚，踢在罗明瀚的前胸，踢得他接连打了几个滚。他杀猪般地号叫着爬到柯祥脚下，苦苦哀求。

"别再号了！你逼着我在我祖先的牌位前开了杀戒啊！明瀚啊，我没想到，你还敢给我玩这手！幸亏我在火车上，趁你打瞌睡的时候，偷走了你枪里的子弹，要不然我早死在了你手里。我也失算了，我有意支开你，让你去祭拜你家的祖坟，没想到你还是跟了进来。你私闯我家的密室，只有死路一条!"柯祥口气中充满了杀机。

罗明瀚惊恐地在漆黑的地洞里张望着，忽然间，一个念头在他脑海里一闪而过。柯祥出卖祖传的宝物，完全是为了他那不争气的儿子。他从黄天浩口中得知，柯春宇犯下了死罪，在内地无处躲藏，到境外才是唯一的出路。于是，他抛出了杀手锏，连喊带叫着："祥哥，我在香港混得还算不错，我可以把你和侄子带到香港去。你手中的宝物随便出手一件都可以换来别墅、名车，吃穿一世不愁啊！我的大老板对我非常器重，还是会给我面子的。"

柯春宇是柯祥的死穴，为了逆子，柯祥只好委曲求全。他慢慢地收回了手中的刀，指着地上的死尸问："这个死鬼是怎么回事?"

罗明瀚见柯祥的口气有所缓和，急忙解释说：“他是老板派给我的保镖，我来海城的第二天才从香港过来的。我俩一起过境容易引起警方的怀疑，所以才一前一后，他住在另外一家宾馆。我在宾馆接到你的信后，迅速离开了宾馆，在去车站的路上用手机告知了他，让他紧跟着我们。他一直在另外一节车厢，不能跟我们太近，让你发现就麻烦了！”

柯祥感到自己也有失算的时候，没想到罗明瀚会有同行的人。万幸的是，他偷取罗明瀚的子弹时没有被这位保镖发现，否则后果难以想象。他指着油纸包裹着的铁匣子说：“你打开看看里面的东西就明白了！”

罗明瀚在柯祥的允许下，小心谨慎地打开了数层油纸包裹的铁匣子。他双手捧出了一个童子麒麟玉佩，仔细观赏一番后，激动得赞不绝口：“这绝对是一件价值连城的宝物。绝世珍品！绝世珍品啊！”

“你再看另外几件！”柯祥从罗明瀚痴迷的神态中知道了祖传宝物的价值。

罗明瀚依次打开了另外五个铁匣子，里面都是唐朝的玉器和古董，它们的价值和麒麟玉佩是一样的。

“这几件文物是真是假？”柯祥有意逼问着罗明瀚。

“这都是价值连城的宝物，不论哪一件都会引起收藏界的轰动！”罗明瀚不失时机地恭维着，“那件在黄天浩手里的玉佩，一定是你的手笔！”

柯祥不住地叹息着：“由于我的溺爱和娇惯，逆子为人处世非常霸道、专横。在他上中学的时候，我对他说过家里珍藏的宝物，谁知他长大成人后竟然迷恋上了一个女人，为了讨对方的欢心，他居然让我把宝物送给那个女人。我怎么会把祖传之物拱手送给他人呢！我专门请工艺品厂的技工精心仿制了一件麒麟玉佩，以蒙蔽那个贪心的女人。”

“哎呀，还是祥哥深谋远虑！”

柯祥一边让罗明瀚把古董和玉器全部收好一边郑重其事地说："明瀚，今天的事我们两清！你只要答应我一件事，把我和春宇送到缅甸，除了麒麟玉佩以外，你可以任选一件玉器或古董，算是我答谢你的礼物！"

罗明瀚闻听此言，激动得浑身颤抖，竟然说不出整话来："感谢祥哥……不杀之恩……更感谢祥哥馈赠的礼物……这事包在兄弟身上，你……尽管放心好了……"

柯祥拔出刀割破了自己的左手食指，鲜血一滴滴滴落在地上。"如果你我反悔，其中一人必死无疑！"

罗明瀚已经知道了柯祥的厉害，信誓旦旦地说："我佩服祥哥高超的功夫和精湛的刀法，更佩服祥哥的肚量，如若失言反悔……"他也要学着柯祥的样子用刀割破自己的手指。

柯祥制止了他，欣慰地说："有兄弟的这句话足矣！你先带春宇到缅甸，把他安顿好之后，我再出境。所有安置费用不用你出，全部由我来负担！还有一件事，你和春宇离开海城时，我要和黄天浩见一面。"

"祥哥，有这个必要吗？"罗明瀚迟疑着问道。

柯祥没有回答，眼里充满令人胆战心惊的杀机。

七

罗明瀚在柯祥的授意下，回到了海城。两人商议，当天晚上9点在海城七仙居茶楼约黄天浩和顾雨薇喝茶。

柯祥草草地掩埋了保镖的尸体。藏宝物的地方已经被罗明瀚发现了，为了安全起见，他把祖传的几件宝物转移到了祖坟附近的一个地洞里，然后才踏上回海城的列车。

下午3点多钟，罗明瀚重新找了一家宾馆。他急忙打电话请示远在香港的大老板，把这里发生的一切事情详细地作了一番汇报。老板略微沉思了一下，当即答应了下来：“只要他们到了缅甸就由不得他们了，夺取宝物，还不是探囊取物一样容易！他想在离开海城前和黄天浩见面，那就安排他们见好了。即使他有一身武艺，又能把黄天浩怎样？黄天浩在海城黑道上可是个响当当的人物！”

路新亮在天还未亮时，带着几个身手不凡的兄弟来到柯春宇家，没想到铁将军把门。几人绕着院子转了一圈儿，院子里静悄悄的。其中一个兄弟翻墙而入，发现几个房间房门落锁，空无一人。他转了一圈儿，只好又原路返回。他们谁也没有发现，在马路对面的一辆轿车里坐着两个刑警支队的刑警，他们的所作所为都在刑警的密切监视之中。路新亮想起了大街小巷张贴的抓捕柯春宇的通缉令，认为此地不宜久留，时间长了容易引起警察的注意。于是，他迅速带领着兄弟们离开了这条小巷。

傍晚时分，黄天浩派出去的人陆续回到夜总会。听说他们没有打探到任何有关柯家父子的消息，黄天浩不禁勃然大怒：罗明瀚只给了一天时间啊！

他正坐卧不安时，接到了罗明瀚的电话：柯祥约他晚上9点去七仙居茶楼喝茶。

黄天浩欣喜若狂：柯祥居然会送上门来，他葫芦里到底卖的是什么药？看来，今天晚上该玩点儿狠招了！他心里萌生了杀机。

晚上7点，他带领众兄弟浩浩荡荡地来到了七仙居。他把老板找来，要求今天晚上包下二楼所有的雅间。老板知道，黄天浩这种人万万不能得罪。

黄天浩在218雅间门口布置了两位武艺高强的保镖，路新亮站在他身后。二楼楼梯口也站着两个保镖，阻止其他人上楼，其余保镖待在另外几间雅间里等候他的命令。

9点，柯祥和罗明瀚准时来到了七仙居。罗明瀚看到黄天浩摆下这个阵势时，不禁有些恼怒，他知道黄天浩对柯祥心存芥蒂。

柯祥一进雅间，看见黄天浩和顾雨薇坐在一起稳稳当当地品茶时，心底顿时燃起了一团怒火，但是，他的面部表情却非常平静。

他双手抱拳，落落大方地坐在两人对面，抑扬顿挫地说："我儿子毁在你俩手里！为了得到我家的麒麟玉佩，你们让我儿子进了监狱，你们真是太歹毒了！"

"还是你老谋深算啊！竟然拿一块假玉来哄骗我们！"黄天浩咬牙切齿地说。

"都说你在道上是个响当当的人物，我看你纯粹是个为达到个人目的不择手段的小人！"柯祥的眼里好似要喷出一团火来。

"祥哥，我们今天不谈这个！"罗明瀚打着圆场。

黄天浩见罗明瀚称柯祥为祥哥，心中甚为不解。

柯祥站起身，双手拍打着腰部和袖管："我来是很有诚意的，没有携带任何器械。我在，我家的玉佩就在！你来见我的目的，我是非常清楚的。我要离开这个地方了。我只是要告诉你，做人要厚道，别人家的东西，要想得到是要付出代价的！我给你倒杯茶，就算我们之间的恩怨两清了！"

柯祥站起身，拿起桌上的茶壶，茶壶正好空了需要添水，他走到饮水机前，往茶壶里加了一些开水。他用身体挡住众人的视线，右手一抖，一团白色粉末从他手上的戒指里飘进了茶壶。他盖上壶盖儿，依次给黄天浩和顾雨薇斟满了茶水，随后也给自己满上了。

黄天浩此时有一种被戏弄的感觉，他没有料到，罗明瀚和柯祥达成了共识，这之间的纽带一定是玉佩。既然他没有携带器械，我何不将他一举擒获？到手的鸭子岂能让他飞了？到时，再逼他交出玉佩。罗明瀚虽然有香港老板做靠山，但这是在我的一亩三分地上，他能把我怎样？他想到这里，脸上闪过一丝恶意的冷笑。他和顾雨薇端起茶杯正要一饮而尽时，忽然门外一阵大乱。房门被猛力撞开，钟雪松带领着荷枪实弹的刑警冲了进来。站在黄天浩身后的路新亮正要亮出飞刀负隅顽抗，钟队长抬手一枪，击中了他的手腕，飞刀掉到地上……

手持微型冲锋枪的刑警把柯祥等人逼到墙角，给他们戴上了手铐。钟雪松搜遍了柯祥的全身，未发现任何器械，感到非常奇怪：他和黄天浩有不共戴天之仇，他难道不怕黄天浩杀了他？这其中一定另有缘由。柯祥戴着手铐的双手低垂着，钟雪松注意到，柯祥右手无名指上的戒指有些与众不同之处。他摘下了柯祥手上的戒指，果不其然，戒指上有一个暗藏的开关，打开按钮，戒指中间是空心的，大约有 1 厘米见方，里面残留着少许的白色粉末。

钟雪松嗅了嗅白色粉末，一股浓烈的杏仁味冲入了他的鼻腔，富有经验的钟雪松断定，白色粉末是氰化物。他把戒指放进一个塑料袋里，将塑料袋在黄天浩眼前晃了晃："黄天浩，你知道这个戒指里面装的是什么吗？柯祥已经投毒成功，而毒药就在茶壶里，幸亏我们来得及时，要不然你们早已气绝身亡了。"

黄天浩和顾雨薇惊讶得目瞪口呆……

一位持枪刑警走到钟雪松身边报告说："钟队长，黄天浩带来的人全部抓获，他们每人都带着一把砍刀！"

钟雪松说："把他们全部押回支队审查！"这位刑警转身离去。待门外杂乱的脚步声逐渐消失后，钟雪松回过头来，看着站成一排垂头丧气的柯祥等人。

钟雪松在他们面前踱着步子，缓慢地讲述着："你们一定对我们的出现感到非常意外，尤其是柯祥！黄天浩白天兴师动众地寻找柯家父子，晚上又带领众多保镖携带砍刀来到七仙居，早已引起我们的注意。如果你们不在这里聚会，我们不会这么快把你们全部抓获。智者千虑必有一失！柯春宇越狱后，疯狂作案，扰乱了市民的平静生活。他之所以被捕入狱，全是黄天浩暗中捣鬼。柯春宇和顾雨薇靠敲诈勒索过日子，却被黑道上的人禀告给了黄天浩，说他们影响了酒吧的生意，酒吧的老板们一起找到了娱乐界的龙头老大黄天浩。黄天浩做事沉稳，派人跟踪观察了几天，并了解了柯春宇和顾雨薇的底细。当黄天浩得知，柯春宇家里有祖传的宝物时，便想据为己有；而他垂涎顾雨薇的美貌，便开始和顾雨薇暗中接触。”钟队长把目光移向了黄天浩，“你是情场老手，善于捕捉年轻女性的心理，你告诉顾雨薇，敲诈勒索的日子不可能长久，随时都有被警察查获的一天，使顾雨薇心甘情愿地委身与你。你让她用花言巧语从柯春宇手里骗取了麒麟玉佩，随后送给了你。你得到玉佩后，开始实施第二步：把柯春宇扔进监狱。顾雨薇鼓动柯春宇到天雨夜总会喝酒、跳舞、观赏歌舞表演，并在柯春宇的酒杯里投放了大量的兴奋剂。呼振良登场后，装作醉汉调戏顾雨薇，遭到柯春宇的暴打。巡警到场后，他还暴力袭警。呼振良和黄天浩是从小一起长大的朋友，呼振良因盗窃罪刚从监狱里出来，生活窘迫，黄天浩便抛出了一个巨大的诱饵：事成之后，出钱给呼振良开公司、买房子。呼振良在利益的驱使下，答应了黄天浩的要求。黄天浩没有失言，果真出钱安置了呼振良。当顾雨薇把目标指向呼振良时，为了栽赃陷害柯春宇，你命手下得力干将路新亮杀死了呼振良，然后打110报警，嫁祸于柯春宇。具体作案细节，路新亮，你到审讯室里再好好交代吧！柯春宇明白过来后，便去夜总会报仇，却落入了你设下的圈套。要不是一个蒙面人解救了柯春宇，柯春宇早已寿终正寝了。而这个蒙面人正是柯祥，因为柯春宇手下的兄弟中没有会使飞刀的高人。”

钟队长略微停顿了一下，把目光移向了柯祥，随后继续讲述着：

“你把儿子解救回家后，把他藏在了储藏室下面的地洞里。装大米的大缸下面就是地洞口，我在你家勘验时，发现了这一秘密。超市购物小票也引起了我的注意。”他取出手机，拨打电话，“苏建武，你和防暴队的同志可以行动了！注意安全！”

柯祥脸色如死灰，绝望到了极点……

钟队长用威严的目光逼视着柯祥：“你昨天晚上避开了监视你的刑警，罗明瀚也脱离了我们监控的视线。你们失踪了整整一天，那是我们监控刑警的失职啊！具体细节在以后的审讯过程中，你们再详细交代吧！罗明瀚完全听从你的调遣，是你家的宝物起了决定性的作用！”

钟队长的目光停留在罗明瀚灰白的脸上：“你的底细全在我们的掌握之中。这起案子，由于你的出现，加快了我们结案的速度！没有你，也许我们还要多费一些周折……你把所有的关系人都拴在了一根线上！”

罗明瀚似乎从钟队长的话语中醒悟过来……

“柯祥，你在众目睽睽之下，是怎么把氰化物投进茶壶里的？”钟队长问。

柯祥有气无力地说：“我趁往茶壶里添水的机会，用身体挡住众人的视线，把戒指里的毒药撒进了茶壶里。你来得太早了，未能为儿子报仇，我感到无比遗憾！”

黄天浩和顾雨薇对钟雪松充满了感激之情……

钟雪松的手机发出了悦耳的铃声，他接通了手机。苏建武激动地说：“钟队长，我们在储藏室挪开大缸后，柯春宇在地洞里向我们开枪射击。我们朝地洞里投放了催泪瓦斯弹，最终生擒了柯春宇。我们没有伤亡。”

钟队长义正词严地说：“柯祥，由于你的溺爱和娇惯，使你儿子走上了不归路……”

柯祥低下头，感到万分悔恨。

神秘的盗车案

一、雪夜命案

凛冽的冬夜，寒风怪叫着盘旋在花山的上空，肆无忌惮地掠过古城的大街小巷，转瞬间，纷纷扬扬的雪花从空中飘落……

一个身材魁梧的大汉沿着南市区一条幽静的小巷飞快地走着，当他走到幸福路人行便道上时，一辆皇冠3.0轿车映入了他的视线。他止住了脚步，绕过皇冠轿车，继续往前走，没过多久，一声凄厉的惨叫声回荡在寂静的夜空，“扑通”一声，好像是沉重的物体扑倒在雪地上发出的一声闷响。

黎明时分，花山市公安局刑警支队值班室接到电话：幸福路发生一起凶杀案，死者叫王光明，市财政局办公室司机。

重案组探长薛阳闻讯后，迅速召集探组的几位刑警，跳进了停在院子里的警车……

刑警们于6点30分到达案发现场，现场位于南市区幸福路爱民胡同。

几位110巡警伫立在寒风朔雪之中，他们身上披满了洁白的雪花。

薛阳和巡警们打过招呼后，径直穿过用绳子拉起的警戒线。洁白的雪地上，俯卧着一具冰凉的尸体。薛阳蹲下身子，仔细观察着死者背部的刀伤。

报案人是一位年近六旬的老人，他早晨推开院门，清扫门口的积雪时，发现了这具冰凉的尸体。

薛阳把老人请进警车里。老人的神情有些紧张，眼角的余光不时地瞟向车外的尸体。

“大爷，您不要紧张！”薛阳一边安慰着老人，一边递给老人一支香烟。

老人接过香烟，稳了稳神：“王光明是我的邻居，我们两家关系不错。好端端的一个人，就这么撒手而去了，实在令人痛惜呀！”

经过老人的一番介绍，薛阳对于王光明的一些情况有了大致了解。他今年40岁，在财政局开车多年，工作中任劳任怨，勤勤恳恳，连续多年被评为先进工作者。与邻居关系处得极为融洽，谁家有事用个车什么的，他总是热心相助。

王光明的妻子从娘家急匆匆地赶到家门口，她凝望着丈夫的尸体，惨叫一声，昏厥了过去。

刑警孙晓晨立即对她采取急救措施，片刻后，她从昏迷中苏醒过来。孙晓晨搀扶着她，推开她家虚掩着的屋门。

在客厅里，她断断续续地叙述道：昨天晚上，她母亲突然感到身体不适，她和丈夫急忙赶到娘家，陪伴自己年迈的母亲，大约晚上11点钟，王光明自己开车回到了家中。没想到丈夫竟在家门口惨遭杀害。

薛阳听说王光明把车开回家，不禁想到，她家门口只有两道深深的车轮印。于是，他问道："王光明开的是什么车?"

"他开的是局办公室主任的车，是一辆日产皇冠3.0轿车。"王光明的妻子悲悲切切地说。

薛阳的目光停留在茶几上的一串钥匙上，他拿起这串钥匙，仔细观察着钥匙链上的防盗报警器。

王光明妻子见薛阳对钥匙感兴趣，急忙说："这是我丈夫的汽车钥匙。"

薛阳凝视着汽车钥匙，更加证实了自己的判断。

几位刑警在探长的部署下，在现场周围展开了细致的搜索，未发现与本案有关的物证和线索。

现场勘查工作结束后，薛阳和刑警们乘坐警车正要离开现场时，他透过车窗，看到站在寒风中的死者家属苍白的脸上流露出一种期盼的神色，心情变得格外沉重。

薛阳等人回到重案组后，立即在办公室里召开探组侦查会议。由于盗车案发生在南市区，区分局刑警大队大队长蓝玉文和副队长费润龙也带着方云霄、卜子亮等几位精干刑警参加了案情分析会。

薛阳见大家都到齐了，打开笔记本，朗声说道："今天早晨，幸福路发生了一起凶杀案，市财政局司机王光明惨遭杀害。根据现场情况分析，我认为这是一起与盗车案有关的凶杀案，凶手在盗车过程中杀害了司机。根据尸检，我们确定死者死亡时间在凌晨1点至1点半之间。根据现场勘查结果及在现场提取的两个人的脚印，我们确定现场有两名犯罪嫌疑人。我们可以推测当时的情景，凌晨时分，两名嫌疑人一前一后走在幸福路上，当他们走到幸福路爱民胡同时，发现了停在人行便道上的皇冠3.0轿车，立即蹲在路边的阴影里，观察周围的动静。几分钟后，他们确认没有任何危险，开始动手盗车。睡梦中的王光明听到了屋外的动静，马上穿好衣服跑到屋外。当他发现有人正在偷车，立即上前斥责盗车贼。隐藏在阴影处的另一个盗车贼用匕首刺在王光明背部，他当即死亡。作案得手后，两人驾车逃离了现场。根据遗留在现场的脚印，我们确定了嫌疑人的身高和体重，两位嫌疑人均为男性，其中，嫌疑人甲身高182厘米，体重90公斤；嫌疑人乙身高176厘米，体重80公斤。自今年9月份以来，我市南市区共发生8起盗车案，种种迹象表明，8起盗车案和这起凶杀案有着内在的联系。嫌疑人为什么均将盗车地点选在南市区呢?”

薛阳说到这里，他的目光与南市区刑警大队大队长蓝玉文的目光碰在一起。蓝玉文的脸色不禁有些微红，系列盗车案已使南市刑警队四面楚歌，市民们在茶余饭后都把盗车案当成了议论的焦点，

薛阳略微停顿了一下，又继续说道：“蓝队长，你把系列盗车案的有关情况向大家介绍一下。”

蓝玉文今年36岁，是南市区分局赫赫有名的刑警队队长，破获了许多重大疑难案件。久侦未破的盗车案，已使这位铁血警探满面汗颜。

蓝玉文打开笔记本，语调低缓地说：“第一起盗车案发生后，我们组织精干力量进行侦破，并且使用了一些侦查手段，但是未获取任何有价值的线索。系列盗车案发生后，使我们刑警队的工作非常被动，我认为，盗车案有以下几个特点：第一，作案时间均在凌晨时分；第二，根据现场情况可以确定为两人作案；第三，嫌疑人对各种轿车的性能及防盗装置非常了解；第四，嫌疑人有宽敞的场所藏匿轿车，被盗轿车经过改头换面后，极有可能被销往外地。盗车案发生后，市里各新闻媒体，

均进行了翔实报道。”

薛阳在《花山晚报》上看过盗车案的系列报道，当时，他正在侦查一起凶杀案，无暇顾及此案的侦破进展。在听了蓝玉文的案情介绍后，他对盗车案有了较为清晰的认识。于是，他说道：“根据蓝队长的分析以及现场情况，我们已明确了侦查方向，我们应从以下几点开展工作：第一，在同类犯罪中发现线索；第二，加强机动车交易市场的管理，从中发现线索；第三，在各交通检查站增加适当警力，对进出我市的各种机动车进行严格检查；第四，嫌疑人为什么在南市区频繁作案，其动机何在？这是我们下一步调查的重点……”

“笃笃笃”的敲门声，打断了薛阳的话，一位身穿裘皮大衣的年轻女人脚步轻盈地走进了重案组办公室。她是《花山晚报》大名鼎鼎的新闻记者林艳丽。她在晚报头版对系列盗车案给予了详尽报道。

她大约三十五六岁，浑身洋溢着一种与众不同的高贵典雅的气质，她用明媚的目光扫视着在场的每一位刑警，在蓝玉文黝黑的脸庞上停留了一下，明亮的双眸里闪过一丝令人捉摸不透的光亮。

她走到薛阳身旁，俊美秀丽的脸庞上闪过一丝醉人的微笑，使人备感亲切：“久闻薛探长大名，今日相见，果然气质不凡。幸福路发生了一起凶杀案，盗贼在盗车时将司机残忍地杀害。市民们对此案议论纷纷，抱怨公安民警没有及时破获系列盗车案，致使无辜百姓惨死。诸多过激言辞，我在这里不便赘述。”

对于新闻记者的突然来访，薛阳感到非常吃惊。林艳丽这个人，他早已如雷贯耳，每天晚报的头版都有她的独家专稿，她是《花山晚报》公认的才女。

面对林艳丽连珠炮似的话，薛阳微微一笑：“我们一定不负众望，最终将杀人凶手绳之以法。”

薛阳话音刚落，一位值班刑警急匆匆地走进重案组，他疾步走到薛阳身旁，低语道：“薛探长，滨州市公安局打来电话说，他们在打击盗窃机动车专项行动中，查获了一辆奥迪轿车，发动机号码有明显改动过的痕迹，与我们通报的那辆奥迪轿车有相似之处。他们抓获了一名嫌疑人，并请我们去滨州辨认轿车。”

薛阳在听取值班刑警的情况汇报后认为，这条线索非常重要，系列盗车案很可能由此打开突破口，从而出现新的转机。

就在薛阳凝神静思的那一瞬间，林艳丽笑吟吟地说：“薛探长，你们正在研究案情，我就不在这里打扰了，我期待着你胜利的喜讯。”说完，她犹如一股清风，从薛阳身边飘然而去。

薛阳凝望着林艳丽娉娉婷婷的背影，毅然决然地说：“我们一定会给全市人民一个满意的答复！”

“蓝队长，滨州的同行抓获了一名嫌疑人，你带上一名刑警及奥迪车主跑一趟滨州，滨州离我们花山100多公里，路上要注意安全！我在花山静候你的好消息！”因为探组的刑警都有各自的调查任务，薛阳只好让蓝玉文去一趟滨州。

一辆警车疾驶在花山通往滨州的公路上。蓝玉文坐在助手席上，望着车外川流不息的车流，他的思绪变得格外凌乱……自第一起盗车案发生以来，他的工作就变得非常被动，嫌疑人显然有意和他作对。自已从警十几年来，侦破的大案要案不计其数，抓获了一大批犯罪嫌疑人，并将他们送进了高墙内。会不会这些人出狱后不思悔改，出于报复心理继续疯狂作案？

警车拐进了一条平坦宽敞的公路，这条路是通往滨州的必经之路，离滨州只有五六公里。午后时分，公路上静悄悄的，只有这辆警车在疾驶。在午后阳光的照耀下，公路两旁的积雪已消融了许多。

当警车快要驶过一片小树林时，忽然，一声清脆的枪声打破了公路上的寂静，一颗子弹击碎了警车左侧车门的玻璃，打中了驾驶员的左肩膀。“砰”又是一声枪响，子弹击中了警车前轮的轮胎，警车缓缓地停在路边。

当第一声枪响时，蓝玉文意识到有人袭击警车，立即掏出手枪，推弹上膛，第二声枪响之后，他打开车门，纵身跃出车外，并命驾驶员和奥迪车主趴在车里。他以警车为掩体，仔细观察公路对面小树林里的动静。

一位戴着摩托车风镜，身材魁梧的大汉，隐身在一棵树干后面。

蓝玉文看清行凶歹徒之后，问受伤的刑警：“小王，伤得重不重?”

“蓝队长，我没事，只是划破一层皮。”小王捂着受伤的肩膀，鲜血顺着手指的缝隙往下流淌着。

“你包扎一下伤口，待在车里别动，保护好司机师傅，别再让他受伤!”蓝玉文一边嘱咐小王，一边朝黑大汉开枪射击。

黑大汉朝蓝玉文的隐身处猛烈开火。

蓝玉文手持一支64式手枪，由于距离较远，没有给黑大汉造成一定的威胁，而黑大汉使用的是一支54式手枪，射程远，威力大，并且占据有利地形，使蓝玉文处于劣势。

蓝玉文蹲在警车后面，一边朝黑大汉射击，一边试图冲过二十几米宽的公路，但密集的子弹使他寸步难行。

“砰砰砰”清脆的枪声响彻公路寂静的上空。

黑大汉也不敢贸然进攻，只好朝停在路边的警车猛烈射击。转瞬间，这辆警车便弹痕累累。

蓝玉文往弹匣里填满了子弹，朝黑大汉开了两枪，然后猛地跃出隐身处，一个就地十八滚，朝小树林方向猛冲。

黑大汉被蓝玉文英勇无畏的举止吓呆了，片刻之后，他才想起开枪，子弹呼啸着在蓝玉文身旁四处开花。眨眼间，蓝玉文闪电般冲进了公路旁边的排水沟里。

忽然，从远处传来尖锐的警笛声，黑大汉暗叫不好，他知道，马上就会有大批警察赶到，再恋战肯定会束手就擒。他又朝蓝玉文开了几枪，缩起身子，犹如一条光滑的泥鳅呈之字形在树林里钻来窜去。

蓝玉文纵身跃出排水沟，朝黑大汉逃遁的方向连开数枪，子弹打在远处的几棵树上……

黑大汉跨上停在林间小道上的一辆摩托车，在摩托车的轰鸣声中绝尘而去……

蓝玉文举着打完子弹的手枪，愤怒地注视着黑大汉逃窜的背影，发出了懊悔的长叹……

几辆警车呼啸而至，二十几名头戴钢盔、手持微型冲锋枪的警察跳出警车，冲进路边的小树林……

蓝玉文站在黑大汉发射子弹的柳树下，柳树四周撒满了子弹壳，看来黑大汉带着足够的子弹，他训练有素，反应敏捷，具有一定的实战经验。他敢在光天化日之下公然袭击公安人员，这显然是一起针对性极强的枪击事件并且与盗车案有内在的联系。

二、盗车贼

蓝玉文在滨州市看守所的审讯室里，提审了盗车嫌疑人刘建卫，他今年 25 岁，滨州市人，无正当职业。

在提审刘建卫之前，蓝玉文先让奥迪车司机老张仔细地辨认了滨州刑警查扣的奥迪轿车。

老张围着奥迪轿车转了一圈儿之后，给予了肯定的答复。

刘建卫曾因盗窃罪在石井子河劳改农场劳动改造4年，去年5月份刑满释放后，一直居无定所，四处飘荡。

被滨州公安局刑拘后，他始终对奥迪轿车的来源回答得吞吞吐吐。他被带到审讯室后，忐忑不安地坐在一把铁椅子上，耷拉着脑袋，一言不发。

坐在审讯席上的蓝玉文首先对刘建卫进行了简单的讯问，并作了一番自我介绍。刘建卫听到蓝玉文是花山公安局的刑警，心里不由得“咯噔”一下，脸色略显苍白。

蓝玉文看出了刘建卫的细微变化，心里更加有底了。于是，他采取连珠炮式的讯问方式连连发问，使刘建卫猝不及防，节节败退。最终，他的心理防线全面崩溃，将奥迪轿车的来源全盘托出。

从劳改农场回到滨州后，他感觉世界变化太快了，自己有些落伍了，赶不上时代的潮流。在劳改农场说的洗心革面、重新做人的忏悔话早已抛在脑后，他已被金钱冲昏了头脑。

曾一同在农场服刑的狱友黑皮找到了他，两人在里面时就臭味相投。在黑皮的游说下，他俩达成了一项协议：黑皮从花山市搞一辆豪华汽车，开到滨州后进行翻新，刘建卫将赃车迅速以低廉的价格出手，得手后，两人四六分所得赃款。

没过几天，黑皮从花山开来一辆桑塔纳轿车，刘建卫很快在黑市上将桑塔纳出手。面对一大堆钞票，刘建卫顿时心花怒放，他想，这钱真是来得太容易了！只要手脚干净不留痕迹，这事永远不会暴露。

他马上用这笔钱对自己进行了“包装”，抽名牌香烟，穿名牌西装，还经常出入夜总会等娱乐场所接受异性服务。他在市区繁华地段租了一套两室一厅的单元房，还包养了一位歌厅小姐做他的情妇。自今年9月份以来，他一共在滨州销掉了8辆豪华轿车。

根据刘建卫的供述，蓝玉文对于黑皮的情况有了大致了解：黑皮的原名叫马林，今年28岁，住在花山市万山区永安里8号院16号楼2单元5号，曾因持刀伤人被判处有期徒刑五年。

凌晨时分，三辆警车悄悄地开进永安里8号院，几位派出所民警早已在16号楼前等候多时了。

薛阳等人走出警车，与派出所的同志打过招呼后，轻声问道："情况怎么样?"

一位年轻民警俯在薛阳耳边低语道："从接到监控任务后，我就对他采取了措施，二楼亮灯的那个屋就是他家。"

在听取派出所民警的情况汇报后，薛阳立即对几位民警部署抓捕任务。他说："等二楼的灯熄灭半小时以后，我们再采取行动。我和刘振庆、王海一组，进屋实施抓捕；派出所的两位同志进屋后把灯打开，守住门口担任警戒工作，防止黑皮逃窜；刑警队的林永生、志强守在楼梯口，形成第二道包围圈；其他几位同志两人一组守在一楼楼道口及他家的阳台和窗户下。第一，我们要注意自身的安全，黑皮手里很可能持有刀具；第二，不到万不得已时，我们不要开枪，要将他生擒活捉!"

薛阳刚部署完抓捕任务，没过几分钟，二楼亮灯的房间便熄了灯。

在薛阳的示意下，大家进入了各自的岗位。整个居民区一片漆黑，静悄悄的，没有一丝声响。

半小时过后，薛阳下达了行动的命令。

手持消防斧的刘振庆上前一斧就将防盗门的暗锁砸坏，用粗壮有力的肩膀将防盗门撞开，随即一脚将第二道木门踹开。

在这一瞬间，王海手持强光手电，闪身而进，耀眼的光束在房间里闪来闪去，捕捉着目标。

一个黑影从卧室的床上一跃而起。薛阳一声怒吼，纵身跳到床前，将跃起的黑影扑倒在床上，用力将他的手臂反拧到背后，动作娴熟地给他戴上手铐。

派出所民警打开了灯，将黑皮从床上拽下来，责令他蹲在墙角。随后，民警从枕头下搜出一把闪着寒光的匕首。

光着身子的马林冻得瑟瑟发抖，见薛阳搜出了匕首，不由得发出了一声轻微的叹息。

刑警们回到刑警支队办公室后，立即对马林展开审讯。马林摆出一副死猪不怕开水烫的架势，拒不交代任何问题。对于刘建卫提出的情况，马林矢口否认。

对于马林这种极其顽固的死硬分子，采取强硬手段是没用的。薛阳决定，重新调整工作步骤。

这时已是黎明时分，忙碌了一夜的刑警们非常疲惫，刘振庆、王海眼里布满了血丝。薛阳看到同志们一脸倦容，不忍心让同志们再熬下去。

薛阳看了看低垂着脑袋一言不发的马林，对几位刑警说："你们先休息一会儿，待天亮以后，我们再开始工作，由我看着他就行了！"

刘振庆站起身，说道："薛探，你还是休息一会儿吧。"

就在刑警们争执不下时，黑皮忽然皱着眉头呻吟道："我肚子疼，我要去厕所，哎哟，疼死我了！"

薛阳看着马林的可怜相，只好让刘振庆带他去厕所。

黑皮急忙站起身，弯着腰，哭丧着脸往门外走。刘振庆紧紧地跟在黑皮身后，走出办公室。

薛阳有些不放心，急忙让王海也跟着去。

没过几分钟，王海急匆匆地跑进屋，急切地喊道："薛探，不好了，黑皮跳楼跑啦！"

薛阳闻听此言，闪电般冲出办公室，朝厕所方向疾奔。他跑进厕所时，只见厕所的窗户大开着。一股股强劲的寒风吹进来，薛阳的心情格外沉重。

王海面红耳赤地辩解道："到厕所后，我们给他打开了手铐，站在门口等他。谁曾想到，他顺着下水管道逃跑了。我们太大意了，薛探，我们请求处分！"

薛阳一边查看现场，一边摆手说："现在不是说这个问题的时候。马上两人一组，对逃窜的马林进行追捕。"

窗户台上有马林留下的脚印。薛阳纵身跃上窗台，双手抓住下水管道，身体灵活地顺到楼下。楼下有一道高高的围墙，墙头上有攀爬过的痕迹，马林一定是从墙头上逃跑的。

薛阳双手扒着墙缝，敏捷地跃上墙头，凝望着寂静无人的大街，陷入了沉思……马林脱逃，使刚到手的线索再度中断，自己的疏忽大意给今后的侦查工作带来了一定的难度。

一辆辆警车闪着警灯驶出公安局大院。黎明时分，全市各警种都接到了追捕马林的指令，在各交通要道均部署了精干警员，对过往行人、车辆严密盘查。一张巨大的法网在全市悄然张开……

三、卧虎岭疑案

一天清晨，郊区分局刑警大队打来电话称：在风景区卧虎岭山脚下，发现一具身份不明的男尸，请求刑警支队派人勘查现场。

薛阳接报后，迅速带领探组的几位成员驱车赶赴现场。在通往卧虎岭的山路上，薛阳心里隐约产生了一种不祥的预感。

他到达现场看过尸体之后，证实了自己的判断：这具尸体正是刑警们奋力追捕的盗车贼马林。

他仰面躺在一块巨大的岩石上，头部摔得脑浆四溢，血肉模糊，其状惨不忍睹。

报案人是风景区的管理人员，他是在山脚下清理杂物时发现马林尸体的。报案人提供不出什么有价值的线索，只是说由于天气寒冷，这几天基本没有什么游客，死者孤身一人跑到这里来，确实令人不可思议。

薛阳仔细推敲着管理员说的话，似乎从中悟出了问题的端倪。纵观整个现场，给人的印象是，马林是从山顶上摔下的。从他脱逃的那天起，至今已有三天时间了，在这三天时间里他躲藏在何处呢？刑警支队派出多支追捕小分队，在全市范围内对马林实施追捕，对其所有的社会关系都进行了详细调查，并对其有可能出现的场所组织精干力量进行蹲守。袭击蓝玉文的黑大汉与马林的体貌特征不符，在马林家搜出的匕首，经检验不是杀害王光明的那把。在盗车现场有两名嫌疑人实施盗窃活动，说明这是一个由多名犯罪人员组成的犯罪团伙，更有力地说明，马林之死根本不是意外死亡，而是有目的的杀人灭口。

根据现场勘查及尸体检验结果，马林的死亡时间被确定在昨天晚上10点至11点间。

卧虎岭方圆几十里，共有大小山峰16座，马林摔下的这座山高100余米。薛阳和孙晓晨沿着崎岖的羊肠小道，顶着刺骨的寒风，爬上了山顶。

山顶极为宽阔，面积足有50多平方米，在一片枯草丛中，薛阳发现了一个极为隐蔽的石洞。他和孙晓晨拨开齐腰高的枯草，走进了石洞。洞口比较狭小，只能容一人通过，越往里走越宽阔，但气温越来越低，使人感到寒气袭人。大约走了十几米，便是一处20余平方米宽敞的平地，平地上设有石桌、石凳、石床。借助电筒的光亮，薛阳在石桌下发现了十几个白酒瓶、矿泉水瓶及熟食包装纸，烟盒、烟蒂扔得遍地都是，石床上扔着一件棉大衣。看到这些，薛阳意识到，一定有人在这里住过。

薛阳对石洞的每一个角落都进行了细致搜索，在石床下发现了一块带血的石头，他仔细观察着石头上面的血迹，这片血迹还很新鲜，而且血迹上还粘着几根黑色的毛发。

他联想到马林支离破碎的尸体及血肉模糊的头部，眼前闪现出当时的情景：马林脱逃后跑到了同伙的住处。同伙认为马林在他家里躲藏有一定的危险，便将马林安置在卧虎岭的这个石洞里，并给马林送来御寒的棉大衣以及矿泉水、白酒、香烟、熟肉、面包等物品。让马林躲藏在石洞里也不是长久之计，外面的风声越来越紧了，同伙感到了危险的临近，只有将马林处理掉，才能使他摆脱眼前的困境。昨天晚上，这位同伙上山给惶惶不可终日的马林送来食品，用酒灌醉了马林，假意扶他到石床上休息一会儿，然后趁马林不备，用石块猛击其头部，将马林砸昏后，扛到石洞外面，扔下山，造成马林酒后失足摔下山的假象。作案得手后，他迅速清理现场痕迹，逃离了卧虎岭。

技术员王大江在石桌、石床及沾满血迹的石块上提取了指纹，并在洞口提取了一行清晰的脚印。这行脚印与枪击蓝玉文现场的脚印一致，这说明，杀害马林的凶手就是那个训练有素的黑大汉。

在盗车案现场，技术人员提取了两名犯罪嫌疑人的脚印，这两人正是马林和身份不明的黑大汉。

四、平安夜的枪声

12 月 24 日晚上 8 点，天空中飘起了雪花，转瞬间，花山便成了一片洁白的世界。凌晨时分，雪渐渐地停了下来，可刺骨的寒风却使人感到了冬日的寒冷。

今天是平安夜，全市每家店铺门口都摆放着一个笑容可掬的圣诞老人，人们在店铺里里外外张灯结彩，迎接着圣诞节的来临。

为了使全市人民度过一个祥和安宁的节日，市公安局全体民警坚守着自己的岗位。

随着零点钟声的敲响，一队队全副武装的民警在辖区内展开清查……

东城区公安分局治安科几位民警，奉命对辖区内的永安宾馆进行清查。在旅客登记簿上，细心的民警发现了一个熟悉的名字——米丽珠，她今年25岁，花山市人，曾因卖淫被东城区公安分局劳动教养两年。

她家住在东城区春厂小区，离永安宾馆也就七八里的路程，可她为什么要住在永安宾馆呢？这里面一定有问题。民警们决定，对其居住的302房间进行检查。

在客房部服务员的配合下，民警打开了302房间。米丽珠正和一位身材粗壮的男子在席梦思床上翻滚着，面对突然闯进来的公安民警，她裸露着丰满的胸脯发出了一声惊叫。

在民警们的呵斥声中米丽珠战战兢兢地穿好衣服，而那名男子却一声不吭地穿好衣服，默默地站在床边，一系列的动作却显得那么从容、镇定，没有丝毫的慌乱。

米丽珠穿好衣服后，开始哭闹起来：“政府，你们这次可抓错人了！我俩在谈恋爱，根本就不是那种买卖关系。我早已脱胎换骨重新做人了。不信，你们问他，我们是不是在谈恋爱。”

大汉冷冷地看着米丽珠，一言不发。

对于米丽珠的无理纠缠，民警们给予了义正词严的警告。

在她的哭闹声中，正在熟睡的旅客们纷纷打开房门，睁着惺忪的睡眼，站在门口想看个究竟，弄清怎么回事后，他们不禁议论纷纷……

面对有些混乱的场面，民警们只好将米丽珠强行带离现场。当民警们快要走到一楼楼梯口时，一直保持沉默的男子突然从腰间拔出一把闪着寒光的匕首，朝走在他身旁的一位民警腹部狠狠地捅了一刀。

他推倒受伤的民警，纵身一跃，跳下三四米高的台阶，当身体快要落地时，他一个前滚翻，从地上站起身，朝大厅狂奔。

站在大厅门口的一位民警急忙抽出手枪，上前挡住了他的去路，并命令其放下凶器。

大汉将手中的匕首掷了出去，民警急忙侧身躲避，但匕首还是扎进了民警的胸部。大汉奋力推开受伤的民警，旋风般冲出大厅，跑到大街上。

面对疯狂的歹徒，忍无可忍的民警们朝歹徒开枪射击……子弹呼啸着击中了歹徒的腿部。歹徒惨叫着扑倒在雪地上，在地上翻滚着爬进了宾馆对面的停车场，以汽车轮胎为掩护，朝追捕他的民警疯狂射击。

"砰砰砰"，清脆的枪声划破了寂静的夜空。民警们在大厅门口快速散开，呈扇形朝歹徒的隐身处包抄。

大汉见势不好，急忙趁着夜幕的掩护慌乱地逃离了停车场。

大批增援民警赶到后，对停车场进行了搜查，大汉早已逃得无影无踪了。卖淫女米丽珠见到眼前的情景，早已吓得魂飞魄散，瘫倒在地，如一团烂泥般一动不动。

薛阳接到通报后，迅速带领探组的全体成员赶到永安宾馆。民警们在停车场里搜到了八枚54式手枪子弹弹壳。

薛阳接过那把杀伤两名民警的匕首，一眼便看出这是一把军用伞兵刀。大汉持有54式手枪，与盗车案中的嫌疑人有诸多相似之处。于是，薛阳命技术人员对现场遗留的伞兵刀、弹壳进行技术鉴定，并连夜对米丽珠进行审讯。

米丽珠被带进重案组后，始终不敢正视薛阳威严的目光。由于她的无理取闹，分散了民警的注意力，致使民警遭到暴力侵害。薛阳并不急于问话，只是默默地观察着这个年轻的女人。

办公室里静悄悄的，没有一丝声响。薛阳、刘振庆、孙晓晨三人谁都不说话，无形中给米丽珠增加了一种精神压力。

米丽珠的大眼睛里流露出一种令人心悸的迷惘和不安，她虽然端坐在椅子上，双腿却在微微颤抖……今天晚上发生的一幕，真是太可怕了！她知道，主动向警察交代问题，争取从轻处理，才是自己唯一的出路。

她把晚上所发生的一切作出了如实的供述：被解除劳教之后，街坊邻居对她总是冷眼相待。她也知道自己有那么一段不光彩的经历，可那都是为了生活呀！她想，如今自己没有固定的工作，为了今后多攒些钱，只能重操就业了。等手里有了钱，开个店铺经营正经生意，不是更好吗？没有钱就会被人看不起，现在的社会笑贫不笑娼啊！她仔细端详着镜中的自己，这是一张年轻、漂亮的面孔，体态丰满，有着诱人的身段，圆圆的大眼睛能使那些好色的男人心猿意马。自己的身体就是吃饭的本钱，何必要难为自己呢？现在，还是趁着自己年轻抓紧时间挣钱吧！

下午6点，她精心打扮了一番，乘出租车来到永安宾馆，走进永安宾馆大厅。大厅里来来往往的旅客很多，总有一些男人用怪异的目光凝视着她，恨不得一口把她吞下去。从那些男人火热的目光中，她看到了自身的价值。她用自己的身份证开了一个房间，刚进房间一会儿，一位身材魁梧、肤色黝黑的大汉就走进了她的房间。看着猎物上钩，她心里一阵窃喜，虽然如此，她还是故作姿态地与黑大汉周旋了一番。黑大汉主动邀请她到宾馆餐厅吃晚饭，晚饭后两人又到宾馆的舞厅跳舞，直到凌晨时分，两人才回到302房间。

对于黑大汉的个人情况，米丽珠一无所知，只知道他叫杰子，在一家私营企业当保镖。杰子出手阔绰，一下就甩给米丽珠一沓钞票，他这一慷慨举止使米丽珠心花怒放。她觉得，他们之间只是那种买卖关系，没有必要打听那么多。

米丽珠从内心认为杰子是一位性情豪爽的汉子，她愿意和这样的男人交朋友。当她和杰子搂抱在一起跳舞时，她的手指触到了杰子腰间的尖刀。作为一位保镖，携带刀子很正常，但他持有手枪，并且向民警开枪射击，由此可见，他是何等胆大妄为。与他做爱时，米丽珠并没有发现有手枪，他很可能将枪藏在了皮靴里。

黑大汉使用的杰子这个名字是真名还是假名呢？看来，米丽珠只能提供这一情况了！

在结束对米丽珠的审讯后，技术员王大江把几份鉴定结果摆在了薛阳的案头。

这把军用伞兵刀正是杀害王光明的那把尖刀，停车场里遗留的八枚弹壳与袭击蓝玉文现场遗留的那些弹壳出自同一支手枪。在302房间里提取了黑大汉的指纹、毛发等，那几枚指纹与卧虎岭的石洞里遗留的指纹是一致的。这表明，这几起案件都是这个被称作杰子的黑大汉所为。

根据米丽珠及东城区治安科民警的描述，薛阳绘制了一幅电脑画像。花山市公安局所有民警手里都有一张印有杰子照片的通缉令，薛阳确信，只要是鱼，终究是要浮出水面的。

西城区公安分局刑警大队情报中队接到辖区内一位特情的举报：通缉令上的人叫杨广杰，绰号山猫，今年38岁，曾在解放军空降兵某部服役，省城F县人。山猫自幼习武，赤手空拳对付三五人不在话下，在部队服役时练就了一手好枪法，会驾驶各种机动车，具有单独执行任务的能力，有一定实战经验，退伍后，在F县外贸局做保卫工作，曾因酒后将人打成重伤被判处有期徒刑10年，在石井子河劳改农场服完刑后便去向不明。

这位特情曾和杨广杰一起接受劳动改造，但对杨广杰出狱后的情况一无所知。

薛阳获悉这一情况后，立即与省城F县公安局取得联系，要求协查杨广杰。

F县公安局很快给予答复：杨广杰解除劳改后便没有在F县露过面，据说在俄罗斯当保镖；有人说，他在云南贩卖毒品挣了大钱；还有人说，他在福建沿海走私香烟时与边防海警展开枪战，被边防海警开枪击毙。

薛阳放下电话，点支香烟，默默地思考着这些疑问。在系列盗车案中，终于确定了犯罪嫌疑人杨广杰，这说明本案有了新的转机。案中所涉及的一些疑点使薛阳久久难以平静……

浅草河是一条横穿花山市区的人工河，河两岸种植了许多树木、花草。每到夏天，浅草河两岸绿树成荫，景色宜人，便成了市民百姓休闲乘凉的绝好去处。

清晨，一位身穿练功服准备晨练的老人走进了浅草河边的小树林。在寂静的树林里，他发现了一辆黑色轿车。

谁这么早把车停在这里？老人蹑手蹑脚地走到轿车旁，透过车窗看到驾驶座上端坐一位双目紧闭的大汉。老人仔细观察了一会儿，便暗叫不好，原来，这是一个死人！

110巡警接到报警后，迅速派出几名巡警封锁现场，同时，通知刑警支队重案组赶赴现场进行调查。

薛阳带领探组的刑警赶到了现场。薛阳打开车门，仔细观察着仰靠在驾驶座上的死者，他双目紧闭，浑身散发着一股刺鼻的酒气。

“也许是酒精中毒，贪杯喝死了！”刘振庆看过尸体后，发表着自己的见解。

薛阳的嘴角掠过一丝不易察觉的笑意。死者身上浓烈的酒气似乎说明不了什么，他的嘴角有股淡淡的杏仁味。

现场遗留的轿车是日本产皇冠3.0轿车，经检查发动机号码，正是花山市财政局被盗的轿车。薛阳从死者的腰间搜出一支54式军用手枪，弹夹里压满了子弹，并在他的上衣口袋里翻出两万元现金和一张居民身份证。刑警们在薛阳的部署下，在现场周围展开了搜索。

经照片核对死者身份得以确认，他正是被公安机关全力追捕的杨广杰。经尸检初步确定，死者死亡时间在1月3日凌晨1点至2点间，死因系氰化物中毒。现场勘查工作结束后，刑警们未在现场附近获取有价值的线索。

在探组侦查会议上，年轻的刑警们谈论着自己的看法和见解。

刘振庆首先说："对于杨广杰的死亡性质，我们可以断定为自杀。在浅草河附近的树林里，我们并没有查到他人涉足的痕迹。我们追捕时，杨广杰好似惊弓之鸟无处藏身。在走投无路的情况下，他深感绝望，认为自杀才是他唯一的解脱。他身上携带的手枪，经弹道检验，正是枪击蓝队长和永安宾馆袭警事件所使用的手枪。系列盗车案的被盗轿车均已查证落实，部分轿车正在追缴之中。盗车贼畏罪自杀，盗车案已圆满告破，我们可以终止侦查工作并填写结案报告了。"

对于刘振庆的见解，王海持有不同的意见："杨广杰的情况，我们只是听到一些有关他的传闻。我们投入了大量的警力，在全市范围内对其进行搜捕，他一露面就会被人认出。那么，这几天他躲藏在何处呢？这说明，他拥有一处不但能够藏身而且还能够藏匿轿车的好地方。他为什么不在他的住处自杀呢？他持有手枪，并且弹夹里填满了子弹，为什么不用手枪自杀而选择毒药呢？这一点确实令人不可思议，总之，对于杨广杰的死亡性质，我们还不能太早作出结论。”

薛阳静听着王海的案情分析，红润的脸庞上流露出一丝满意的微笑。对于王海的精辟论述，几位年轻刑警似乎若有所悟。

薛阳见大家沉思不语，翻开桌上的笔记本：“我们不能被表面现象所迷惑，在杨广杰一案中存在许多疑点。第一，蓝玉文在通往滨州的公路上遭到杨广杰的袭击，绝不是一起偶然事件；第二，根据尸检，杨广杰的胃里并没有大量的白酒，他身上的酒气全部来自他的衣服，这又说明了什么？第三，也就是王海所说的，他既然持有手枪，为什么选择氰化物自杀呢？第四，盗车赃款怎么只有两万元呢？这说明我们遇到了强劲的对手，他给我们制造了杨广杰畏罪自杀的假象，从而达到了保护自己的目的。”

薛阳讲述到这里时，刘振庆脸色微红，对自己的肤浅见解有些不好意思。

薛阳继续说：“侦查盗车案以来，我们的工作非常被动，有一种被人牵着鼻子走的感觉。刚锁定了嫌疑人，对其进行追捕时，嫌疑人便被灭口，这一切似乎又显得迫不及待。由此可见，我们的对手对公安工作非常熟悉，具有一定的反侦查经验。迄今为止，我们对杨广杰的个人情况一无所知，只知道他是省城 F 县人。据我们现在掌握的一些情况，我认为，杨广杰是盗车团伙中一个重要人物，他胆大妄为，手狠心毒，不计后果，自永安宾馆袭警事件发生以来，他一定躲藏在一处幽静的住所。尸检时，我发现他所穿的衣服非常整洁，皮鞋擦得油光锃亮，胃里有大闸蟹、龙虾等海鲜食品，由此推断，他的逃亡生活何等悠闲，与躲藏在石洞里睡在石床上的马林迥然不同。杨广杰离开石井子河劳改农场距现在已有 5 年时间，这 5 年时间他究竟在干什么呢？”

他讲述到这里时停顿下来，在一张 A4 纸上唰唰书写了几笔，便交给了坐在他身边的孙晓晨：“你和王海照我说的去做。明天午后时分，我静候你们的消息！”

孙晓晨凝视着目光刚毅的探长，心里充满了必胜的信心。

五、无法抹去的伤痛

午后时分，天空中飘起了鹅毛大雪，刺骨的寒风呼啸着掠过城市的上空。

一辆桑塔纳警车驶出了市公安局大院，穿过几条街区，驶上了107国道。

刘振庆紧握着方向盘，目不转睛地注视着前方。薛阳端坐在助手席上，凝视着窗外一闪而过的雪景……

经过4个多小时的艰苦跋涉，他们终于赶到了石井子河劳改农场。

农场大门口矗立着两位持枪的武警士兵，明晃晃的刺刀闪着刺目的寒光。

薛阳跳出警车，踏着厚厚的积雪走到一名士兵跟前，出示了警察证，简短地说明了来意。

士兵看过薛阳的警察证和介绍信后，热情地把薛阳和刘振庆请进了警卫室。

在武警同志的指引下，薛阳和刘振庆穿过两道警戒线，来到农场管理科办公室。

管理科长是一位年过半百、满头白发的老同志。薛阳和老科长握手寒暄后，便切入正题。

“我们正在调查一个系列盗车案，其中一名嫌疑人叫杨广杰，绰号山猫，省城F县人。”薛阳一边介绍着案情一边从皮包里取出杨广杰遇害时的现场照片。

老科长接过照片仔细端详了一番，肯定地点点头："他有一身好武功，手下有一帮铁杆兄弟，在农场里没有人敢惹他。自其解除劳改距今已有5年时间了，没想到，他竟继续为非作歹，危害社会。"

听老科长这么一说，薛阳心里更加有谱了："我想查阅一下近年来在农场服刑的花山籍劳改人员的名单。"

在老科长的全力协助下，薛阳获取了所有曾在农场劳改的花山籍服刑人员名单。

刑警支队办公室。

薛阳点燃一支香烟，袅袅的烟雾弥漫在室内。夜已经很深了，市局大院里静悄悄的，只有重案组的办公室还亮着灯。

薛阳没有丝毫睡意，轻轻地在办公室里踱来踱去……直到黎明时分，他才靠在沙发上小憩片刻。

电话铃声打破了办公室内的寂静。睡梦中的薛阳急忙站起身，拿起了桌上的话筒。话筒里传来方云霄浑厚的声音："薛探长，我是南市区刑警队的小方，我调查到了一个重要的情况，杨广杰在我辖区内马头镇开了一家'路路通'汽车修理厂，我现在就在修理厂附近。"

薛阳似乎从方云霄的话语里感悟出了什么，他略微沉思了一下，说："你在修理厂附近等我，我现在马上开车过去！"

薛阳和刘振庆驾驶着警车以极快的速度赶往马头镇。马头镇是一个新兴的工业重镇，位于花山市南部，归属南市区管辖，距花山30余里。

到达马头镇后，薛阳拨通了方云霄的手机，确认了小方所在的位置。警车随即穿过镇里几条繁华的街道，来到镇外一条寂静的柏油马路上。当警车快要驶过一片茂密的柳树林时，从树林里走出一位青年男子，他向疾驶的警车挥了挥手，警车戛然而止。

方云霄疾步走到警车旁，指着离柳树林不远的一家汽车修理厂说："那就是杨广杰开的修理厂。"

薛阳看着远处的"路路通"汽车修理厂。大门口的金字铜牌在清晨阳光的照耀下闪着耀眼的光亮，一道高高的围墙挡住了院里的一切，围墙周围种植着许多高大笔直的梧桐树，一座贴着白色瓷砖的二层小楼坐落在院子正中央。

方云霄拉开车后门，坐在薛阳身边。薛阳一边给小方点烟，一边说："你是怎么查到这家修理厂与杨广杰有关系的?"

方云霄目不转睛地注视着修理厂大门口说："我根据你的部署，对辖区内的汽车修理厂进行了细致的摸排，未获取任何有价值的线索，于是我联想到距花山30余里的马头镇四周聚集着不计其数的修理厂。我暗中对所有的修理厂进行了调查，发现了杨广杰与'路路通'修理厂的关系。当我对他作进一步调查时，他却死在了浅草河。我认为，杨的死亡有诸多蹊跷之处。昨天傍晚时分，一辆'奔驰'轿车驶入了修理厂大院，大约半小时后，轿车离开了修理厂，车里除了司机以外，后面还坐着一人，由于光线昏暗，我没有看清车里坐的是什么人，但是我记下了车牌号，车牌号是88888，这是花山市的车牌号。通过近几天的调查，我发现修理厂主要维修保养普通轿车，没有能力修名贵轿车。我对奔驰车产生的疑虑主要有两点：第一，花山市郊有修理奔驰轿车的指定修理厂，为什么要舍近求远到30余里之外的马头镇呢？第二，我通过车管所的朋友查出，奔驰车主是昌鑫贸易有限公司董事长毛雨明的专用轿车。他的轿车为什么要在傍晚时分出入杨的修理厂呢?"

薛阳听完小方的陈述后，认为小方说得有一定道理。对于毛雨明的一些情况，薛阳有所耳闻，他是花山商业界赫赫有名的人物，拥有众多的经济实体，是花山上缴利税的大户。

正在此时，一辆车身上印有“路路通”字样的客货两用车驶出了修理厂，驾驶客货车的是一位年轻的小伙子。薛阳急忙命刘振庆开车跟上去，当客货车快驶上107国道时，警车在薛阳的示意下拦住了客货车的去路。

薛阳走出警车来到客货车旁，向小伙子出示了警察证，随即薛阳坐在助手席上，命小伙子把车开到一条幽静的小道上。

薛阳一边自我介绍，一边递给疑惑不解的小伙子一支香烟，他说：“我是刑警支队的，向你了解一些情况。”

客货车停在一条幽静的小道上，小伙子得知坐在自己旁边的是威震花山的名侦探薛阳时，眼睛里流露出敬佩的神色，神情也显得非常激动。

“你到‘路路通’修理厂工作多长时间了？”薛阳问道。

小伙子眨了眨眼睛，说：“有一年多吧，主要工作就是开车去车站取配件！”

“‘路路通’建厂多长时间了？”

“三年多吧！”

“你对杨广杰熟悉吗？”

小伙子茫然不解地摇摇头，说：“谈不上什么熟悉，他是我们厂的厂长。前几天，他死在了市里的浅草河。昨天晚上，我们昌鑫总公司给厂里派了一位新厂长。”

原来“路路通”隶属于昌鑫公司。薛阳略微沉思了一下，说：“你们对杨广杰之死有什么看法吗？”

小伙子再次摇头说：“好像是喝酒喝多了，死于酒精中毒！他平常也不怎么过问厂里的事，因为我们厂的牌子响，实力也非常雄厚，在马头镇汽车修理行业有极高的声誉。何况，厂里的每位工人都有一手修车的绝活儿，我现在去花山火车站货场取外地发来的汽车零配件。”

“在他临死的前几天，你见过他吗?”薛阳问道。

“他一直在办公室里闭门不出，一日三餐都是附近饭店的服务员给他送进屋的。”

“那几天有什么陌生人找过他吗?”

小伙子流露出一副茫然的神情，轻轻地摇了摇头。

薛阳从公文包里取出马林的照片，递给了小伙子：“你对照片上的人有印象吗?”

小伙子仔细看过照片后说：“我对这个人没有印象。”

薛阳对小伙子说：“谢谢你啊。我们今天的谈话，你要保密，不要对别人提起此事。”

小伙子郑重地点点头，神情显得特别庄重。

小伙子离去后，薛阳的手机响了起来，他接通了电话，原来是孙晓晨打来的电话，她获取了一条意想不到的线索。薛阳接听着孙晓晨的电话，脸色越来越凝重。他挂掉电话后，凝视着远方空旷的原野……

他的脑海里闪现着几个疑问，渐渐地理出了一丝头绪，他嘱咐小方，继续对“路路通”修理厂进行更细致的调查，这项工作要在极其保密的情况下进行，绝不能向外界透露半点儿风声。

小方把薛阳拉到车外，欲言又止。

薛阳看出了小方细微的变化：“你是不是有什么话要告诉我?”

小方吞吞吐吐地说：“等我查清事情的真相再告诉你吧，这也许是我错误的推断。”

薛阳脑海里一直闪现着孙晓晨所讲述的故事，没有太在意小方忧郁的神情和迟疑的话语。

薛阳和刘振庆回到了重案组。孙晓晨正伏在办公桌上写着什么，见探长回来了，放下了手中的钢笔。

薛阳见探组的几位成员都在，径直走到自己的办公桌旁，点燃一支香烟，语调平缓地说道：“晓晨查到了一条非常重要的线索。这个故事虽然发生在20年前，但是与我们侦破的盗车案有至关重要的联系。”他说到这里把目光投向了孙晓晨。

孙晓晨会意地点点头，打开笔记本，开始讲述。

当年，花山市第五中学高三（一）班有一对热恋中的情侣，在这里我们称这位男生为小C，女生为小A。正当他们勤奋学习，准备迎接高考之时，一场意想不到的灾难从天而降。

在一个凄风苦雨的夜晚，小A在学校上完晚自习，独自一人撑着雨伞，打着手电筒，顺着一条寂静的小路回家。当她走进一条幽暗的小巷时，一把雪亮的尖刀架在小A的脖颈上，持刀者是一个身材粗壮的大汉。小A哪里见过这种情景，吓得浑身发抖，连呼喊救命的力气都没有了。

大汉将她劫持到一间废弃的小屋里。在尖刀的威逼下，小A遭到大汉的暴力侵害。这个流氓足足摧残了小A一夜，直到黎明时分，才将小A放走。

受尽了一夜折磨的小A踉踉跄跄地回到了家中，她的父母见到姑娘的惨状，痛不欲生，当即哭得死去活来。

小A的父母到公安局报案，刑警队受理此案后，不出三天便将罪犯捉拿归案。经审讯，他叫王毅，20岁，他对自己的犯罪事实供认不讳。虽然罪犯受到了法律的严惩，被判处有期徒刑15年，可是小A受伤的心灵却难以愈合。

经过一段时间的休养后，小A走进了学校的大门，没想到，同学们却朝她投来鄙夷和歧视的目光，同学们把她这段悲惨经历看成是她和流氓在一起鬼混。

小A是一位姿色出众的姑娘，也是五中公认的校花。她身边不乏一些追随者，但她对这些人都不屑一顾，唯独钟情于小C。那些吃不着葡萄便说葡萄酸的人终于找着了发泄的借口。于是，那些女流氓、破鞋、狐狸精、骚货等不堪入耳的词汇，向小A劈头盖脸地砸来。

涉世未深的男友小C竟也听信了谣传，对小A的辩解和求助置之不理，小A深感绝望。

一天傍晚，小A回到家中，感到万念俱灰，服下了大量安眠药，然后，静静地躺在床上，等待死神的召唤。

她刚服下安眠药不久，她的父母便回到了家中。两位老人望着床头的空安眠药瓶以及躺在床上脸色灰白的女儿，明白女儿刚才做了什么事情。

他们噙着泪水将女儿送到了医院，经过奋力抢救，小A终于脱离了危险。小A的父母望着渐渐苏醒的女儿，禁不住潸然泪下。一家三口紧紧地搂抱在一起，失声痛哭。就这样，小A被迫转学，离开了花山。

孙晓晨讲述到这里时，有些黯然神伤。

刘振庆凝望着满脸凝重的孙晓晨，低声自语道："小A、小C是谁呢?"

孙晓晨合上笔记本，没有回答刘振庆。

薛阳再次点燃一支香烟："为什么系列盗车案均发生在南市区呢?"

刘振庆若有所悟地说："我想，我们应该找到这个问题的答案了!"

薛阳接着说："系列盗车案还有几个疑问，需要我们去解开，我们现在看到的只是一些表面现象，暗中一定隐藏着什么。"他翻开笔记本，又继续说道，"我在石井子河劳改农场获取了花山籍劳改人员名单，其中有一个叫王毅的劳改犯，而这个劳改犯就是强奸小A的暴徒。我们所调查的杨广杰也曾在石井子河劳改农场服刑。南市区刑警队的小方考虑问题非常周全、细腻，当我们在全市范围内对杨广杰实施追捕时，他却把疑点投向了周边的小镇，终于查清了杨广杰的隐身地，为下一步的调查工作获取了重要的线索。根据杨广杰不凡的身手和残忍的性格，我分析，他身上一定背着什么案子，要不然他绝不会安心做一个修理厂厂长，而他所在的修理厂属于昌鑫公司。”

王海闻言，不由得发出一声惊叹：“昌鑫公司是我市上缴利税的大户啊！”

薛阳微微颔首：“正因为‘路路通’背后有昌鑫公司作后盾，我们应将昌鑫作为调查的重点，毛雨明可是我市私营企业界赫赫有名的人物啊！据我了解，帝王夜总会、假日宾馆、假日旅行社、天天美食城、西部啤酒城等休闲娱乐场所都是昌鑫公司下属的经济实体。由此，我联想到三年前的春天在帝王夜总会发生的一起伤害案，几位年轻客人在夜总会里酒后滋事，并砸坏了一台音箱。当时，夜总会里混乱不堪，一个身份不明的黑大汉闯进大厅，将其中一位青年男子打得头破血流，昏迷不醒，并将另一位男青年左手臂打折，随后，这个黑大汉迅速逃离了现场，消失得无影无踪。110巡警接到报警后，立即派出十几名巡警赶到帝王夜总会，到现场后，兵分两组，一组巡警将伤员送到医院抢救，另一组巡警在现场展开调查，对打人凶手实施追捕。当时，有目击者提供线索，声称行凶伤人的黑大汉是夜总会保安部保安。夜总会的总经理当即矢口否认，二十几位保安员更是摇头否认。这起伤害案就这么不了了之了。根据‘路路通’建厂时间，我认为，那起伤害案系杨广杰所为。杨伤人后躲藏在郊外，由昌鑫公司出资在马头镇兴建了一家汽车修理厂，杨广杰担任厂长。由此推断，杨很可能是帝王夜总会豢养的打手、黑保安。”

薛阳说到这里时，从抽屉里取出几张杨广杰的电脑画像和遇害时的照片，对王海说：“你拿着这几张照片去一趟东城区刑警队，找一下当年办案的民警，查阅一下卷宗，查找那位提供线索的目击者，找到目击者后，请他辨认杨广杰的照片，从而确认杨是否是当年的打人凶手。”

王海接受调查任务后，迅速整理好自己的物品，离开了重案组办公室。

薛阳望了一眼王海离去的背影，语气平缓地说：“杨广杰刑满释放后，并没有回到F县，很可能与花山籍刑满释放人员在一起。我们所查到的那些传闻，也许是有人故意传播的，使人难辨真伪，从而使杨蒙上一层神秘的面纱，更无法查找他的行踪。盗车案所出现的几位嫌疑人均在石井子河劳改农场服过刑，所以我们应将在石井子河农场服过刑的花山籍人员作为调查的重点。晓晨，你去查一下小A和小C近年来的情况。我们不能停留在过去的故事中，应该用事实说话。我和刘振庆去昌鑫公司，与公司董事长毛雨明正面接触一下，看他对‘路路通’修理厂及杨广杰有什么看法。”

六、奇异的数字之谜

清晨，薛阳驾驶着摩托车行驶在中华大街上，听见身后隐隐约约地传来阵阵警笛声，他放慢了车速。眨眼间，两辆现场勘查车和两辆坐满全副武装巡警的警车，从他身边呼啸而过。

他看清了车牌号是东城区刑警大队所属的车辆，心想，一定发生了重大案件，要不然不会派出这么多警车。他一边思忖着，一边加大了油门，紧紧地跟在警车后面。

果然不出所料，几辆警车驶过中华大街，高速行驶在人民路上，很快驶入北方装饰材料城。在装饰城北侧有一片未竣工的居民住宅区，住宅区被建筑商命名为光辉园小区。

在小区门口，几位民工打扮的青年男子招手拦住了警车，指指点点地向车里的民警讲述着什么。民警走出警车，在民工们的指引下走向小区西北方向一幢未竣工的18层高的住宅楼。

东城刑警队队长梁浩义一走出警车就看见了驾驶着摩托车的薛阳。

梁浩义非常吃惊地说："哎，薛探长呀！我们刚接到报警，你怎么就来了？"

薛阳与梁队长握握手，直言相告："我在去支队的路上看见你们队一下出动了四辆警车，就知道发生了重大案件，于是，就决定跟你们到现场看一看。"

他俩走进了黑黢黢的楼道，顺着楼梯上到了12楼。在一间宽敞的大厅里，一具男性尸体俯卧在血泊之中，四周的墙壁上喷溅着殷红的血迹，男尸的右手中握着一支64式手枪。几位现场勘查人员对死尸按动着手中的照相机。当尸体被翻过来时，薛阳的目光在男尸沾满血污的脸上凝固住了——死者是南市区刑警队侦查员方云霄。

薛阳疾步冲到方云霄的遗体旁，眼睛里流露出悲愤的火焰。他戴上白手套，从小方手中取出64式手枪。他卸弹夹时，看见枪口上有明显的磨损过的痕迹，他忽然发现在水泥地板上有几个模糊不清的数字，他明白了，小方在临死前用手枪在水泥地板上刻下了这几个数字。

薛阳蹲下身，仔细观察着地板上模糊不清的数字。片刻之后，他逐渐地看清了地板上是"1、3、8"三个阿拉伯数字。他默默地凝视着这几个数字，感觉到方云霄在临牺牲前似乎要诉说什么。

正当薛阳查看方云霄刻下的几个数字时，从另一个房间里传出一位刑警的惊呼声："梁队长，卫生间里有一具女尸！"

薛阳循声而去，在一个房间的卫生间里俯卧着一具年轻女性的尸体，女尸乌黑的秀发散落在肩头，身穿一件黑色皮大衣，双手被反捆在背后，捆绑死者双手的是一条白色尼龙绳。死者雪白细腻的脖颈上缠绕着一根细铁丝，铁丝已勒进死者的肌肤里，地板上残留着殷红的血迹。致命伤在死者的颈部，系窒息而死。

由于凶杀现场发现了两具尸体，而且其中一位死者还是南市区公安分局刑警队的刑警，薛阳深感案情重大。薛阳先在发现小方尸体的房间进行细致的搜索，首先，他清查小方弹夹里的子弹，发现弹夹里还有三发子弹，小方腰间的枪套上还有五发子弹，这说明小方一共打了两发子弹。他在这间屋的地板上发现了两粒64式子弹壳，子弹射入了对面的墙壁里。他在这间屋对面的一个房间门口处的地板上拣起了两粒子弹壳。薛阳仔细查看过子弹壳后，判断出这是54式手枪的子弹壳。他站在子弹壳遗留处，观察着小方身后的墙壁，结果在墙壁里发现两发子弹射入的痕迹。

在此之后，薛阳查验小方的伤口。小方身上一共有两处枪伤，一处枪伤在面部眉心处，另一处枪伤在心脏处，均为致命伤。两发子弹穿过小方的面部和心脏处后，分别射进了小方身后的墙壁里。根据现场遗留的子弹壳，薛阳推断，方云霄与歹徒在这里展开过枪战，被歹徒的子弹击中后，流了许多血，而54式手枪发射处却没有血迹，这说明小方发射的子弹没有击中行凶的歹徒。

经尸检初步确定，方云霄的死亡时间在昨天晚上11点至11点30分之间；卫生间里女尸的死亡时间在昨天晚上11点30分至12点之间，女尸身上没有被歹徒强暴过的痕迹。

南市区刑警队长蓝玉文、副队长费润龙接报后带领刑警队的几位刑警赶到了现场。

南市区刑警队的两位队长和刑警们见到方云霄的遗体后，感到万分悲痛，眼睛里噙满了泪花，仇恨的火焰在胸膛里剧烈燃烧。

蓝队长走进卫生间看见地板上的女尸时，睁大了双眼，黝黑的脸庞上流露出令人难以置信的神情。

薛阳从蓝队长万分惊讶的脸部表情中已经感觉出了什么。

蓝队长不忍心再看死者脸部痛苦的表情，扭过身子站在薛阳对面哽咽地说："薛探长，这个年轻姑娘是方云霄的未婚妻，她叫叶芸，是碧云天茶楼的服务员。"

薛阳默默地点点头，他的神情显得特别平静，可内心却翻腾起伏。随后，他走出了凶杀现场，到另外一间屋子向报案人了解情况。

报案人是一位年轻的小伙子，惶恐不安地坐在一把椅子上。在薛阳的劝慰下，他渐渐地平静下来，开始断断续续地述说："我们所有民工都集中在仓库里睡觉。昨天晚上，我在睡梦中隐约听到几声沉闷的爆竹声。我从地铺上坐起身，意识到爆竹声是从小区西北方向一栋楼里传出来的。我们居住在小区大门口附近，离响爆竹的楼群有一定的距离。当时，我睡意蒙眬，以为爆竹声是自己在睡梦中产生的幻觉，并没有太在意，随后又沉沉地睡去。早晨天亮时，我觉得昨天晚上的爆竹声不太对劲，便把这事告诉了宿舍里的几个人，我们几人便结伴走向西北方向的楼群，一栋楼一栋楼地查看。我们走进这栋楼 12 层的一个房间时，发现了趴在水泥地板上的死尸及死尸手里的手枪，我这才知道昨天晚上沉闷的响声根本不是什么爆竹声而是手枪的射击声。我们惊慌失措地顺着楼梯跑到楼下，随后拨打了报警电话。"

薛阳向小伙子提示着："你听到几声枪响?"

小伙子闭上眼睛，竭尽全力地回想着，然后肯定地说： "四声枪响!"

薛阳想到遗留在现场的四粒子弹壳，认同了小伙子的说法，随后又询问了其他民工。他们一致声称，昨天晚上睡得很沉，根本没有听到什么声响。

薛阳带着孙晓晨沿着小区四周的围墙仔细地搜寻。两人没走出多远，便看见一处围墙上有一个大豁口。薛阳顺着豁口钻出围墙。这个豁口是被人新近打开的，而且墙壁上有一个手掌印。他看了一眼手掌印，下意识地摇了摇头，因为这是戴着手套留下的痕迹，根本无法提取手掌印。他观察着地上散落的碎砖块，断定打开围墙的人一定习练过铁砂掌而且达到了登峰造极的程度。围墙外是一片枯草丛，四周有几行杂乱的脚印，草丛中扔着一辆摩托车，摩托车钥匙还没有拔下来。在摩托车附近扔着一副白手套，手套上面沾满了红色细砖末。他把白手套捡起来仔细看了几眼，装进了随身携带的物证袋里。

薛阳看了一眼车牌号，号码是32619，他想起来了，在"路路通"修理厂附近小方驾驶的正是这辆摩托车。正在此时，南市区刑警队副队长费润龙和一名年轻刑警钻过豁口朝他们走了过来。费队长看了一眼倒在草丛中的摩托车，十分肯定地说："薛探长，这是小方的摩托车！"

薛阳对费润龙说："你马上让技术员王大江过来，提取这里的脚印。"说完，他蹲在脚印旁，仔细地观察着。

王大江在草丛附近一共提取了三行脚印，其中两行脚印分别是方云霄和他的未婚妻叶芸的，另一行脚印显然是行凶歹徒留下的。

薛阳看着草丛中的脚印，推测着当时的情景：小方的未婚妻叶芸遭到歹徒绑架，被歹徒胁迫到光辉园小区，由此豁口走进一幢未竣工的大楼里，随后，歹徒拨通了小方的手机。小方救女友心切，没向队里汇报此事，独身一人赶到了光辉园，落入了歹徒设下的圈套。在漆黑的房间里，他被埋伏已久的歹徒击中头部和胸部，但仍向隐藏在暗处的歹徒开了两枪。小方中弹后，凶手查验了一下小方的伤口，便走进卫生间用铁丝凶狠地勒死了叶芸。这时，气若游丝的小方已察觉出歹徒是谁，用尽最后的力气在地板上刻下了一组数字，以暗示谁是杀害他的凶手。

现场勘查工作结束后，刑警们相继撤离了光辉园。

在回局里的路上，薛阳驾驶着摩托车。孙晓晨坐在摩托车后座上，把昨天晚上的调查结果向探长作了一番汇报。

他们刚回到重案组，王海就急匆匆地走进办公室："薛探长，我找到了那位目击者，他刚做过胃切除手术，现在还在医院里。我们前一段时间在电视、报纸上发布追捕杨广杰的通缉令，他躺在病床上没有看到。当我向他出示杨的照片时，他用非常肯定的口气说，照片上的男人就是三年前在帝王夜总会连伤两人的打人凶手。"

薛阳对王海的调查结果非常满意，他对大家说："系列盗车案均发生在南市区，这说明了什么问题呢？我们探组和南市区刑警队在一起研究案情时，我接到了滨州公安局有关盗车案的案情通报，当时在办公室里的只有晚报记者林艳丽，蓝队长在路上遭到杨广杰的袭击。只有她知道我们会派人到滨州，为此，我对她产生了深深的疑问。那么她是出于什么动机呢？随着调查的深入，我对她的个人情况有了更详细的了解，她就是我们前面提到的小 A。她从临江师范学院中文系毕业后到《临江日报》做了一名记者。三年前，她的父母因病相继离世，她从《临江日报》调到《花山晚报》。她今年 36 岁，至今未婚。

"小 C 就是我们大家都非常熟悉的南市区刑警队蓝队长。晓晨昨天晚上调查的情况，我认为非常重要。林艳丽从临江调来不久，参加了一位同事的婚宴，在酒桌上，她把酒泼在一位男子的脸上，她那天非常失态，而那位男子始终面带微笑，没有丝毫的恼怒。在众人的劝说下，那位男子很有风度地用手绢擦去脸上的酒水，双手抱拳声称，是自己不对，惹怒了林小姐，请大家原谅。随即，他面带微笑地离开了酒店。这个男子正是大名鼎鼎的昌鑫公司董事长毛雨明。

"晓晨连夜对毛雨明进行了调查。毛雨明的原名叫王毅，他就是当年强奸林艳丽的那个暴徒。出狱后，他更名改姓，在商海拼搏几年后，成为大富翁。那场风波过后，毛主动接近林艳丽，林由于工作关系经常采访毛。这是毛贿赂了报社领导，领导指派的工作任务。林好像从过去的阴影中解脱出来了，竟然与毛来往密切。她第一次出现在办公室时，用一种哀怨的目光注视着蓝玉文，她这一微妙举止我当时尽收眼底。南市区发生的系列盗车案，难道是林利用毛在报复蓝玉文当年的绝情？可是这一切太令人不可思议了！方云霄发现了杨广杰的线索，使我们查出了毛雨明的真实身份以及他和杨广杰的关系，可是，小方临死前留下的那几个数字，一直萦绕在我的脑海里。”

他一边自语着一边在一张白纸上写下“1、3、8”这几个数字：“小方想要述说什么呢？‘1、3、8’又代表什么呢？手机号码、固定电话号码、门牌号码还是车牌号码？手机有138的，固定电话没有138但是尾数有可能是这个号。也有可能是凶手的门牌号、车牌号。既然写下了数字，为什么不将凶手的姓名写下来呢？他怕凶手发现这个秘密，只好用数字来代替了！他这样做无非是为了迷惑凶手！”

薛阳双眉微蹙，红润的脸上掠过一丝悔恨的神色：“我离开马头镇时，小方一副欲言又止的神情，似乎想向我述说什么，他一定是发现了什么线索。现在想起来，如果当时多问他一句就好了。我们现在去他家，也许在他家里我们能有什么重大发现。刘振庆，你自幼习武，花山武术界有许多朋友，你查一下，谁习练过铁砂掌，而且功底很深。”

方云霄的父母是退休多年的中学教师，知书达理，善解人意，积极地配合薛阳的调查工作。孙晓晨坐在客厅里安慰着小方年迈的父母，薛阳在小方的卧室里翻阅着书柜里的三本影集。影集里存放着小方不同时期的照片，唯独在其中一本影集里少了一张照片。薛阳的内心闪过一丝疑问，他手捧着三本影集走进客厅，向小方的父母问道：“伯父、伯母，云霄的影集里少了一张照片。最近，有什么人来过家里吗？”

小方的母亲摇头说：“没有，家里也就是叶芸来过。”

小方的父亲翻看了一眼影集中的照片，似乎想起了什么说：“三天前晚上 9 点多钟，云霄和叶芸在屋里好像因为照片的事拌了几句嘴，我当时在客厅里看电视，没注意他俩说什么。没过多久，云霄便把叶芸送回了她家！”

薛阳若有所思地点点头，他回到卧室，把小方的影集重新放进书柜。

七、无言的结局

薛阳和孙晓晨又赶到了南市区刑警队方云霄的办公室。蓝玉文和费润龙知道薛阳来了，从各自的办公室里出来，走进小方的办公室。

费润龙语气悲戚地说：“前天中午，快下班的时候，我还见方的未婚妻来队里找他，两人商量结婚时买什么牌子的家具，没想到她也惨遭毒手……”

“叶芸到队里来，都有谁见到她了?”薛阳无意识地问了一句。

“我和费队长，还有内勤卜子亮，当时，我们四人正在办公室里谈论盗车案的事!”蓝玉文用手绢擦去眼角的泪花。

费润龙平静地点点头，算是认同了蓝队长的说法。

薛阳对小方的办公桌进行了细致的检查，在一个蓝色笔记本里翻出了一张彩色照片，是方云霄和蓝玉文、费润龙他们三人在一起的合影。

薛阳仔细端详着照片，随后把照片放在办公桌上。蓝玉文看了一眼照片，对薛阳说：“这是 2001 年春天我们在花山火车站广场的合影，那时，云霄和润龙要去新疆抓捕一名杀人犯，我送他俩到火车站，临上车前，我们三人在一起照了一张相。”

薛阳看了一眼照片上的日期，犀利的目光在他俩的脸上停留了一下，又把照片放进笔记本。与此同时，薛阳的手机响了起来，他看了一眼来电显示，是刘振庆的电话，他走到走廊上接听，几分钟后，面无表情地回到办公室，冲着站在一旁的蓝队长说："我有急事，需要回去处理一下，晓晨留在这里配合你们工作。这张照片我带回去留个纪念!"随后他又加重了口气，对站在一旁的孙晓晨说，"你要听从两位队长的安排！协助他们办好方云霄同志的后事!"

孙晓晨略微怔了一下，随后心领神会地点点头。

薛阳刚回到办公室，刘振庆便迈着大步走进了重案组，他见探长一脸庄重地站在屋中央，紧握着双拳。根据以往的经验，他断定，这是到了决战的时刻，擒获系列盗车案的幕后元凶指日可待。

刘振庆把公文包放在办公桌上，对探长说道："薛探长，毛雨明曾经练过铁砂掌，他的师兄是……"

薛阳挥了一下手，坐在办公桌旁，在一张纸上写下了两个人的名字，说："我们现在不谈这个，王海，你去一趟碧云天茶楼，查一下叶芸的相关情况以及这两个人是不是碧云天的常客。"

王海接过白纸，看了一眼上面的名字，脸上露出万分惊讶的神色。他见探长脸色凝重，便没有多说话，把纸叠好，放进公文包里，匆匆地离开了办公室。

"我现在做什么?"刘振庆有些束手无策。

薛阳面无表情地说："你不用着急，有你做的事!"说完，他便翻阅着方云霄、叶芸被害案的现场勘查笔录和尸检报告。

薄暮时分，王海大步流星地赶回了办公室，一进屋便迫不及待地说："碧云天茶楼的服务员说，这两个人是茶楼的常客，常在二楼明月斋包房喝茶，而叶芸正是负责明月斋的服务员。昨天晚上 7 点多，叶芸接到了一个电话，说小方出了车祸，在人民医院急救。叶芸向值班经理请假后，急匆匆地打车离开了茶楼！”

薛阳不露声色地点点头，忽然，他又想起了什么：“晓晨还在南市区刑警队帮助料理小方的后事，不知她那边情况怎么样了。”他拨通了蓝队长的电话，“玉文，你现在和润龙还有晓晨，到我办公室来一趟。方云霄被害案有了重大突破！你们俩帮我分析一下几条到手的线索。”

蓝玉文在电话里爽快地说：“谁不知道你是大名鼎鼎的神探，还用我们帮你分析线索？只要能为小方报仇，你让我们做什么都可以。我们马上就到！”

薛阳挂断电话后，又拨通了《花山晚报》新闻部的电话。话筒里传来一位女性清脆、悦耳的声音。接听电话的女人正是林艳丽。

薛阳说：“你现在能到重案组吗？系列盗车案有了重大突破！”

林艳丽在电话里略微沉吟了一下，便爽快地接受了邀请。

8点钟，南市区刑警队的两位队长和孙晓晨走进了重案组，几分钟过后，林艳丽也迈着轻盈的步子跨进重案组大门。

薛阳稳坐在办公桌后面，见众人都到齐后，让刘振庆给大家沏上了茶水。他用非常平静的语调说：“我把大家请来，主要是告诉大家系列盗车案的真相。我先从毛雨明说起。毛原名叫王毅，曾因强暴少女被判刑，在石井子河农场劳动改造。这个人林艳丽应该不会陌生！”

林艳丽漂亮的杏仁眼里闪过一丝阴鸷……

薛阳又把目光转向了蓝玉文：“这一切都源于毛雨明当年所犯下的罪行，有人抓住了这一点，在南市区频繁作案，疯狂盗车，杀害无辜百姓，使南市刑警队成为众矢之的，而队长蓝玉文遭到了来自各方的指责，满面汗颜。当初我认为，是林艳丽为了报复蓝玉文当年的绝情，利用他人制造的盗车案。方云霄为我提供了杨广杰的情况，使我将目标集中在毛玉明身上，因为几个盗车贼都在石井子河农场服过刑。可是，小方被枪杀后，我排除了林指使他人作案的可能。小方临终前在地板上刻下了一组奇异的数字，暗示谁是杀害他的凶手。在案发三天前，他和未婚妻因为照片发生了争执，我检查他的遗物时，发现小方存满照片的影集里少了一张照片，可是，我在他的笔记本里找到了这张照片。”他一边说着，一边把照片摆在办公桌上，“照片上记录的拍摄时间是2001年3月28日。我根据小方刻下的数字‘1、3、8’，作出了种种推理，但每一种推理都不符合常理。当我看到小方精心存放在笔记本里的照片时，才解开这组数字之谜。小方刻下的数字是照片上的日期——2001年3月28日，暗示凶手是照片里的人。他如果写下凶手的姓名，一定会被凶手发现后擦掉的。3月28日的那个2字他写得非常模糊，使人难以辨认。当我看到照片上的拍摄日期时，就已经意识到这个日期与他刻下的数字有关，而且，他在照片背面写了一个名字。他的未婚妻叶芸是碧云天茶楼的服务员，她在翻看小方的影集时看到了这张照片，于是对小方说，她经常见到照片里的一个人和毛雨明在明月斋喝茶。碧云天茶楼属于昌鑫公司，而小方正在调查杨广杰，得知杨与毛有一种特殊关系，照片上的人又经常和毛在一起喝茶，他有些不相信叶芸的话，于是与未婚妻发生了争执。但是，他很快冷静下来，因为他觉得，叶芸没有必要说谎。于是，他把这张照片从影集里取出来，放进自己的笔记本里。他对照片里的人进行了秘密调查，发现这个人果然与毛过往甚密。第二天中午，叶芸有事到队里找小方，在办公室里见到了照片上的那个人，表情不太自然。那个人见小方的未婚妻是碧云天茶楼的服务员，而她的目光却有些躲躲闪闪，他联想到小方近日神秘的行动，心里产生了疑虑，不露声色地离开了办公室。他反复考虑，认为小方已经盯上了自己，决定杀人灭口。他打电话到茶楼，谎称小方出了车祸，叶芸不知是计，被他骗上车。他将她胁持到光辉园小区，随后又把在马头镇秘密调查的小方骗到光辉园。因为这个人是小方的队长，善良的小方万万没有想到，自己尊敬的队长会与黑帮分子沆瀣一气，并会对他痛下杀手，他落进了圈套之中。这位队长在黑暗中枪杀了小方。他没有使用公务配枪，他用的是黑帮分子喜爱的54式手枪。”

薛阳把剑一般的目光射向了费润龙。费润龙刚要站起身，却被刘振庆强劲有力的大手按在椅子上。费润龙气急败坏地大叫道：“你这是毫无根据的信口雌黄，恶毒诽谤！你有证据吗？”

薛阳从桌子的抽屉里取出物证袋里的白手套，义正词严地说：“小方在照片背面写的就是你的名字。三个人的合影，他为什么专写你的名字，而不写蓝玉文的名字？他难道不是在向我们说明什么吗？你对这副手套应该不陌生吧？你怕在墙壁上留下自己的手掌印，戴着手套在墙壁上几掌就打开了一个豁口。你押着叶芸从豁口处钻过去后把手套扔在了墙外的草丛中。只有练过铁砂掌的你才能有如此深厚的功底。

“你之所以走上犯罪的道路，我剖析了你犯罪的根源。你父亲是南市区组织部部长，他在位时，你们家门庭若市，每日拜访你父亲的人络绎不绝，学校里的老师和同学们都要敬你三分。你高高在上，总是摆出一副凌驾于人的架势，你有一种强烈的占有欲，对自己所需要的东西总是千方百计地搞到手。你参加工作后，没过几年，便荣升为刑警队副队长。可是随着你父亲的离任，你们家门可罗雀，昔日恭维你的人渐渐地离你而去，甚至有人说，你坐上刑警队副队长的位置，是局长为了巴结你父亲而刻意安排的。各种风言风语传到了你的耳中，你心中的优越感已不复存在，扭曲的心理在你内心深处生根发芽，你看待周围的事物都带有一种憎恨的目光。你不安心做一个副队长，想要取代蓝玉文，坐上他的位置。利欲熏心的你无意中获悉了毛雨明、林艳丽和蓝玉文过去的关系，决定在这件事上做文章，制造系列盗车案，让南市刑警队陷于尴尬的境地，迫使蓝玉文下台，你好趁机取代蓝玉文。毛雨明是你的师弟，你当上了刑警队一把手，更能使他的犯罪行为不为他人所察觉，理所当然地成为他的保护伞。毛本身就是黑帮老大，靠盗窃、贩毒、走私起家，他对你的计划更是言听计从，这样做，你们就是一根线上的蚂蚱。他当即指使手下的兄弟杨广杰和马林在南市区频频作案，疯狂盗车。我排除林艳丽以后就注意到了你，因为只有你知道蓝玉文去滨州辨认轿车。你命毛指使杨广杰在路上袭击蓝队长，使案情更加复杂，你好更快地坐上队长的位置。当马林暴露后，你又指使杨杀死马林，杨嫖娼被警察追捕时，你又设计杀害了杨，并在现场制造种种假象。你接连杀害数人，实在是罪恶滔天！”

费润龙大吼一声，从椅子上纵身跃起，一招饿虎扑食冲向薛阳。薛阳并不惊慌，闪电般掏出手枪，将黑洞洞的枪口指向穷凶极恶的费润龙。费润龙看着漆黑的枪口，好似强弩之末般呆立在地上。刘振庆、王海犹如猛虎下山般冲上去，给费润龙戴上了手铐。

费润龙呆望着戴着手铐的双手，轻轻地叹了口气，无可奈何地闭上了双眼。

玫瑰梦

故事回放 A

阵阵晚风吹送着潮湿的青草气息，群星点缀着夜空，水上公园里的一片小树林，安静而又清爽，树林里黑黢黢的轮廓营造了一种神秘的氛围……

一对青年男女手挽着手漫步在林间的小道上。突然，从茂密的树丛里钻出了三名脸上蒙着面具、手持匕首和铁棍的彪形大汉，把这两位男女围在中间，沉浸在甜言蜜语中的青年男女被突然出现在眼前的蒙面大汉吓呆了。为首的一个大汉恶狠狠地低吼道："二位识相一些，快把值钱的东西掏出来，否则，我手里的刀子可不是吃素的！"

大汉一边威胁着，一边把匕首架在青年男子的脖子上。青年男子看了一眼寒光闪闪的匕首，身子抖动了一下。大汉从男青年胆怯的目光里感觉出男青年是一个胆小、懦弱的人，用匕首在男青年的脖颈上划出了一道长长的口子。殷红的鲜血慢慢地流了出来，男青年发出了一声惊叫。大汉抬起一脚把男青年踹倒在地，身边的两个大汉举着手中的铁棍对倒地的男青年一顿暴打。那位青年女子失声尖叫连呼救命，为首的大汉挥拳把女子打倒在地，把匕首顶在女子漂亮的脸蛋上，淫笑着说："你要再乱喊叫，我就把你的脸蛋划烂，今天，老子要好好地享受一下！"他俯下身把女子的衣服划开，露出了雪白、粉嫩的肌肤。他顺手把匕首顶在女子的下巴上，伸出粗糙的左手，肆意揉捏着女子的乳房。

女子被吓得一动不动，大汉冲着另外两个大汉喊道："你们给我撵走这个碍事的废物，待大哥享受过后，你们也尝尝白领小姐的滋味！"

两个大汉听到大哥的吩咐后，挥舞着铁棍，杀气腾腾地说："你小子快滚，要不老子废了你！"

男青年被凶神恶煞般的暴徒吓得失魂落魄，他知道自己遇上了杀人不眨眼的恶魔，为了保全自己只有放弃女朋友了，他从地上爬起来，逃离了茂密的小树林……

为首的大汉狞笑着命令两个手下："把她架回咱们的住处，防止那小子报警。到了咱们那里，就可以随心所欲地享受她了！"

两个手下架起女青年就往密林里拖，正在这千钧一发之际，一个身材高挑的青年男子拦住了他们的去路，义正词严地说："放下她，你们还有条生路，否则，死路一条！"

三个色胆包天的暴徒见半路杀出个程咬金，不禁恼羞成怒，为首的大汉冲到男青年眼前，二话不说，挥刀刺向男青年的前胸。男青年后退一步躲过致命的一刀，左手顺势抓住了大汉持刀的右手，一个右直拳击打在大汉的鼻梁骨上，随即一个前踢踢中了大汉的小腹。大汉扔掉手中的匕首，瘫倒在地上痛苦地呻吟着。

另外两个大汉见大哥被打倒了，把女青年扔在地上，就挥舞着铁棍冲向了男青年。男青年并不畏惧，反而迎了上去，三拳两脚把他们击倒在地。三个暴徒身受重伤，躺在地上呻吟着，知道遇到了武林高手，谁也不敢轻举妄动了。

男青年知道自己的功夫，这些歹徒在他的打击下暂时失去了反抗能力，他脱下外套，披在女青年肩头，掏出手机拨打了110报警电话。几分钟后，一辆110巡逻车呼啸而来，四位全副武装的警察走下车，简单问过情况后，把三个歹徒押上了巡逻车……

一

早晨9点钟，明媚的阳光照耀着千鹤家园生活小区，花池里的花草散发着醉人的芳香。小区里静悄悄的，只有几位老人在马路边悠闲地散步。一位50来岁的中年妇女提着一个手包，步履匆匆地走进了12号楼3单元，她在2楼4号门前止住了脚步，从手包里取出了钥匙，她正要开门，忽然发现防盗门虚掩着，她感到万分惊奇。她是一名钟点工，每周二、四、六来这里打扫卫生。她清楚，女主人是一个非常谨慎的人，不会不锁房门。她拉开防盗门，木门也没有锁，穿过玄关，走进了客厅。她被眼前的情景惊呆了，客厅里一片狼藉，她小心翼翼地绕过玻璃碎片穿过客厅，走进了寂静的卧室，看见卧室的床上躺着一具全身赤裸的年轻女尸，死者正是这家的女主人万冬雪。

钟点工目不转睛地注视着死者的面容，随即发出一声撕心裂肺的尖叫，转身飞快地跑出卧室，跑到楼下，拨打报警电话……

花山市公安局刑警支队大案队队长薛阳接到指挥中心的指令后，带领大案队的精干刑警和技术人员，刻不容缓地赶到了命案现场。

法医老许对尸体进行了检验，初步确定，死者的死亡时间在4月

18 日晚上 11 点至 11 点 30 分之间，系窒息死亡。死者的脖颈上有明显掐扼的痕迹，身体其他部位没有任何伤痕。死者未遭受到性侵害。

薛阳在法医检验尸体时默默地站在一旁，凝视着死者的面容。她大约二十二三岁的样子，面容秀丽，皮肤雪白细腻，乌黑的长发散落在肩头。

死者的身份得以确认，她叫万冬雪，今年 24 岁，雪城市清河乡清河村人。三年前，千鹤家园物业管理部门和她签订了房屋租赁合同，把这套两室一厅的住宅租赁给万冬雪，租赁时间为五年。

薛阳走访了邻居和物业管理部门的人员。在她入住的三年期间，她和邻居关系非常融洽，从未发生过什么不愉快的事情。她没有固定的工作，却非常有钱，整天和几个年轻的女人在家里通宵达旦地打牌，好像打牌是她人生唯一的乐趣。

钟点工把发现尸体的情景向刑警作了一番说明，但提供不出什么有利的线索，她只是负责打扫卫生，对万冬雪的个人情况一点儿也不了解。

技术人员提取现场的脚印和指纹之后，对死者的物品进行了清查。死者的衣柜里挂满了名贵、时髦的衣物，卧室梳妆台的抽屉里有现金 3 万元以及大量的金银首饰，另外还有工商银行存折和建设银行存折，两张存折里面共有存款 50 万元。薛阳看到居室里被翻得乱七八糟，意识到凶手杀害万冬雪并不是为了她的财物，更不是为了她的美色，而是在寻找什么重要的物品。

薛阳逐个房间查验了一番，防盗门没有被破坏的痕迹，阳台和卧室的窗户上也没有蹬踩的痕迹，他排除了凶手从这些部位闯入的可能。凶手一定是死者非常熟悉的人，要不然一个单身女人是不会让陌生人直接进入居室的。

现场勘查工作结束后，尸体被抬上警车，送往刑警支队法医室。

技术员在现场提取了5个人的脚印和4枚完整的指纹。薛阳根据死者脖颈上的掐痕推断，凶手是一个壮年男性，手劲极大，有一定的腕力。

技术人员和法医相继撤离现场后，薛阳在警车里立即召开了侦查会议，队里几位精干的刑警聚集在他身边。他开始分析这起命案："凶手是万冬雪熟悉的人，她让凶手进屋后，主动脱去了睡衣，因为她的睡衣没有被撕扯的痕迹。凶手杀害万冬雪后，似乎在居室里寻找什么重要的东西，根本没有把现金及贵重首饰放在眼里。她全身赤裸并没有遭到性侵害，看来，凶手对她的躯体没有任何的兴趣。根据这几个疑点，我认为，死者掌握了凶手致命的物品，才招来杀身之祸。我们从以下几个方面入手调查，第一，孙晓晨去调查死者的社会关系和与她来往密切的异性；第二，王海去查询千鹤小区的监控录像，调查在案发时间出入小区的嫌疑人员；第三，刘振庆调查死者和街坊四邻的关系，从中发现线索……"

故事回放B

三名歹徒被巡警们押到了派出所后，经过严厉的审讯，缴械投降。为首的歹徒刘辉供述了事情的真相：女青年叫田甜，今年22岁，任职于花山市嘉园房地产公司，任业务部经理。其父叫田守义，48岁，现任花山市城建局局长。他们之所以劫持田甜，完全是被人收买，主要目的是为了报复她的父亲田守义，而雇他们的幕后元凶是城建局副局长衣鸿光。

田守义身居要职，掌握着城市拆迁、改造的大权。一些别有用心的人看中了他手中的权力，千方百计地收买他，好在城市的规划中谋取自己的私利。可是，正直的田守义不为金钱所迷惑，依照国家法律的相关规定，把工程项目承包给符合国家规定的建筑公司。

这些不法商人见金钱难以打动田守义，只好把目光投向了副局长衣鸿光。衣鸿光在金钱的诱惑下，利用手中的权力与不法商人沆瀣一气，大肆贪污受贿，为自己谋取私利。

衣鸿光的卑劣行为被廉正无私的田守义察觉了，他当即对衣鸿光的违法行为给予了严肃的批评，并让他主动到市纪委说明自己的问题。

衣鸿光把田守义的善意规劝置若罔闻，把田守义当成了自己的绊脚石。田守义影响了他发财的路子，他要给田守义一点儿颜色，他找到了小时候的结拜兄弟刘辉，掏出5万元现金拍在刘辉面前，让他带人劫持田守义的独生女田甜。事成之后，再给他5万元，并许诺，手里的一些工程项目可以让给他一部分。

刘辉曾因盗窃罪被判处有期徒刑六年。出狱之后，他一时找不到合适的工作，终日游手好闲，无所事事。他看到钞票时，血红的眼睛里流露出贪婪的光泽。他拍着胸脯，答应了衣鸿光的罪恶要求。

他们把田甜劫持到西郊一处荒废的养鸡场，然后打电话警告田守义，让他好自为之，否则脑袋搬家，性命休矣。被赶走的男青年叫冯大为，系市汇丰大酒店人事部部长，是田甜的未婚夫。在生死关头，冯大为为了保全自己的性命，选择了逃避。没想到一个见义勇为的青年解救了田甜，彻底粉碎了他们罪恶的阴谋。

这个男青年叫丁世成，23岁，系汇丰大酒店保安部保安员，江州市人，一年前，从部队复员来到了花山。他从小练习少林拳，在部队军区大比武中获得过散打冠军。由于出生在工人家庭，父母没有什么门路，他一时找不到合适的工作，只好到花山汇丰酒店当保安。丁世成解救田甜完全出于巧合，他居住在水上公园附近的小区，每天晚上10点多钟，他都要到树林深处打上几套少林拳。他走进树林里时，发现了眼前的一幕，军人出身的丁世成挺身而出，制服了行凶的暴徒。

田甜躲过了一劫，十分感激丁世成的救命之恩。在派出所里作询问笔录时，她被高大英俊、谈吐不凡的丁世成深深地吸引，内心深处产生了一股爱意，同时，对相恋多年的冯大为贪生怕死的懦弱行为感到无比厌恶。那个恐怖的夜晚过去之后，她拒绝了冯大为所有的解释，怀着感恩之心和丁世成确定了恋爱关系。

冯大为知道田甜选择了丁世成，气急败坏，指责丁世成和那些暴徒上演了一场老掉牙的英雄救美。随后，冯大为利用手中的职权，找茬开除了丁世成。

失去工作后，没有经济来源的丁世成蜗居在出租屋里，心情不快到了极点。善解人意的田甜看出了丁世成的困惑，用女性的柔情安慰着自己的恋人，同时，也对冯大为的小人之举无比痛恨。她想为丁世成找一份工作，但性格倔强的丁世成拒绝了田甜善意的安排。他只有一身好武艺，别无所长，只好到西郊一家服装厂做一名保安员。通过这件事，田甜看出了丁世成刚毅的性格和强烈的自尊心，丁世成在她心目中的形象更加完美了。

时间静悄悄地流逝着，丁世成在新的工作岗位上施展着自己的才能，每到休息日，田甜便来到丁世成的出租屋，度过了一个个令人回味的、甜蜜而温馨的夜晚。

二

傍晚时分，薛阳手下的三名精干探员陆续回到了刑警支队。他们的调查工作都取得了一定的进展。

刘振庆翻开工作手册，向队长汇报调查结果："万冬雪和邻居的关系还可以，没有和邻居之间发生过什么纠纷。去年 10 月份之前，一位 50 多岁的中年男子经常在她的住处过夜，10 月份以后，邻居们再也没有见过那位中年男子。10 月份之前，她怀有身孕，每天挺着大肚子在小区里转来转去，可是她生下孩子以后，邻居们谁也没有见过她生的孩子。钟点工是她今年 1 月份雇的，原来的那位钟点工根本无法查找。邻居们推测，她很可能是那位中年男子包养的二奶，她为男人生下一个小孩后，那个男人给了她一笔钱后，便带着孩子离开了她。”

王海端着茶杯慢悠悠地喝着茶水，刘振庆的话音刚落，他开口说道：“我调取了小区的监控录像，在案发时间没有发现什么嫌疑人和可疑车辆。死者所居住的单元楼前没有安装监控录像，小区只有一个大门供居民出入，小区周围全是一米多高的铁栅栏，身手利索的人完全可以从铁栅栏上面翻越，我在小区西侧发现了三处人翻越的痕迹，而西侧也没有安装监控录像。”

薛阳对小区周围的情况是熟悉的，现场勘查工作结束之后，他在现场附近转了一大圈儿。凶手作案时间是深夜，在那段时间寻找目击者的可能性非常小，他想到这里，把目光移向了孙晓晨。

孙晓晨语气平静地说：“5 年前，万冬雪从雪城来到花山名士会馆做陪酒女郎，大约两年以后，她被新时代贸易有限公司董事长胡贺虎看中，成为胡的情妇，胡在千鹤小区给她租了一套房子。在此期间，她为胡生下一个男孩，胡给她一笔钱后，便离开了她。她在名士会馆时曾有一个男友，叫周山，24 岁，雪城人，在会馆里做服务生，因沾染吸毒的恶习，万冬雪几乎和他断绝了关系。在万被胡包养期间，周山曾多次向死者借钱，具体数额不详，可是周山一次也没有还过。周山已经被名士会馆开除，居无定所，对其行踪还要进行更细致的调查。死者在名士会馆工作仅有两年时间，不会有 50 万元存款，这笔钱一定是胡贺虎送给她生小孩的报酬。另外，胡还送给死者一辆别克轿车，这辆轿车目前停放在千鹤小区的停车场。”

薛阳在笔记本上记下了两个人的名字。他对新时代公司董事长胡贺虎有所耳闻，他今年 55 岁，十几年前创建了新时代公司，与俄罗斯、日本、韩国等国家商人从事国际贸易，如今已经创下了上千万元的资产，在花山市是赫赫有名的人物，连市长都是他家的座上客。

薛阳决定与胡贺虎正面接触一下。他在公安内部信息网很快查到了胡贺虎的住址。

晚上 8 点钟，他和孙晓晨驱车来到花山的富人区名流花园。小区里有 30 余栋造型精美的豪华别墅，掩映在绿树花草中。两位刑警在小区物业管理员的陪同下来到一栋别墅的院门前。悦耳的门铃声响过之后，一名身材魁梧的青年男子打开了紧闭的院门。

他打量着管理员身后的两位衣着简洁、目光威严的青年男女，那清瘦的脸上不禁掠过一丝狐疑的神色："有什么事情吗?"

管理员急忙介绍身后的刑警："这两位是市公安局刑警支队的薛阳队长和孙警官，他们来找胡总!"

男青年看过薛阳的警察证后，非常恭敬地说："薛队长，久闻大名，快请客厅一坐，我这就去请老板下来!"他引领着刑警们走进了客厅，薛阳从男青年轻快的脚步中看出他练过武术，有一定的功底。他肯定是胡贺虎身边的保镖。

薛阳和孙晓晨在客厅的沙发上坐了片刻，楼梯上传来重重的脚步声，一位身材高大、肥胖的中年男子走到薛阳身前，这位男子正是花山的名人胡贺虎。管理员介绍完对方身份后，迅速离开了。保镖端上茶水和点心后，步出客厅，到院子里守候着……

薛阳和胡贺虎寒暄了几句，随即切入主题。当他说出万冬雪被杀害后，胡贺虎浓重的眉毛抖动了一下，肥胖的圆脸上闪过一丝悲戚的神色。薛阳默默地观察着他的面部表情的细微变化。

胡贺虎整个身体仰靠在沙发上，点燃一支粗大的巴西雪茄，慢悠悠地说道："既然薛队长找上门来，我也没有什么可以隐瞒的。我和冬雪的关系已经保持了3年，我们是在名士会馆认识的，我被她漂亮的脸蛋和魔鬼般的身材所迷惑，想让她给我生一个孩子，因为我在老家山西有一个老婆，她给我生了两个女儿，在花山还有一个老婆，她为我生了3个女儿。这两个老婆和我的感情很深，知道我在外面花天酒地、寻花问柳，可是谁也没有干涉过我的私生活，她们需要一种平静的生活。我积累了上千万元的资产，没有男孩子继承我的家产啊！我不想把家产全部交给外姓人。这两个老婆年龄偏大，已经失去了生育的最佳年龄，如果生下孩子，智商一定有问题！所以，我想包养一个年轻漂亮的女孩子，给我生一个男孩儿。于是，我选中了万冬雪，她是一个善解人意、温柔体贴的女人，有着万般风情。我和她签了一个协议，她只要给我生下一个男孩儿，我一次性付给她现金50万元、一辆别克轿车，再加一套两室一厅的单元房。我先给她在千鹤家园租了一套房子，每月付给她8000元生活费。女人喜欢的饰品、金银首饰，只要她想要，我立马给她买回来。去年10月份，她果然不负我的厚望，给我生下了一个男孩儿。当时，我激动到了极点，我没有失言，往她的存折里存了50万元。千鹤家园的房子租期还没有到，我让她先在那里住着，我在环境比较好的新家园小区给她买了一套两室一厅的单元房，今年5月份交房。从她拿到住房钥匙那天起，我们之间就没有任何关系了，她也不能以母亲的身份探望孩子。”

薛阳用敏锐的目光紧盯着胡贺虎，仔细分析着他说的每一句话。

胡贺虎吸了一口雪茄，好似从梦境中清醒过来：“我虽然出身贫寒，但是现在有了一定的社会地位。我担任市人大代表、市政协委员已有多年。我是不会和一个当过三陪小姐的女人结婚的，这将直接影响我的社会地位和名誉。我虽然和老家的那个老婆离了婚，可我离婚不离家啊，她们母女三个还需要我照顾呢。”

薛阳静静地倾听着胡贺虎的讲述，从他的话语中感悟着什么。

三

孙晓晨聚精会神地驾驶着警车直奔支队，薛阳仰靠在副驾驶座上，微闭着双目，默默地思考着。

警车开进刑警支队大院。薛阳注视着灯火通明的办公楼，心里有一种亲近的感觉，他向孙晓晨讲述着心中的推理：“据我了解，胡贺虎所经营的并不全是正经生意，他手下有四大金刚替他负责管理公司，这四人多年前因为故意伤害罪被判刑入狱，刑满释放后，被胡贺虎招募到公司，而且担任重要职务。万冬雪年轻漂亮，性感迷人，追求她的男人肯定很多，老胡花那么多钱财，就是为了有一个儿子，他得到儿子以后，一定会做亲子鉴定。”

孙晓晨打断了薛阳的话：“你的意思是，万冬雪生下的不是老胡的孩子，才招来杀身之祸?”

薛阳不置可否，继续推理道：“这只是其一；其二，万冬雪掌握了老胡公司违法的证据，借机敲诈老胡，招致老胡痛下杀手；其三，她生下男孩儿后出于母爱的角度，要行使自己的探视权。老胡为了孩子有一个健康的成长环境，不想让孩子长大后知道母亲曾经是一个三陪女，他一定会拒绝万冬雪的所有要求，杀掉她以绝后患。”

孙晓晨握着方向盘，眼睛紧盯着漆黑的夜幕，颇为赞同薛阳的推理和分析：“明天集中精力查找周山的下落。”

薛阳同意孙晓晨的建议：“这项工作由王海负责；刘振庆调查老胡手下的四大金刚；我们俩调查万冬雪的社会关系以及她的手机通话记录。”

在水上公园附近一间简陋的出租屋里，床头灯橘黄色的灯光照在简易木床上，一对青年男女赤身裸体地相拥在一起。

“世成，我们结婚的日子定在 5 月 1 日，到时候我们可以住进明珠花园的复式楼里了，把这间小屋退还给房东。”田甜像一个温顺的小猫一样蜷缩在丁世成温暖的怀抱里，喃喃细语。

丁世成微闭着双目，紧搂着怀里的恋人。

“这间小屋是我们爱的见证，自来到花山那天起，我就在这里居住，从内心讲，我是不想离开这里的，我是一个怀旧的人。”他轻轻地抚摸着田甜。

“自办理了结婚证之后，我的心踏实了，我找到了家，找到了一个属于自己的平静的港湾，拥有了自己所喜爱的男人。”田甜柔声细语，口吐幽兰。

“让我们终生相伴，直到永远！”丁世成亲吻着田甜雪白的脸蛋。

早晨 8 点，薛阳拨通了移动公司办公室陈主任的电话，要求查阅万冬雪近几个月的手机通话记录，待内勤上班后补上相关的法律手续。由于工作关系，陈主任和薛阳接触非常多，他知道案情重大，以极快的速度把薛阳所需要的资料传真到了大案队办公室。

薛阳仔细翻阅万冬雪的通话记录，发现一个 139 的移动手机号码自今年 2 月份以来和万冬雪的手机联系频繁，几乎每天都要通话 3 ~ 4 次，通话时间长短不一。在案发当日，两部手机一天通话 6 次，每次通话时间至少 15 分钟。他马上命孙晓晨去移动公司补办法律手续，并调查这个手机机主的详细资料。

孙晓晨是一名优秀的侦查员，这项工作对于她来说是轻车熟路。她查出这个号码是去年 5 月 16 日在人民路营业厅购买的，这种号码不用身份证便可在移动营业厅任意购买。近一年来，该号码先后和 26 个手机联系，其中通话最为频繁的就是万冬雪。她随即调出这26个手机机主。这26个手机机主竟然全是年轻的女性，其中两个手机机主庄晶晶和祁娜在去年11月至12月和这个神秘的手机联系非常频繁。可是这个手机已经在一星期前停机。

孙晓晨把调查的结果向薛阳作了一番汇报。薛阳略微沉思了片刻，指示孙晓晨，立即对这26个女人进行细致的调查。

孙晓晨决定，先对庄晶晶、祁娜这两个女人进行调查。

孙晓晨赶到甘露家园生活小区，在派出所片警的协助下找到了庄晶晶的住处。这时已是上午11点多，她刚刚起床，身穿一件性感的睡衣，一副睡眼惺忪的样子，疑惑地打量着来访的警察。

孙晓晨直截了当地说明了来意。庄晶晶明确警察来访的原因后，悬着的心平静下来，柔美的脸庞上闪过一片红晕，开始娓娓道来："我是齐齐哈尔人，离开家乡已经三年了。我在花山几家夜总会干过陪酒的工作，这份工作并不是多么体面，我对父母谎称，我在一家公司做文秘工作。年迈的父母多次催我回家结婚，我在外漂泊多年，他们对我的安危非常担心。我为了打消他们的担忧和顾虑，只好对他们说，我已经在花山找了如意的伴侣。在这之前，我在街头的电线杆上看到了一条小广告，主要内容是租个情人回家过年。我看过之后心动了，便拨通了广告上的电话，一个声音浑厚的男中音从话筒里传出来。我在电话里说出了我的要求，他开价8000元，答应和我一起回家冒充新郎。我们约定下午4点钟在红楼宾馆一楼的咖啡厅见面。4点钟，我如约而至，在约定的一张桌子旁，我见到了一个身材颀长、面容俊朗的青年男子。当时，整个咖啡厅里都是一对对喃喃细语的年轻情侣，我拨了一下手机，悦耳的手机铃声从这个青年男子的上衣口袋里传出，我确认他正是我要见的人。他见我站在咖啡厅门口拨电话，冲我潇洒地挥挥手。我俩一见如故。他叫吕晓飞，24岁，非常健谈，他答应了我提出的条件，回家以后一切听从我的安排，并许诺我们不发生性关系。第二天，我们坐上了回家的列车。年迈的父母见到他后，高兴得合不上嘴。在我的安排下，他和我的亲朋好友全都见了面，所有的亲戚都对他非常看好，夸他一表人才。一切都在我们的计划中进行着，他很善于演戏，和我配合得非常默契，我也对他产生了爱意。离开家乡的前一天晚上，我多喝了几杯酒，借着醉意，我和他发生了性行为。

“回到花山以后，我付给他 8000 元钱。在我接触的男人里他是最棒的，也是令我最为心动的。我想让他做我的秘密情人，他拒绝了我的要求，随即转身离去。我默默地凝视着他那高大、健壮的背影，心里涌起了一种难以割舍的爱意……在那之后，我多次给他打电话。我们很谈得来，但他似乎对我怀有深深的戒备之意，拒绝和我再次见面。到了年底，我放弃了对他的追求，我的职业可能是他的心里的障碍。我是一个吧女，他怎么会看上我呢……”

庄晶晶语气缓慢地叙述着，似乎陷入了美好的回忆中。孙晓晨仔细地观察着对方的面部表情，分析着她所说的每一句话。当孙晓晨问庄晶晶是否认识万冬雪时，她惘然地摇着头，表示对这个女人没有任何印象。

孙晓晨询问吕晓飞的体貌特征，庄晶晶非常欣赏地说：“他长得无可挑剔，标准的美男子，只是在左胸口处文着一条飞腾的龙。”

孙晓晨认为这是一条非常重要的线索，询问这条龙有什么特征。庄晶晶仔细回想着：“龙文得非常精致、逼真，长度大约有 10 厘米，宽度 2 厘米，一定出自技艺精湛的文身师傅之手！”

孙晓晨转向了另一个调查目标——祁娜，她居住在春风小区，原来在歌舞厅里坐台，如今被一位 50 多岁的个体老板包养。孙晓晨说明来意后，她略微沉思了片刻，口气平缓地讲述着：“这是去年 12 月份的事了，我是重庆人，在花山夜总会做小姐已有多年。父母多次让我回家结婚，我对他们说，我已经在花山找到如意郎君，他们让我把爱人带回家给他们看一看。我对你们警察也没有什么可隐瞒的。我和一个有钱的老板保持着这种不明不白的关系，我这样做无非是为了钱，等手里有了钱，我回家盖一栋二层楼，开一个小商店，在附近的村子随便找一个男人便可以过日子了。我如果不回家，我父母就要从重庆赶到花山，他们真要来了，我的所作所为就全都暴露了。在万般无奈之下，我的一个小姐妹给我出了一个主意，让我租个新郎回家，并告诉我一个手机号码。我怀着试一试的心情拨通了手机，一个悦耳的男中音从手机里传出。我说明了自己的想法，他开价 8000 元，我们约定在北方大酒店的咖啡厅见面。晚上 6 点钟，我们见面了。他叫赵欣，24 岁，一口纯正的普通话，眉目清秀，唇红齿白，标准的美男子。我从心里感到特别舒服，他是一个非常养眼的男人。他答应我，一切按照我所说的去做。第二天，我们坐上了回家的列车。

“我的父母见到了赵欣，他将假女婿的角色演得惟妙惟肖，发挥得淋漓尽致，一口一个爸妈。二老连连夸我有福气，找到了一个好丈夫。我家的亲戚都来了，他在我的授意下，给每位亲戚包了 500 元的红包。所有的亲戚心里乐开了花，赞美之声不绝于耳……

“离开家的前一天夜里，我钻进了他的被窝里。这么优秀的男人我是不会放过的，他没有拒绝我的要求。

“回到花山之后，我想让他做我的情人，他一口回绝了我的要求，坚定地转身离去。我注视着他那矫健的背影，不禁黯然神伤……他也许嫌弃我所做的一切。他比那个有钱的老板出色多了，我不想放弃这么优秀的男人。我频繁地给他打电话，约他出来吃饭、喝咖啡，他一直拒绝我。渐渐地我死了这份心，将爱深深地埋在心底……”

孙晓晨利用一整天时间，调查了与神秘手机保持联系的24个年轻女人，查清了这些女人的真实身份，她们全是在夜总会、酒吧等场所从事陪酒工作的吧女，其中还有十几个女人被一些有钱的男人包养。她们讲述的故事均与庄晶晶、祁娜所经历的故事如出一辙。她们均对那个神秘的帅哥充满了深深的爱意，虽然她们被一些大款包养或者在夜总会、酒吧里坐台，但是她们相互之间并不熟悉，而且也不认识万冬雪。这个神秘的男人先后使用了5个名字和这些女人接触，每次回到花山后，都拒绝和这些女人再次见面。他每次从这些女人的手中获取8000～20000元不等的酬金，手里有了一大笔钱。这些女人都心甘情愿地和他发生性关系。每人都对他抱有好感，并且都有嫁给他的心思。这些风月场所的风尘女子对美好的生活充满了无限的期盼，她们能够实现心中的梦想吗？孙晓晨发出了一声轻轻的叹息……

薛阳通过孙晓晨的调查，认为自己的侦查方向没有偏离，已经找到了问题的切入点。薛阳把咨询电话打到了雪城市公安局刑警支队，请求协助调查万冬雪在雪城的情况。雪城市刑警支队很快回复：万冬雪出身于工人家庭，父母现已退休在家。高中毕业后，她在家待了一年，便离开家乡来到花山。在上高中期间，她特别喜爱打听别人的隐私，如谁的父母离婚，谁的父亲利用手中的权力或钱财包养女人，谁和谁谈恋爱弄大了肚子，去医院做流产手术等隐私。她把这些消息告诉一个叫周山的社会青年，周山便伙同手下的小喽啰敲诈这些同学。不愿声张个人隐私的同学只好给周山一笔钱了断此事，不买周山账的同学把受到敲诈一事告诉了家长或派出所，为此她和周山多次受到派出所的警告和训诫。很多同学都疏远了她，同时，从心里也对她产生了憎恨之情。

万冬雪在花山没有复杂的社会关系，和她保持来往的7个年轻女人全是她的牌友，这些女人全是在夜总会从事陪酒工作的，其中4个年轻美貌的女人被市里一些有权势的男人包养着，另外3个女人因刚涉足娱乐业还没有找到中意的男人。薛阳查清几个男人的真实身份后，感到万分吃惊：他们分别是市技术质量监督局副局长王荣军、市环境保护局一处处长张凯、市工商局直属分局局长许鸿达、市房管局局长柳耀华。

四

薛阳想，和王荣军等官员正面接触一下，也许能够从中发现破案的线索。他首先赶到了王荣军的办公室，但是他没有在办公室，办公室秘书见两位刑警面容严峻，知道事关重大，只好如实说，王局长在云趣城夜总会。

薛阳和孙晓晨迅速赶到了云趣城，没想到会在夜总会大厅遭到保安的阻拦。两名高大威猛、腰插警棍的保安拦住了两人的去路，非要让他们出示会员证。当薛阳亮明警察身份时，两个保安仍然不许薛阳前进一步。这时，薛阳已经意识到楼上的包房里一定有不法行为。

他不想再和蛮横的保安拖延下去了，把警察证举到一个保安眼前随意晃动了一下，脚下一个漂亮的扫堂腿，把保安撂倒在地。另一个保安见状刚要抽出警棍，薛阳上前一个钩踢肘击，这个保安四仰八叉地躺在地上，警棍滚到一旁。猛然间，从大厅的角落里冲出了五六个手持警棍的保安，把薛阳和孙晓晨围在中间。薛阳一看对方摆开了打架的架势，心里升起了一团怒火，准备教训一下这些不知天高地厚的鲁莽之人，摆拳、侧踹、连环脚，6 个保安还没有醒过味来，便东倒西歪地趴在地上呻吟。

孙晓晨闪到一旁，掏出手枪，冲着倒地的保安们怒吼着："都别动，否则不客气了！"

保安经理闻讯后，一路小跑着冲到了大厅，见8个保安躺倒了一溜儿，大吃一惊。这是何方高人，竟然打倒了8个训练有素的彪形大汉？他仔细观瞧眉目清秀、体态中等的薛阳，发出了一声惊叹：这不是花山赫赫有名的大侦探薛阳吗！经理上前一步，低头施礼，恭敬地说："薛队长，实在对不起，手下的弟兄冒犯您了，您多包涵！"经理随后怒斥保安们，"你们有眼无珠，快起来给薛队长赔礼道歉。这个月的奖金全免了！"

保安们纷纷从地上爬起来，嘴里说着赔礼道歉的话。

薛阳挥挥手，示意保安们不要再说了。他心里非常清楚是怎么回事。这些保安之所以有恃无恐，完全是因为有人在背后撑腰。夜总会的保安居然敢对警察动手，可见其狂妄到了极点！云趣夜总会背景很深啊。可是眼前的情况不容薛阳过多地追究，他调查的是杀人案，这类问题以后再说。他向经理说明了自己的来意。

经理连连点头："你们先到我的办公室小坐片刻，我马上把王局长请下来。"

几分钟过后，一位身材高挑、面容清瘦的中年男子在经理的陪同下，走进了办公室。经理介绍双方的身份后，识趣地离开了办公室。

薛阳言简意赅地说明了来意。王荣军面容红润，给人一种稳重的感觉，他早已听说薛阳是威震花山的名侦探，他打量着面带微笑的薛阳，内心禁不住波澜起伏：眼前的警官绝不是三言两语可以打发走的。他知道，他和姜丽娟的事已经没有隐瞒的必要了，如果僵持下去，肯定没有好结果。可是如果把这些公布于众，自己很有可能会身败名裂。

他坐在沙发上，拿烟的左手微微地颤抖着，少顷，他终于下定了决心："三年前，我在一家夜总会唱歌时，认识了年轻漂亮的陪酒女郎姜丽娟，我花钱包养了她，并给她租了一套房子。每隔两三天，我就到她那里去住上一夜，我们的关系一直这么保持着。平时没事，她就到万冬雪的住处打牌。有一件事，也许和你们调查的案子有关系。去年5月份的一天早晨，我刚到办公室，秘书给我送来一封信，我打开了信封，里面有十几张我和姜丽娟在一起做爱时的照片以及一封信，信的内容是，让我在当天下午3点钟以前，把5万元打到建设银行的一个账号里，否则，这些照片将会出现在市纪检委。”他讲述到这里停顿下来，轻轻地叹息了一声，“照片的拍摄地点就是我和姜丽娟居住的卧室。我马上怀疑是姜丽娟暗中捣鬼，想让我出一笔钱。我立即开车回到我们的住处。她还没有起床，看过照片后，极其惊讶，连声质问我是怎么回事。我也是一脸困惑！我抬头查看了一下天花板，发现在吊灯上面有不干胶带留下的痕迹。我明白了，有人在吊灯处安装了微型摄像机，拍下了我们做爱时的照片。我每月付给姜丽娟一笔非常可观的费用，也没有发现她和陌生男人有过什么密切接触。她小鸟依人地钻进我的怀抱里，一副失魂落魄的模样。我端详着她那副可怜、无辜的样子，顿时打消了对她的疑虑，心想，一定是有人趁我们不在家时秘密潜入。这一定是非常熟悉我们的人，因为我们居室的门窗没有被人破坏的痕迹，肯定有人偷配了钥匙。可是，这个人会是谁呢？我俩猜测了半天也没有琢磨出来。如果我拒绝对方的要求，一定会遭到灭顶之灾；如果答应了对方的要求，他会不会贪得无厌地继续要钱？那可是无底洞啊！我左思右想也没有想出一个完美的办法。在万般无奈的情况下，我往对方指定的账号里打了5万元。从那以后，我再也没有收到过此类照片。究竟是什么人干的，始终是我心中一个难解的谜团！”

他讲述到这里，眼睛里流露出一丝祈求的光亮。

“姜丽娟身边的人，你想过吗？”

王荣军摇了摇头：“她平时总是到万冬雪的家里打牌，和她接触的那些人都是夜总会的姐妹，她们手里都不缺钱。万冬雪被一位大款包养着，出手阔绰。她们在一起打牌时，没有出现过异性。”

“你和万冬雪接触过吗？”薛阳问。

“我们在一起喝过酒，她是一个非常迷人的女人，酒量非常大，每次都把我灌醉了。”王荣军苦笑着，“那件事，我始终没有和她联系在一起。她背后的资助者是花山有名的人物，你们肯定都调查过了。”

薛阳见他提供不出什么有用的线索，只好转移了话题：“她们在一起打牌发生过什么不愉快的事情吗？”

“我没有听丽娟说过这类事情，她们在一起非常开心！”

“你知道万冬雪还有其他来往密切的异性吗？”

王荣军挥了一下手：“我想不会的。要是被那位资助者知道了会是什么结果，她应该心知肚明！”

薛阳和孙晓晨离开了夜总会后，分别调查了其他几位官员。他们对刑警的调查给予了积极的配合。他们都和王荣军有着同样的经历，就是在去年6、7、8月分别受到了敲诈，敲诈的金额为5万元。

孙晓晨驾驶着警车。薛阳坐在副驾驶座上，明亮的眼睛注视着大街上川流不息的车流，却无心观赏街上璀璨的街景。他向孙晓晨分析着对万冬雪一案的见解：“根据4个官员的讲述，他们的情妇和外界没有什么接触，接触最多的也就是万冬雪。如果他们被敲诈之后马上报案，这几起案子不难侦破。凶手好像在万冬雪的居室里寻找什么重要的东西。她的贵重物品没有被盗，更有力地说明，死者掌握着凶手致命的证据。”

孙晓晨接过话茬：“肯定是那些贪官的照片。万冬雪尝到了甜头，会善罢甘休吗？

薛阳并不认同孙晓晨的说法：“目前，仅仅是推理，我们还没有找到证据来证明敲诈案是万冬雪和周山所为。这起案子中出现了众多的嫌疑人，不是贪官就是黑道人物，似乎每个人都有杀人的动机。”

五

薛阳和孙晓晨刚回到支队，王海就步履匆匆地走进了大案队。他查遍了周山所有的社会关系，也没有查找到周山的下落，他好像人间蒸发了一样，无影无踪。

薛阳听完王海的工作进展后，点燃了一支烟，凝视着袅袅升腾的烟雾，似乎在重重烟雾中看到了一丝光亮，脑海里闪过一个念头："周山染上了吸毒的恶习，他接触最多的应该是毒品贩子，我们应该从这里着手。周山是夜总会的一名服务生，没有太多的收入，他被夜总会开除以后没有了经济来源，三番两次地找万冬雪借钱，万冬雪每次都给他一笔钱。只要染上毒瘾，想要戒掉是非常困难的，需要一笔巨大的费用填补这个无底洞。万冬雪绝不会把自己的钱全部交给周山来吸毒，她银行里的存款说明了这一点。"

王海似乎从队长的推理中找到了主攻的方向，他收拾好公文包离开了办公室。

黎明的曙光揭去夜幕的轻纱，东方天际，晨曦微露。树上的鸟儿发出了欢快的鸣叫。

薛阳推开窗户，迎来了一个阳光明媚的早晨。

万冬雪的父亲万峰得知女儿被害的消息后，从雪城昼夜兼程赶到了花山。

薛阳和孙晓晨陪同万峰到千鹤小区清理万冬雪的遗物。万峰神情悲戚地走进女儿遇害的房间。

命案发生后，刑警们对现场进行了清理，所有的物品都摆放得非常整齐。万峰手捧着女儿的影集，翻看着一张张女儿面带微笑的照片，潸然泪下，思念女儿的泪水喷涌而出。

薛阳注意到，万冬雪的影集足有十几本，他一边宽慰着万峰一边翻阅着影集。他发现，万冬雪保存的照片里只有她自己和一些女人的照片，没有一张异性的。他感觉出，万冬雪酷爱摄影留念，这十几本影集保留了她不同时期的照片，这些照片按照时间顺序排列着。他若有所思地放下了影集，注意到了书柜里的一部索尼数码照相机和一部索尼微型摄像机。他翻来覆去摆弄着照相机和摄像机，渐渐地他的眉头紧锁了起来。照相机里竟然没有记忆卡，这显然有些不太对头，按照常规，这样的高级照相机应该有一张记忆卡。

孙晓晨见队长翻来覆去地摆弄着照相机，从队长的眼神里悟出了什么。她联想到，那个神秘男子和26个女人假冒情人回家，始终没有留下一张照片，由此可以看出，他做事非常谨慎。她将目光移向了万峰，老人家愣怔地手捧着女儿的影集，似乎在沉思。

薛阳也注意到了万峰的细微变化。万峰声音颤抖地说："我看到女儿的照片非常痛苦。我女儿特别喜爱照相，到哪里都要摄影留念。过年的时候，她和新女婿曾一起回家过年。可是，我注意到，这里并没有我女婿的生活用品以及他们两人的照片啊。我女婿怎么没有在家呢？"

薛阳听老人这么一说，马上想到，那个假情人是否和万冬雪一起回家过过年呢？他向老人说出了心中的疑惑。

万峰的回答与薛阳的判断一致。春节期间，万冬雪和女婿回家过年，全家人对新女婿非常看好，夸女儿好福气，找的女婿一表人才，女儿当时还用照相机拍了一张全家福。可是影集里却没有那张全家福。

薛阳急剧地思考着：所有贵重物品都没有丢，为什么唯独少了一张记忆卡呢？凶手费尽全力翻找的是照相机里的记忆卡，记忆卡里一定有神秘男人的秘密，很有可能就是那张全家福。街坊四邻均没有见过这个神秘男人，他和那些女人的见面总是安排在宾馆、大酒店的咖啡厅，他似乎对这些场所非常熟悉，因此，他很有可能就是这些场所的员工。万冬雪从回家到遇害已经两个多月，按照她的习惯，一定会把照片冲印出来，放在影集里。她肯定会到图片社和照相馆冲印照片。他的心中产生了一个疑虑：万冬雪的死因仅仅是一张全家福吗？

薛阳派大案队的精干刑警，拿着万冬雪的照片对市里所有图片社和照相馆进行调查，但一整天过去了，没有任何结果。

薄暮时分，薛阳和孙晓晨走进了西城区风雅图片社，老板和员工正准备关门。

薛阳言简意赅地说明了来意。老板50多岁，光秃秃的脑门儿上闪着亮光。他看过万冬雪的照片后，眼睛里闪过一丝异样的光泽。敏锐的薛阳捕捉到了这一细微的变化，立即向老板阐述了利害关系，希望得到他的配合。

老板仔细看了看薛阳的警察证。他早就听说，薛阳是花山赫赫有名的大侦探。薛阳用威严的目光逼视着他，仿佛刺穿了他的内心，同时，他被薛阳身上散发出的凛然正气所震撼，心想，如果不说实话，今天这一关无论如何也过不去了，只好说出了实情。

两个月前的一天黄昏，一位衣着艳丽的美貌女子风摆杨柳般飘进了图片社，她从手提包里取出一个索尼数码照相机，要求老板马上把相机里储存的16张照片全部冲印出来，而且每张照片再加印两张。

老板接过相机，看了看里面的照片，惊得目瞪口呆。这16张照片中只有一张是全家福，其余15张全是一对青年男女赤身裸体的照片。

年轻女人不动声色地从手提包里取出厚厚的一沓人民币，细语道："这是2000元。现在就给我冲印出来，你不许私自留存！"

老板被厚厚的钱吸引住了，暗自思忖着，到手的生意绝不能错过。他随即答应了下来，把钱锁进钱柜里，并关闭店门，让美貌女子在前厅稍等片刻，走进暗房，打开电脑开始打印照片。照片印好以后，他多印了15张，想留着以后自己慢慢欣赏。开办图片社以来，他对裸体女人的照片和黄色光盘特别钟爱，收藏了大量的黄色照片和光盘。他看清楚了，前厅的漂亮女人正是照片上的女人，清瘦的脸上闪过一丝淫笑。

他回到前厅，把照片交给了漂亮女人。女人仔细看过照片后，漂亮的杏眼里射出一道寒光，威胁道："老板，我给你的钱也不少，以前我的朋友也曾多次照顾你的生意，希望你遵守游戏规则，否则，你的店就别想在花山开去下了！"

老板从她的话中听出来，她所说的那个身材瘦弱的小伙子在这里冲印过类似的照片，他对那些照片记忆犹新，后悔没有把那些照片留存下来。老板并不是一个胆小怕事的人，但为了尽早地打发走这个女人，他点头哈腰地说："你尽管放心好了，我是一个讲诚信的人，我懂规矩！"

老板战战兢兢地供述完这一切后，从暗室里取出私藏的照片。他低垂着头，不敢正视薛阳。

薛阳看了一眼照片，当即确认照片上的女人正是万冬雪。那个男人的左胸口处，文着一条龙，浑身的肌肉紧绷绷的，好似一块块铁疙瘩。

老板一脸讪笑，低声下气地恳求薛阳高抬贵手。

薛阳凝视着照片，没有理会老板的请求。孙晓晨冲他不耐烦地挥挥手，示意他不要再多说什么。手机的铃声打断了薛阳的思绪，他一看来电显示是王海便接听了电话。

电话里传出王海激动的声音："薛队长，三天前，周山因贩卖毒品被西城区刑警队羁押在第一看守所。你能到看守所提审他吗？"

薛阳和孙晓晨风驰电掣般赶到了看守所。在提审室里，一位体态中等的青年人一脸漠然地坐在铁椅子上。薛阳的脑海里闪现着王荣军的话语，“那个青年体型较瘦，脸色蜡黄，给人一种病态的感觉”，可是眼前的青年与王荣军所描述的不一致啊。

薛阳简单讯问了几句。男青年一口纯正的山东口音，周山却是东北人啊！薛阳的心里不由得打了一个问号，展开了凌厉的攻势。这位青年终于招架不住了，供出了实情：他冒用了周山的名字。他的真实姓名叫安永吉，今年23岁，山东海城人。去年12月中旬，周山在缅甸境内贩卖毒品被当地黑社会头目杀死。

他和周山都在夜总会里打工，关系非常密切，可以说是无话不谈的朋友。两年前，他在老家帮人讨债时将债主打成重伤，畏罪潜逃，被海城市公安局网上通缉。从此，他过上了亡命天涯的逃亡生活。对于周山过去的一些情况，他也有所耳闻：周山的女友傍上了一个大款，对周山有所疏远，这令周山非常恼火，主要的原因是周山染上了吸毒的恶习。可周山是万冬雪生命中的第一个男人，她对周山始终怀有一种特殊的情感。周山没有特殊的生活技能，做生意又没有本钱和社会关系，在夜总会打工也不是长久之计。万冬雪为了帮助周山，拿出了20万元帮助周山做生意。这笔钱具体什么来路，周山始终三缄其口。贩卖毒品利润大，周山和安永吉决定到缅甸买一些海洛因到花山高价出售，万万没有想到，被当地黑社会盯上，20万元被洗劫一空。周山奋力反抗，被对方用手枪打死。安永吉夺路而逃，跑回了中国境内。他是一个被通缉的逃犯，不敢到公安局报案，只好冒用周山的名字，一路乞讨回到了花山。

他把周山的死讯告诉了万冬雪，万冬雪泪流满面，悲痛欲绝……

安永吉一直想东山再起，为死去的朋友报仇雪恨，于是加入了花山的一个贩毒团伙，干起了贩卖毒品的勾当。

听完安永吉的供述，薛阳断定，万冬雪和周山利用那些牌友在家里打麻将的机会，偷配了姜丽娟等人家里的钥匙，偷拍了他们做爱时的照片，随后对王荣军等人实施了敲诈。

六

孙晓晨让万峰和那些女人看过技术处理过的神秘人的照片之后，立即得到了大家的一致确认。

薛阳觉得，神秘人笼罩着一团迷雾，他假扮情人的目的就是为了钱，可对命案现场的贵重物品及现金丝毫未动，仅仅取走了一张记忆卡和照片，而且为了取走这些物品，他不惜杀人，由此可见，如果照片被公布于众，会给他带来致命的灾难。

所有女人都对神秘人非常痴迷，称赞他为男人中的精品，都向他表达了爱意，他却对这些女人不屑一顾，做完交易之后便不再和她们联系了。他心目中一定有其更钟情的女人！正是那些照片给万冬雪带来了杀身之祸。

薛阳认为，要查清神秘人的身份，首先应该先从各大宾馆着手调查，因为他和女人见面时总是选择在宾馆的咖啡厅；其次，花山市的“鸭子”均在宾馆、酒店活动，而且均是有组织的，有一个大头目掌管数个小组长，小组长手里控制着十几个“鸭子”。发生了什么问题均由大头目出面解决协调。根据这些女人的叙述以及神秘人的情况可以断定，他和任何组织都没有联系。虽然调查工作取得了突破性进展，但是仅有嫌疑人的照片是远远不够的，这个神秘的“鸭子”像一个模糊的影子，在薛阳的眼前若隐若现地飘动着。

薛阳下达指令后，刑警们根据分工，拿着照片奔波在各大宾馆和酒店之间。

薛阳和孙晓晨负责调查汇丰大酒店，他俩首先来到了人事部。人事部工作人员介绍说，人事部部长冯大为于 4 月 19 日凌晨 2 点 10 分驾驶一辆黑色奥迪 A6 轿车，因车速太快，轿车撞上了马路边的隔离墩，冯当场死亡，奥迪轿车报废。经交警部门调查，冯系酒后驾车。死者家属提出了质疑，要求对尸体进行检验。经尸检，发现死者胃里含有大量的酒精和少量的安眠药成分。

冯大为死后，人事部部长的位置一直空着，人事部的各项工作由部长助理全面主持。面对来访的刑警，部长助理无可奈何地说："我们酒店每天都有新员工报到，老员工离职。保安部的保安在酒店工作的时间几乎没有超过一年的。我这里保存着两年来所有员工的照片及个人信息。"

孙晓晨浏览着电脑里储存的员工信息。部长助理一边给两位刑警沏上馥郁芳香的龙井茶，一边讲述着发生在冯大为办公室的一件离奇的事情："4 月 19 日清晨 4 点多钟，一名值夜班的保安在办公区域巡逻时，听见卫生间里有异常的响声，他迟疑着走进了卫生间，一进门便被人打昏了，随后被人用皮带捆住了手脚、嘴里塞进了一只袜子，直到天快亮时，才被到卫生间方便的另一名保安发现。受伤的保安立即把这事报告给保安部部长，部长立即调阅楼层的监控录像，未发现异常情况和可疑人员，而且办公区域内也没有发生被盗的迹象，因为所有的办公室门窗都完好无损。部长觉得这事非常蹊跷。早晨 9 点钟，从交警支队事故处传来冯大为遭遇车祸死亡的消息。冯大为的秘书打开部长办公室时，看到他的办公室里一片狼藉，办公桌、文件柜里的所有物品撒了一地，看样子是曾有人在办公室里寻找什么重要物品。保安部部长接到报告后，联想到被莫名其妙打伤的保安，似乎醒悟了过来，立即向光明大街派出所报案。派出所民警到达现场后，经秘书点验，冯大为的现金及贵重物品均没有丢失。”

薛阳全神贯注地听完部长助理讲述的情况后，问道：“保安部部长和那位受伤的保安现在在酒店里吗？”

助理急忙拨通了保安部办公室的电话，询问他们俩是否在上班。

值班保安答复，部长回河南老家探亲去了，大约半个月以后才能回来；那位受伤的保安自那件事发生以后，说什么也不在酒店里干了，领取了退职金便不知去向了。

助理一脸失望地放下了电话。

薛阳觉得这件事非常奇怪，提出要到冯大为的办公室和保安被打昏的卫生间实地查验一番。助理痛快地答应了。

薛阳在酒店办公区域转了一圈儿后，走进了冯大为的办公室。这是一间里外套间的办公室，他死之后，他的个人物品被家人全部取走，所有办公用品摆放整齐。薛阳在里间屋转了一圈儿，推开了紧闭的窗户，把身子探出窗外。他注意到，窗户的边缘与卫生间窗户的边缘相连着，大约 10 厘米宽，是为了方便工人清洗玻璃设置的。踩着这个边缘可以走到卫生间，但是这人要有胆量和臂力，因为办公区位于酒店的 23 层，稍有不慎便会粉身碎骨。

薛阳纵身一跃，跳上窗台，小心翼翼地踩着窗户外的边缘，深吸了一口气，双手扶着墙壁上的瓷砖，身体紧贴着墙壁，慢慢地一点点地移向卫生间的窗户。办公室与卫生间大概有 5 米的距离，助理被薛阳的举止惊呆了，大张着嘴，紧张得说不出话来……

薛阳很快接进了卫生间的窗户，他推开紧闭的窗户，身体灵活地钻了进去。他跳下窗台，在卫生间里转了一圈儿，走到门外的走廊里。他注意到，走廊里的监控探头处在一个死角的位置，根本无法监控到卫生间的门口，从消防楼梯到走廊，从走廊到卫生间这一段距离，也是监控器无法监控的死角。他明白保安被打昏的原因了：保安巡视到这里时听到的卫生间里的响声正是潜入者打开窗户的声音。由此看来，潜入者熟悉走廊里的环境及监控器。潜入者冒着这么大的危险，究竟在寻找什么呢?

孙晓晨在电脑里获取了一个重要的信息，朝队长投去一个意味深长的微笑。

薛阳通过助理的叙述，对冯大为有了更为清晰的了解。而且保安部的保安们对宾馆里“鸭子”的活动规律非常了解，在他们的视线里始终没有那只神秘的“鸭子”。

薛阳和孙晓晨回到了刑警支队，今天的调查取得了突破性的进展。

队里的几位刑警陆续回到了办公室。刘振庆经过细致的调查工作，排除了胡贺虎及其手下四大金刚的作案嫌疑。而且刑警们经过调查也相继排除了四位官员作案的嫌疑。薛阳环顾着几位刑警，他们满面倦容，神情疲惫。他知道，连日来大家四处奔波，体力消耗已经到了极限，爱怜地说：“明天休息一天，这几天你们很辛苦，后天早晨9点到办公室里集合。”

几位刑警非常熟悉队长的办案风格，这是到了决战的时刻，他想让大家休息好，然后集中全部精力对杀人凶手实施抓捕。队长放他们的假，并不意味着队长也回家休息，他很可能要秘密调查。

刑警们离去后，薛阳查阅了交警支队提供的冯大为交通事故的全部资料。他胃里的安眠药使他的死亡蒙上了一层阴影。根据监控录像记录的奥迪轿车的行驶路线，事故处交警查到，冯大为是从天使酒吧门前的停车场驾车出来的。

薛阳赶到天使酒吧，询问了酒吧里的服务生。服务生提供了一个重要线索，更使薛阳坚信自己的推断是正确的。根据调查结果薛阳分析，4月19日凌晨1点30分左右，冯大为在天使酒吧喝了三瓶啤酒。根据酒吧服务生讲述，冯大为经常在酒吧里喝酒而且酒量很大，一次能喝十瓶啤酒，三瓶啤酒对他算不了什么。19日凌晨，冯大为独自要了一个包房，也没有叫小姐陪着喝酒。在这期间，一个年轻男子在包房里停留了大约十分钟。男青年离去后，冯大为在包房里待了大约十几分钟随后也离开了酒吧。之后不久，便发生了车祸。一个喝酒又要开车的人应该知道酒后服用安眠药的后果，由此断定，冯大为死于他杀的可能性极大。表面上看，冯大为和万冬雪的死亡似乎没有什么关联，其实这里面存在着一个链条，把他们的死亡联系在了一起。他把所有线索集中在一起仔细地梳理了一下。眼前的迷雾逐渐消失，他仿佛看到了凶手晃动的身影。

5月1日，相恋一年之久的丁世成和田甜在新世纪大酒店举行婚礼。

身穿笔挺西装的丁世成满面春风地站立在酒店门口，向各位来宾挥手致谢。新娘田甜小鸟依人般依偎在爱人身边，漂亮的脸上荡漾着幸福和甜美的微笑。

薛阳、孙晓晨等几位刑警站在不远处默默地观察着。孙晓晨始终疑惑不解：队长是怎么把目标锁定的呢？薛阳深邃的眸子里好似要喷射出一团愤怒的火焰，他向满腹疑问的孙晓晨平静地讲述着："一年前，一起意外事件使丁世成和田甜紧紧地联系在了一起。冯大为异常悔恨，一直在痛苦的煎熬中借酒消愁。如果不是冯大为办公室被盗以及保安被打昏，我还不会把冯大为的死亡和万冬雪的死亡联系在一起。丁在汇丰大酒店干过保安，熟悉监控设备。4月5日深夜，冯大为正在天使酒吧里喝酒买醉，听到隔壁包房里传出一阵激烈的吵闹声，心烦意乱，想去制止。透过包房的磨砂玻璃，他见到一个神情狂躁的男青年冲端坐在沙发上的一个妙龄女郎挥舞着拳头，地板上散落着许多撕碎的照片。女郎好像并不畏惧男人的淫威，面带微笑，神态自若地喝着啤酒。他逐渐看清了，男青年是丁世成。正是他夺走自己相恋多年的恋人，他是自己不共戴天的仇人！年轻女人见男青年的情绪一直无法控制，拿起手提包，头也不回地离开了包房。丁世成见状急忙追了上去，并没有注意到门附近的冯大为。冯大为趁这个机会飞快地走进包房，他想知道究竟是什么原因使丁世成这么愤怒。他迅速拾起地板上散落的照片，装进自己的口袋里，照片太多了，他只能拾一少部分。听到外面的走廊传来了重重的脚步声，他急忙走到包房门口，正好和返回来的丁世成撞个满怀。

“丁世成满脸怒容，他见冯大为非常尴尬地站在门口，目光不由得瞟向了地板上的照片。冯大为从容不迫地离开了酒吧。冯大为拾的照片正是丁世成致命的照片。万冬雪一直在外漂泊，渴望有一个温馨的家和相爱的伴侣，绝不会心甘情愿地做一个为大款生孩子的工具。周山命丧异国他乡更使她失去了精神寄托。她租丁世成回家过年时，也和众多的女人一样，被丁世成迷人的气质和翩翩风度吸引，对他产生了爱恋之情。她拍下了和丁世成做爱时的照片，回到花山后，以此要挟他，想让他娶自己为妻。野心勃勃的丁世成怎么会娶一个做过小姐、当过二奶的女人做自己的妻子呢？他的未婚妻是局长的千金，一个好似天使一样的美丽女人。他出身于平民百姓的家庭，攀上了这门亲戚，对他来说意味着鲤鱼跳龙门啊！”

孙晓晨忍不住插了一句：“他假扮情人，不怕被未婚妻发现吗？”

薛阳点点头：“田甜被上级主管部门派到省城进修学习，为期一年。丁世成被冯大为开除后，没有了生活来源，又想把婚事办得体面一些。家里出不了钱帮他办婚事，他只好选择了假情人这个职业。这可是一个来钱快的职业呀！田甜两个星期才回来一次，他完全能够利用这个时间差欺骗善良的田甜。他哄骗田甜说找到了工作，田甜被他自食其力的要强心打动，更加爱他了。

“丁世成待冯大为离去后，清点地板上的照片碎片时察觉，冯大为拿走了一些撕碎的照片。他清楚，冯大为对自己非常痛恨，如果照片传到田甜手里，自己将会遭到灭顶之灾。婚期逐渐地临近了，他从心底萌生了杀机，制订了详尽的杀人计划。冯大为把碎照片拼凑起来，看过照片后一定很吃惊，要向丁世成射出复仇之箭！报仇心切的冯大为落入了丁世成精心布置的圈套，田甜一定是丁世成的杀手锏！他们的话题肯定离不开田甜。他和万冬雪在包房里争吵以及冯大为在包房里拾照片，全被天使酒吧的一名服务生看到了。丁世成假意答应了万冬雪的要求，骗取了她的信任。他悄悄地潜入千鹤小区，敲响了万冬雪的房门。她见其找上门来，神情激动，主动脱了衣服。丁世成趁机掐死了她。他翻箱倒柜寻找致命的照片，他对万的贵重物品和现金视而不见，只取走了相机里的记忆卡。4 月 19 日凌晨 1 点 30 分左右，丁世成和冯大为在包房里喝酒，也被这位服务生亲眼目睹，他的证词至关重要，为我们侦破此案提供了有力的证据。

“如果他不去冯大为的办公室翻找照片，我们寻找他还要费一番周折。他这么做真是百密一疏，搬起石头砸了自己的脚啊！他究竟找到照片没有，到审讯室里再让他交代具体作案细节吧！”

薛阳摸了摸腰间的手铐，迈着有力的步子朝丁世成走去……

春风得意的丁世成吃惊地端详着站在眼前的威武严肃的青年人，看到薛阳咄咄逼人的气势，他似乎意识到了什么……

火光中的阴影

一、黎明街命案

5 月的风吹拂在江州的大街小巷，到了夜晚时分，那习习的暖风更使夜行的人心旷神怡。

深夜，黎明街这条小巷沉浸在一片寂静中，只有街边的路灯发出了微弱的光。

万籁俱寂中，黎明街 38 号院中突然升起一团烈焰，转瞬间，这团烈焰掠过屋顶，向四周迅速蔓延……熊熊烈焰映红了半个天空，不知是谁发出了一声尖锐的惊叫："呀！着火啦!"这声惊叫在寂静的夜空中传得格外悠长。

凌晨3点5分，急促的电话铃声把薛阳从睡梦中惊醒。

他从床上坐起身，揿亮了床头灯，从床头柜上抓起电话。这么晚打来电话一定有重要情况。果然，话筒里传来值班刑警急切的声音：“薛探长，西城区黎明街发生一起重大火灾，火灾现场发现一具身份不明的尸体。支队领导命你速到现场进行调查。”

值班刑警简单介绍了案情之后，便挂了电话。

薛阳愣怔了一下翻身下床，迅速地穿戴整齐，然后，从枕头下面抽出64式手枪，插在腰间。

他凭直觉意识到，这起火灾非同寻常，如果不是案情重大，支队长陈原不会半夜从家中叫他到现场。

薛阳的家住在东城区金水街，是栋独门独院的二层小楼。他关掉了床头灯，走出卧室，放轻了脚步，顺着楼梯走进了楼下的客厅。

年迈的母亲静静地坐在沙发上。借助微弱的壁灯，他看清母亲慈祥的脸上流露出一丝焦虑的神色，深夜打来的电话惊动了母亲。

薛阳走到母亲身旁，轻声说道：“妈，你睡吧，没事！”他那有力的大手触摸到母亲柔弱的肩头，心里有股难言的滋味。自从父亲离世之后，他一直与年迈的母亲生活在一起。

母亲早已对薛阳这种刀光剑影、昼出夜伏的刑警生活习以为常，不过，今天晚上，她对儿子这次出现场有些放不下心来。

她将薛阳送到大门口，直到儿子矫健的身影与漆黑的夜幕融汇在一起。

薛阳驾着摩托车驶进了友谊大街，在寂静无人的大街上，他加大了油门，摩托车风驰电掣般疾驶起来，凉爽的春风从他耳边呼啸而过。

摩托车很快穿过了东城区，驶进了西城区。对于黎明街，薛阳并不陌生，这是一条烟草批发街，在整个江州市甚至华北平原都久负盛名。

当薛阳穿过劳动路，拐进黎明街时，空气中弥漫着一股焦煳味，几十名消防官兵在火灾现场来回奔忙不停，火情已经得到了控制。

薛阳从摩托车上下来。街道两旁都是积水，附近的居民聚集在各自家门口，悄声议论着这场火灾。

他向现场警戒线外维护秩序的派出所民警出示了证件，蹚着路边的积水向站在消防车旁的支队长陈原走去。

现场附近在照明灯的照射下，如同白昼一般。支队长身旁聚集着消防支队、110 巡警、分局、派出所的负责同志，他们正在轻声谈论着这场火灾。

反盗窃中队的十几位刑警在从火灾现场往外搬运没有烧毁的贵重物品。

陈原见薛阳赶到之后，看看手表说："本来反盗窃中队可以上这个案子，由于火灾现场发现一具烧焦的尸体，只好从家中把你们探组的全部成员都通知到现场。起火点是 38 号院，失火原因不明，这场大火殃及四邻，烧毁了 20 多间民房，幸亏报警及时，要不然损失更大……"

正说着，薛阳探组的几位刑警相继从家中赶到。

"现场有目击者吗？打 110 报警的人找到了吗？"薛阳问。

支队长指着不远处的一辆 110 紧急警务车，说道："打电话报警的是位 60 多岁的老太太，她家住在 38 号院马路对面，离火灾现场有 30 余米。当她发现火情时，熊熊烈焰已映红了半个天空。派出所的同志正在车里进行现场访问，并在做笔录。目前，还没有发现有另外的人员伤亡。"

消防官兵在大火扑灭之后，开始撤离火灾现场。

薛阳决定先查看现场。他刚走到 38 号院门口，几名民警就抬着一副担架从里面走出来。担架上是一具蜷缩着的面目全非的尸体，散发着焦煳的臭味。

薛阳俯下身体查看着焦尸，对于尸体散发的那股恶臭全然不觉，而站在他身后的警校实习生武志强忍受不住异味的侵扰，禁不住呕吐不止。

薛阳见此情景急忙让他们赶快把尸体抬走，并从裤兜里掏出手绢递给小武。他对小武特别理解，他自己第一次出现场时也有过类似的现象。

走进38号院临街的那间屋，他从烧毁的货架以及地上零散的香烟，看出这是一间营业室，穿过后门，是一座小四合院，院子里的房屋已是残垣断壁。

在一间大约十五六平方米的房间，只有一张烧得支离破碎的木床，整座房屋只剩下几根冒着青烟的房梁和倒塌的墙壁，大火很可能就是从这间屋引发的。究竟是什么原因引起的这场火灾呢？

“死者会不会是自焚？”武志强在胃里舒服一些之后，开口说道。

薛阳没有答话，只是在几个房间里不停地寻找着什么。

难道真的会是自杀吗？薛阳暗自思忖着，死者为什么要选择这种方式呢？

死者的情况，待法医老许作出鉴定之后，才能得出具体结论。

刑事技术员王大江在薛阳的授意下，开始了细致的现场勘查工作。

薛阳走进停在马路边的110紧急警务车里，向报警人了解当时的情景。

报警人是位慈眉善目的老人。

这时，派出所民警已做好了现场访问笔录。薛阳接过笔录，大致浏览了一下，对火灾发生的情况有了一定的了解。

老年人觉少，夜里稍有风吹草动就容易惊醒。凌晨2点左右，老人听到屋外的马路上有一阵轻微的脚步声，脚步声过后一团烈焰冲天而起。老人感到不好，急忙披衣下床，打开房门，站在门口，只见马路对面38号院正被熊熊烈火所吞噬。老人不由得发出一声惊叫，随即跑回屋里叫醒家人，并且急忙拨打火警电话。

当老人站在屋外查看火情时，整条街上空无一人，屋外那轻微的脚步声会是老人的错觉吗？对于这个问题，薛阳认为，应对周围居民展开调查。

消防报警中心在凌晨2点15分接到报警，四辆消防车于2点19分赶到现场，这与老人提供的时间是一致的。

从老人发现火情到消防车赶到黎明街，一共只有四分钟，这场大火之所以损失惨重，不仅仅是每家仓库里都存放香烟的缘故，肯定有助燃物助长了火势的蔓延。

黎明时分，技术员王大江从38号院走出，从他那失望的表情中，薛阳看出，现场勘查结果收效甚微。

派出所的片儿警又把38号院经营者的情况作了一番介绍。她叫肖雯，今年24岁，黑龙江省A城人，前年3月来到花山，租下黎明街38号，经营烟草批发。由于38号房主是两位年迈体弱的老人，已无力做烟草批发生意，故把整套房屋租给肖雯。经过一年多的苦心经营，肖雯的生意发展很快，并在黎明街一带小有名气，尤其是自今年1月份以来，肖雯的生意更是如日中天。据掌握的情况，肖雯在东北并无任何犯罪记录，来花山的目的就是做生意。肖雯在花山举目无亲，生意能做成这样，足以证明肖雯的精明。

薛阳的脑海里，闪现着担架上的那具焦尸。那么这具焦尸是不是肖雯呢？

现场勘查工作结束之后，刑侦支队的20余位刑警先后乘车撤离现场。

薛阳等人刚走进办公室，法医界权威人士老许手里拿着几份尸检报告，推门进屋。

"老许，情况怎么样?"薛阳一边问一边请老许坐在沙发里。

老许说："经尸检，死者系一成年男性，年龄大约在32岁至35岁之间。"

薛阳听老许这么一说，眉宇间闪过一丝阴霾，在现场面对焦尸时的推断如今果真应验了。

老许看了一眼眉峰紧蹙的薛阳，继续说道："起火点就是死者本人，在房屋燃烧之前死者就已经死亡，因为死者的口腔和肺里都没有吸入的烟，经检验，死者的胸口上有一处明显的刀伤，据刀口判断，刀宽约2厘米，长约15厘米，死亡的时间确定在凌晨1点至1点30分之间。凶手行凶时，准确有力地刺中心脏，可见凶手对人体要害部位非常熟悉。并且，犯罪嫌疑人在纵火之前就将汽油浇在了死者身上，以达到焚尸灭迹的目的。"

法医老许把尸检结果介绍到这里，把几份尸检报告递给薛阳。薛阳接过报告，陷入沉思……由于火灾现场遭到严重破坏，现场勘查一无所获，犯罪嫌疑人没有留下任何物证。从焚尸灭迹这一点上分析判断，嫌疑人具有一定的侦查和反侦查经验，而且，所做的一切都带有毁灭性，足以证明他（她）的凶残暴戾。据分析，凶手作案时使用的凶器应该是一把十分锋利的尖刀，可是，在现场附近没有查找到凶器，凶手行凶后很可能将凶器随身带走了。究竟是出于何种目的谋杀呢？死者是一位身份不明的男性，而肖雯如今又在何处呢?

早晨8点钟，刑侦支队会议室里坐满了凌晨时分出现场的刑警，整个会议室里烟雾缭绕。

支队长陈原、政委罗浩以及几位副支队长坐在刑警们对面的讲台上。

陈原见众人都到齐后，清清嗓子开口说道："5月10日凌晨2点，西城区黎明街38号发生了一场火灾。我当时正好和反盗窃中队的同志们值班，接到报警后，我们迅速赶赴现场并展开调查。由于在现场发现一具尸体，我立即命值班刑警通知负责侦破凶杀案的探组，并让他们火速赶往现场。

“到达现场之后，各警种协调作战，及时访问报警人，对于火灾前的情况有了初步的了解。根据尸检及现场勘查结果，我们断定，这是一起蓄意谋杀案。下面由负责侦破凶杀案的薛阳探长把这桩凶杀案的情况向同志们通报一下。”

薛阳从人群中站起身，走到讲台的另一侧，并打开幻灯机，画面上展现出火灾现场的场景以及那具面目全非的焦尸：“根据现场情况，我们排除了死者自杀的可能，断定这是一起伪装成火灾的凶杀案。38号的主人是位年轻的姑娘，而现场的死者却是位成年男性，这给本案增添了一定的疑点和难度，同时也是对我们刑警的挑战和考验，为此，我们将这起案件命名为‘5·10杀人纵火案’。

“众所周知，黎明街是一条远近闻名的烟草批发街，几百户居民都在经营烟草批发生意。38号主人肖雯，今年24岁，黑龙江省A城人，火灾发生后，她没有出现在火灾现场，直到现在仍行踪不明。根据当时情况，我推断，着火现场位于肖雯的卧室，38号临街的那间屋，20多平方米，是一间营业室。穿过后门，便是一座小四合院，里面有仓库、卧室、厨房、卫生间。”

幻灯机的银幕上，映出38号院的内部结构。

“死者是在肖雯的卧室内发现的。”

整座房屋空荡荡的，处处都烧得焦黑，消防队灭火时猛烈的水柱把现场能够提取的痕迹冲得干干净净。银幕上再次出现焦尸的特写。

“死者倒毙在肖雯的卧室里，这说明，肖雯和死者的关系非同寻常。深更半夜，成年男性出现在年轻女性的卧室里，就已经说明了这个问题。死者的烧伤面积达到80%，头部、胸部、腹部都被人浇满了汽油，并且死者的胸部有处明显的刀伤。死者身高178厘米，体重约68公斤，大家从银幕上可以看出死者的烧伤程度。为此，我们无法辨别死者的容貌。另外，这人的指纹和掌纹已经烧毁，所以无法查核。经过解剖尸体，死者身体健康，身体表面并无任何外伤。”

薛阳讲到这里后，停顿下来，从讲台上拿起一支粉笔，走到小黑板前，接着说：“为了打击罪犯，伸张正义，我们将确定侦破步骤，制定侦查方针。我列出以下几条，供领导和同志们参考。”

他在黑板上写出侦查项目：

一、查明死者身份及其社会关系；

二、查清肖雯的行踪及其在A城、江州的社会关系；

三、现场寻找目击者及凶手使用的凶器；

四、查明使用同样犯罪手段的嫌疑人。

薛阳环视了一下会场，同志们都在埋头记录着。他的目光和陈原的视线碰在一起，然后，他关掉幻灯机，走下讲台，回到自己的座位上。

陈原对薛阳的案情分析十分赞赏，他接着说：“刚才，薛探长介绍了案情以及侦查计划。我认为，这都是行之有效的侦查步骤。‘5·10杀人纵火案’由薛阳探组具体负责，需要配合时，其他中队应大力协助。”

二、不在现场的证明

各部门的人员纷纷离开会议室后，薛阳探组的刑警们都聚集到他的身旁。

“我们探组六人，两人一组展开调查，力争在近期内侦破此案。王海、孙晓晨一组负责查清死者的身份，刘振庆、林永生一组负责调查肖雯的行踪，我和武志强一组对肖雯的社会关系及在 A 城的社会背景进行调查，并在现场附近寻找行凶时的目击者以及嫌疑人使用的凶器。”薛阳说到这里，从皮包里取出笔记本，他翻阅着里面的记录，又继续说道，“对于现场的情况大家已有所了解，行凶时间确定在凌晨 1 点至 1 点 30 分之间，老人在发现火情打电话报警时，时间为凌晨 2 点 15 分。根据我们分析，判断 1 点 50 分为室内起火时间，10 分钟后，大火在烧毁几间房屋后向四周迅速蔓延。那么 1 点 30 分至 1 点 50 分，这 20 分钟内，凶手在干些什么？这些只有在查清死者的身份之后才能进一步搞清。明天早晨 8 点钟，我们在办公室里碰头。”

虽然确定了侦查方向，但是，事情不是想象中的那么简单。刑警们面对的是一具面目全非的焦尸，只能从死者的牙齿中查找线索了。两位刑警花了近 10 小时的时间，跑遍了市内所有医院的牙科及私人牙科诊所，终于在第三医院牙科找到了和死者一样的牙齿模型。

死者的身份被查清了，他是西城区地税局局长秦雨。

两位年轻的刑警得到这个消息之后，当即开车直奔西城区地税局，他们赶到地税局办公大楼时，整座大楼空荡荡的，只有门口的警卫室亮着灯。

直到此时，刑警们才想到已是晚上 9 点钟了。他俩从值班警卫那里得到了秦雨家的确切住址，然后在路边的一家公用电话亭里向薛阳作了汇报。

事不宜迟！为了尽早地确认死者是否是秦雨，薛阳决定，连夜到秦雨家调查。

王海、孙晓晨两位刑警不辞辛苦，开车赶到南市区方庄花园 16 号院。当他们到达 16 号院时，薛阳已经在院门口等候多时了。

根据税务局警卫提供的地址，刑警们找到了秦雨的家。刑警们沿着楼梯来到3楼。3楼一共两户人家，薛阳按响了左边一户房门的门铃。

悦耳的电子音乐响过之后，一位30多岁的妇人打开了沉重的防盗门。

她见屋外站着几位神情严峻的陌生人，心里不由得一怔："你们找谁?"

"我们是市公安局刑侦支队的。请问，这是秦雨家吗?"薛阳一边自我介绍，一边将工作证递给眼前这位妇人。

"是的。"她那明亮的眸子里闪过一丝忧郁。

她把几位刑警请到了客厅里，客厅装饰得舒适典雅，富丽堂皇。

她从冰箱里取出西瓜，请刑警们品尝。

"不要忙了，我们来核实一个问题。"薛阳客气地说着，同时，暗暗地打量着她。妇人30岁左右，脸庞端正秀丽，梳着齐耳短发，身材苗条，白色的乔其纱连衣裙给人一种特有的神韵和庄重的感觉。

"我叫程敏，在市第三医院外科病房工作，秦雨是我的丈夫。"通过程敏的开场白，薛阳看出她是一位非常有个性的女人。

"秦雨昨天晚上在家吗?"薛阳打开了笔记本并示意孙晓晨开始做笔录。

"从昨天早晨，他上班以后，我就一直没有见到他。"程敏平静地说。

"你昨天上的什么班?"

"我是晚上8点钟到医院的，上的是夜班，今天在家休息一天，明天再上一天白班。"

"这么说，昨天晚上你一直在医院里上班?"

"是的。"

"那么，秦雨有晚上不回来的现象吗?"

"没有，但他是地税局局长，应酬也特别多，所以回来晚一点儿也很正常。”程敏看来对秦雨的工作还是比较理解的。

“直到现在，他还没有回来，你不觉得……”薛阳的话还没说完，就被程敏打断。

“对这些，我早习以为常了。”程敏漫不经心地扫了一眼墙壁上的电子钟。

此时，电子钟的指针快指向11点了。

“怎么，秦雨是不是出什么事了?”程敏疑惑不解地询问着。

在快要接近实质性问题时，程敏迫不及待地提出了疑问。

薛阳略微沉吟了一下：“我们在黎明街38号发现一具烧焦的尸体……”

程敏脸色潮红，语调急切地说：“你们有什么根据吗?”

“我们来找你，就是核实这个问题。”接着，薛阳就把火灾现场的情况以及通过牙齿模型查到秦雨这一情况向程敏作了简单的介绍。

程敏点了点头，不置可否。

当薛阳把火灾现场照片及牙齿模型等物证摆放在程敏面前时，她的神情有些慌乱，浑身颤抖不已。一切得到确认后，程敏发出一声惊叫，昏厥了过去。

孙晓晨急忙将程敏的身体平放在沙发上，并对她采取急救措施。过了半晌，程敏清醒过来，脸色苍白如纸，孱弱的双肩不停地颤动着：“他这么撒手而去，今后我怎么过呀?”

“对于秦雨不幸遇难，我们深表同情。请程医生协助我们的工作，早日使此案真相大白!”薛阳劝慰道。

程敏点点头，抑制不住的泪水终于奔涌而出。

对于失去亲人的悲痛心情，薛阳十分理解，他的心中仿佛有一团怒火在剧烈地燃烧，只有将罪犯绳之以法，才能告慰死者的亡灵。

待程敏情绪稳定之后，薛阳再次提出了疑问：“经我们调查，38号房主肖雯是位年轻姑娘，你对她了解吗？”

“肖雯，我还是头一次听说，她究竟和秦雨什么关系，我不清楚。”程敏摇头叹息，“不过秦雨死在一位姑娘的卧室里，你们刑警一定会意识到什么吧？”

薛阳点点头，认真地推敲着程敏的话，对秦雨和肖雯是否有情人关系，在今后的调查中可以得到查证。

“昨天早晨，秦雨上班时有什么异常举止吗？”薛阳不放过任何一个疑点。

程敏沉思片刻，摇摇头，表示没有意识到这个问题。

“昨天晚上，你一直都在医院里吗？”薛阳的话音刚落，程敏的脸上就流露出一丝不悦，说话的声音也有些不满。

“怎么，你们怀疑我？”程敏睁大了红肿的双眼。

“不，程医生，你误会了。请理解我们的工作。”薛阳急忙解释，但语气中却透露出威严。

“晚上接班以后，我领着几名护士在病区里查房，9 点钟后，我和值夜班的医生刘杰在医生值班室填写值班记录，12 点我们就休息了。这几天病房病人不多，危重病人也很少，所以，我们休息得就比较早。”程敏回想着昨天晚上的情景，“直到今天早晨，我没有离开过医院半步，你们可以去医院调查，刘杰医生可以为我做证！”

薛阳一边安慰着程敏，一边请她在笔录上签字。

程敏的签名飘逸洒脱，薛阳看过之后，眉毛不禁微微地抖动了一下。

在回局里的路上，薛阳的耳畔回荡着程敏的话。

虽然查清了死者的身份，可谋杀的动机还难以确认。刘振庆、林永生两位刑警对肖雯的行踪发出协查通报，请邻近县、市兄弟单位协助查找。

一整天，薛阳和武志强一直都在黎明街附近对肖雯展开调查。肖雯的财产目前已无从查证，整座房屋被大火烧得干干净净。街坊四邻对于肖雯的评价还是极高的，都称赞她是位知书达理的好姑娘，并对她家这场意外灾难表示极大的同情。

上午11点左右，一位长得眉清目秀的女孩儿出现在这片废墟中。

当她得知眼前这几位身穿便衣的青年是刑警时，漂亮的杏眼里流下了几滴晶莹的眼泪。

她叫兰兰，今年18岁，初中毕业后一时找不到合适的工作，便在肖雯的店里打工。她上身穿一件白色衬衣，下身穿一条牛仔裤，脚穿一双白色旅游鞋，长长的秀发用一条黄色丝带扎在脑后，她这一身简洁的装束以及那顾盼流离的眼神都展示着青春的活力。

兰兰姑娘的情况薛阳已从居委会老太太那里了解了一部分，知道她是肖雯的店员，在肖雯的三位店员中就数兰兰最聪明伶俐。

兰兰自我介绍之后，在薛阳身边低语道："肖雯姐的保险柜不见了。难道大火也能将保险柜烧为灰烬？一定是有人偷走了保险柜！"

兰兰提供的这一情况很重要，薛阳不露声色地听着。

"我们仓库里的香烟有45箱，香烟的品牌约有20余种，价值7万元。肖雯姐在黎明街这一带非常有名，在经营烟草批发方面有一定的头脑，市里的各大宾馆和酒店都从我们店里进烟。"兰兰姑娘看来特别健谈，话匣子一打开就有些收不住了。

薛阳插上了一句："火灾现场的情况你也许听说了。现场有一具身份不明的尸体，经法医鉴定，这具尸体是男性躯体。你想想，谁能够深更半夜地出现在肖雯的卧室里？"

兰兰想了想，道："肖雯姐作风正派，不是那种轻浮的女人。她可是一位美貌绝伦的好姑娘，一些不怀好意的男人常打她的坏主意。肖雯姐对他们不屑一顾，总是很巧妙地摆脱那些男人的纠缠，将他们拒之门外。”

“那么，肖雯在东北是否已经结婚呢?”

“不可能。我虽然在肖雯姐的店里不到两年，但我们俩情同姐妹，可以说无话不谈，她在东北结婚是绝对不可能的。”兰兰对这一点非常自信。

“肖雯在花山就没有特别要好的男友吗?”薛阳的目光极为柔和。

“我刚才说了，她对那些没有阳刚之气的男人根本就看不上眼。倒是有一位东北老乡常到店里看她，肖雯对他倒是极有好感。”

“这个人是谁呢?”

“他是西城区地税局局长秦雨，一米七八的标准身材，人也长得英俊潇洒，有一种与众不同的气质，那些庸俗的男人根本无法比。”

薛阳闻言，心头一惊：“你怎么看出肖雯和秦雨的关系不错呢？仅仅因为他俩是东北老乡吗?”

“那倒不是。秦雨的目光在肖雯的身上特别专注，凭这一点我就看出秦雨对肖雯姐有好感。”

“秦雨经常到店里吗?”

“一个月也就那么一两次，最近一段时间来得更少了。”

“你平常住在店里吗?”

“我家就在附近，平时就肖雯姐一个人住在店里。”

到了夜晚，秦雨是否到店里，兰兰肯定不知道。现场丢失了保险柜，这说明至少有两人到过现场，保险柜一个人搬不走，要不这人就是一个身体强壮的大汉。根据死者胸上的刀伤推断，凶手手段残忍，并且有一定的腕力。薛阳暗自推测着。

“肖雯现在行踪不明，你知道她会在哪里吗?”薛阳问。

“为了扩大经营范围，肖雯姐还经营酒类批发。她到省城参加酒类展销会去了，昨天晚上走的，过两天就回来。可眼前的惨景肖雯姐会受得了吗？”兰兰的眼圈儿有些红肿。

通过兰兰的这番话语可以看出，她和肖雯有一定感情，并且对地税局局长秦雨也有好感。肖雯的生意做得这么红火与秦雨的帮助分不开。肖雯究竟是在什么时间离开江州的呢？案发前的这一段时间她在干什么？

为尽早查清肖雯的行踪，回到局里后，薛阳用专线电话与省城公安局取得了联系，请求协助查缉工作。

劳累了一天的薛阳拖着疲惫的身子回到了家中。

他走进客厅，望了一眼墙上的电子钟，已是凌晨2点了。

母亲听到客厅里的动静，从卧室里走出来，她看着儿子满脸的倦容，心里涌起了一股难言的滋味。

“这么晚了才回来，吃饭了没有？”母亲慈爱的目光停留在儿子的脸上。

“不饿，我洗个澡就行了！”薛阳轻松地说。

母亲望着儿子若无其事的样子，无可奈何地叹了口气。

当薛阳的身体浸泡在温热的洗澡水里时，他的思维变得格外活跃。

种种迹象表明，秦雨和肖雯保持着情人关系。明天可以到各大宾馆、酒店调查一下，肖雯是通过谁的关系和这些宾馆、酒店联系上的。肖雯果真是到省城开酒类展销会去了吗？案件的性质目前还难以确定。火灾现场丢失了保险柜，那么，价值几万元的香烟是否也被凶手搬走了呢？

三、奇怪的自杀

省城的同行有着极高的办事效率，上午9点钟，就将电话打到刑侦支队。薛阳接到这个电话之后，震惊不已。

原来，在省城的亚太宾馆里发现了一具年轻女性尸体，其体貌特征及住宿登记证上的名字，正是薛阳所要寻找的肖雯。

自杀还是他杀，省城刑侦部门众说纷纭，莫衷一是。

经技术部门鉴定，死亡时间确定在5月10日清晨5点至5点30分之间，死因系服用了氰化物。

针对这一情况，薛阳认为，很有必要去省城一趟，对肖雯作进一步的辨认，从而判定自杀还是他杀。

经请示支队领导，薛阳迅速带领武志强和兰兰乘车赶往省城，其余几名刑警按照薛阳的布置，展开了紧张的调查工作。

警车驶上高速公路之后，只用一小时就到达了省城，又行驶了十几分钟，便到达了亚太宾馆。在停车场里，薛阳看见了三辆并排停放着的警车，从车牌号上他看出这是省城刑侦支队的车。

走进宾馆大厅后，薛阳向保安人员出示了警察证。

保安员带他们坐电梯来到9018号房间，敲了敲房门，一位精干的年轻刑警打开了房门。保安员向这位刑警介绍了薛阳的身份，年轻人马上热情地请薛阳他们走进了房间。

这是一间小型会议室，十几位刑警正围在一起低声地议论着什么，其中两位刑警还是薛阳的警校同学。

刑警们见到薛阳，急忙站起身，热情地寒暄着。

他的同窗好友马欣如今已是重案组的探长，他很快就将话题切入正题。

马欣说："案发现场就在这间会议室对面的9019号房间，死者是位年轻女性，住宿登记证上写的是肖雯，尸体已送到公安医院。"他从皮包里取出几张死者照片，递给了薛阳。

这是一位年轻貌美的姑娘，她紧闭双眼，微启双唇，脸色苍白，乌黑的秀发散乱在一旁。

"是肖雯吗？"薛阳问兰兰。

兰兰看过照片之后，肯定地点点头，悲痛的泪水奔涌而出。

在得到证实之后，薛阳决定查看现场："兰兰，你先休息一会儿。"

薛阳在马欣探长的指引下，走进了9019号房间，这是一间高级套房，分为客厅、卧室、浴室等。由于拉着窗帘，屋里有些昏暗。

马欣随手打开了壁灯，室内的光线变得柔和起来。"我们在5月10日早晨9点9分接到宾馆保安部的报警电话，到现场时，死者瘫倒在客厅的地毯上，早已气绝身亡。她的嘴角有一股杏仁味，这是明显的氰化物中毒症状。说是自杀，现场没有遗书之类的书信，推断为他杀，现场没有第二者遗留的痕迹。对于这两种情况，我们支队里的刑警持有不同的意见。"

"她是什么时间住进宾馆的？"

"据向服务员了解及住宿登记本上的记录，住宿时间为凌晨2点30分。"一位年轻刑警插言道，"那名服务员正好今天上班，我可以把她叫到这里来。"

"我们还是到总服务台去吧。"薛阳建议。

秦雨的死亡时间确定在凌晨1点至1点30分之间，肖雯的住宿时间为2点30分，从时间上应排除肖雯作案的可能。俩人保持着情人关系，而且还没有达到那种反目成仇的地步。肖雯的死亡时间是清晨5点至5点30分之间，在这一段时间自杀，从时间上看有些不符合情理。薛阳带着这个疑问，来到一楼大厅总服务台。

总服务台小姐是位年轻姑娘，她对5月10日凌晨2点30分肖雯到总台登记时的情景记忆犹新："大约在2点30分，肖雯身背一只黑色时装包来到总台要求登记住宿。当时夜深人静，大厅里空荡荡的，而且这位姑娘有一种与众不同的气质，衣着打扮格外醒目，一口浓重的东北口音，给我留下了深刻的印象。"

"当时，是她一人登记住宿的吗？"薛阳打开了笔记本。

"是的，就她一人。"服务员的语气非常肯定。

"她出示身份证了吗？"

"我们宾馆规定，没有身份证不能住宿，她的身份证是黑龙江省A城。"

"她当时有什么异常举止吗？"

服务员摇摇头说："只是有些疲倦。"

"2点30分至5点30分之间，有什么人打听过肖雯的情况吗？在这一段时间里，办理住宿、退房的旅客多吗？"

"没有。办理住宿退房的旅客名单，我这里都有登记。"服务员回想着当时的情景。

"那么，他们的名字和地址我可以记一下吗？"

服务员的目光在保安部长的脸上停留了一下，见他没有什么异议，便点点头。

为了扩大线索，薛阳将5月9日晚6点至5月10日晨9点所有住宿旅客名单全都记在了笔记本上。经过反复推敲，有六名旅客在案发后离开宾馆，而且他们登记的地址都是江州。

她在住宿登记时出示了身份证，案发后她放在手提包里的身份证却不翼而飞，这说明了什么？

现场一定有第二者出入，并且他（她）还清除了一切痕迹。在黎明时分，什么人能敲开肖雯的房间呢？这个人一定和肖雯有微妙的关系。那么这六个人当中是否有和肖雯有关系的人呢？薛阳在楼道的一个废纸篓里找出了两个喝剩的杏仁露空罐，罐底的售货标签引起了薛阳的兴趣。看来省城的同行在勘查现场时有遗漏和疏忽之处，他凝视着空罐陷入了沉思之中……

当薛阳和马欣再次回到9019号房间时，马欣轻声说道："经尸检，我们发现肖雯怀有两个月的胎儿，肖雯的血型为A型，胎儿的血型为AB型。"

薛阳心头一沉，一位未婚姑娘怀有两个月的身孕，为什么不到医院做人流手术呢？她这样做究竟目的何在呢？秦雨之死和肖雯的遇难是否有内在的联系？此案的突破口在哪里呢？他仿佛看到，凶手正在阴暗处朝他得意地狞笑。

谢别省城的同行，在返回江州的路上，薛阳再次向兰兰姑娘提出了问题：

"俗话说，同行是冤家，难道肖雯在生意上就没有得罪过什么人吗？"

"在黎明街经营香烟的张若琳就对肖雯姐颇有微词。她的店离我们的店100多米，有两次，小流氓到我们店里捣乱，说我们店里的烟是假烟，大吵大闹，影响了我们的生意。"

薛阳认为，兰兰提供的这个情况很重要。

"这事的具体原因，你清楚吗？"

"这都是张若琳唆使小流氓干的，这件事秦雨通过派出所得以妥善解决。她大约30岁，丈夫因盗窃被判刑入狱。她经营烟店大概四年了，由于管理不善烟店濒临倒闭。肖雯姐善于经营，使张若琳的客户都跑到肖雯姐那儿。她整天泡在麻将桌上，要不就在歌厅里狂欢，根本就没有用心管理生意，她不找自身的原因，反而在门口指桑骂槐。对于这种女人，派出所也拿她没办法。她有个男友，叫钟晓庆，是个五大三粗的壮汉，曾是张若琳丈夫的狱友，出狱后，俩人不知怎么勾搭在一起。”

“那是什么时候的事儿?”薛阳问道。

“早了，那都是在前年秋天发生的事!”

兰兰是位爽快的姑娘，薛阳认为，她提供的情况非常重要，应该在这方面展开细致调查。

回到江州之后，薛阳从尸检报告上得知秦雨的血型，由此断定，肖雯子宫里胎儿的父亲正是秦雨。

几位刑警正在办公室里等着薛阳归来，他们在短时间内完成了各自的调查任务。

“我们对秦雨的情况进行了调查，他今年34岁，是税务部门出类拔萃的年轻干部，工作中有一定魄力，深受领导的喜爱。”孙晓晨打开笔记本，清了清嗓子说，“秦雨人缘极好，在单位里有一定的威信，对于他的不幸，同事们都给予了极大的同情，要求我们及早破案。他的社交面极广，三教九流无所不交，江州的各行各业都有他的朋友。他本人在各方面都有一定的天赋，可以说是一个不可多得的人才。税务局办公室主任刘汉超给我们提供了许多重要情况。他和肖雯相识是在一次朋友的婚礼上……”

前年秋天，秦雨参加了一位朋友的婚礼，而他的这位朋友也是东北人。那天中午，新郎、新娘虽然是宾客们关注的焦点，但大家犹如众星捧月一般，把秦雨当作贵宾。地税局局长是当今社会非常令人眼热的职位，所有的来宾都走到秦雨桌前，说上几句客套话，敬上一杯美酒。

那天中午，所有参加宴会的女人都将自己打扮得非常漂亮、美艳，而肖雯那天的装束并不十分出众，一身黑色套装，领口里露出白色羊毛衫，左胸前缀着一件小小的白色胸针，乌黑发亮的秀发披散在肩头。这身简洁的装束衬托出她与众不同的美。当秦雨与肖雯的目光碰在一起时，他感到全身有一股电击般的颤动，从那一刻起，肖雯就在他的心目中烙下了深深的印记，这是他结婚十年来所没有的感觉。

他思考着几年来的风风雨雨，他的婚姻并不十分幸福美满，他和妻子从来没有那种恋人般的激情，并且由于妻子的原因他们一直没有孩子，周而复始、极有规律的工作和生活已使他感到厌倦，他总是盼望着上天能再给他一次爱的机会。

这一次秦雨好像感觉爱情的火花在他眼前闪现，而这个女孩正是他梦中所追寻的女孩，于是，他借向大家回敬酒的机会走到了肖雯身旁。他巧妙地从肖雯嘴里得知，她在黎明街经营烟草批发，而黎明街正是他所管辖的地段，一个念头在他脑海里形成。他是一个有身份的人，时刻都要注意自己的言行举止，不能在一个姑娘身旁停留太久，他暗暗地告诫着自己。

他回到自己的座位上，感到特别失落和茫然，他的心早已飞到肖雯的身边。

他渐渐地意识到了自己的失态，然而他的心却再也无法收回来。他急忙找个借口，离开了令他心神不定的宴会。

第二天，秦雨以到基层检查指导工作为由，来到了黎明街。

上午10点，正是香烟批发的黄金时间，肖雯在她的店里正忙得不亦乐乎，对于地税局局长的突然来访感到有些吃惊。昨天中午，她对秦雨的印象很好，觉得这位局长没有架子，很平易近人。

“肖雯，生意不错嘛！”秦雨漫不经心地环视着店堂。

“我们这条街都经营香烟批发，生意也不好做。”肖雯急忙沏茶敬烟。

“噢，谈起生意经，我还是略知一二的。”秦雨笑容可掬。

“局长能给我指点迷津，那真是太好不过了。”肖雯喜形于色。

“等下次有时间我再同你谈。”他说完带着几个随从，头也不回地离开了肖雯的小店。

两天后的傍晚时分，秦雨悄悄地来到黎明街38号。

作为一个男人，秦雨是比较出色的，古人云，“三十而立”，而他恰恰就是30岁那年当上了西城区地税局局长。

秦雨的妻子程敏是市第三医院的外科主任医生，是位事业型的女性，将整个身心都投入到医疗卫生事业中，却忽略了对丈夫的温情，俩人过着那种貌合神离的生活。

肖雯打开房门，见到秦雨，甚是惊讶，急忙让秦雨进屋。

秦雨身穿一身笔挺的西装，使他的身材更显得高大挺拔。

肖雯上身穿着一件红色羊毛衫，下身穿着一条黑色健美裤，一头黑湿的秀发，全身散发出洗浴后的芳香，给人一种清新亮丽的感觉。

那天晚上，他俩谈得非常投机，肖雯对琴棋书画，无所不通，而秦雨也是一位多才多艺的才子。

秦雨那天晚上特别投入，同时也觉得，他和肖雯在一起的时候浑身有无穷无尽的力量。

秦雨离去之后，肖雯失眠了，这位纯朴而善良的东北姑娘对秦雨产生了爱慕之情，也感觉出了秦雨真实情感的流露。

秦雨是个出类拔萃的男人，尤其是在经营方面更有高于他人的智慧。由于他的出谋划策和肖雯的精心经营，肖雯的生意如日中天。从奇遇肖雯那天起，秦雨的心就不再属于程敏了。

肖雯是个极重感情的姑娘。和秦雨频繁接触后，她觉得自己已经离不开秦雨了，甚至有一日不见如隔三秋的感觉。她已深深地陷入了爱情的漩涡而难以自拔。

孙晓晨讲述完这一切之后，薛阳不禁沉思起来：秦雨拥有一个幸福的家庭，为什么要移情别恋呢？肖雯这个善良的东北姑娘所做的一切更令人不可思议。这真是一种糊涂的爱呀，这种爱更使人无可奈何。

他认为，秦雨具有当今社会流行的通病，觉得自己有了一定的权势和地位，就可以为所欲为了！唉，这个世界上最难琢磨的就是人了！薛阳暗自叹息着。

四、影子

刘振庆、林永生在距案发现场50米处的排水沟里，找到了一把尖刀，根据刀刃上的血迹，刑警们断定，这把尖刀正是他们要寻找的凶器。

他们将尖刀送到技术部门进行鉴定。王大江很快就得出结论，这把尖刀正是刺杀秦雨的凶器，但刀把上没有留下指纹。

在听取了大家的工作汇报之后，薛阳对此案有了新的看法，为了使凶手尽早现出原形，他决定调整侦查步骤，制订新的侦查计划。

他说："经过这几天的调查，我们查到了几条重要线索。秦雨和肖雯保持着情人关系，这一点我们已经得到了证实。另外，在火灾现场丢失了保险柜，这给我们提出了新的疑问。在省城亚太宾馆的凶杀现场，肖雯所携带的物品、现金、手机等都在她的皮包里，唯独她的身份证被人取走。凶手这样做的目的何在呢？由此看来，这桩凶杀案充满矛盾，其中也有内在联系。"薛阳说着从皮包里拿出一份名单，"这份名单上的六人都是花山人，都在案发后离开亚太宾馆，对于他们是否和肖雯、秦雨有联系，应予以查清，晓晨、王海负责这项工作。肖雯的手机是全球通，由此我断定，凶手是在用电话和肖雯取得联系后，在黎明时分走进肖雯的房间的。肖雯是位未婚姑娘，什么人才能打消她的疑虑而走进她的房间呢？我们可以查一下她的通话记录，从而判定凶手是什么时间走进肖雯房间的。凶手有意将现场制造成自杀的假象，由于她的身份证不翼而飞，使我意识到肖雯死于他杀。这项工作由刘振庆、林永生具体落实。

“肖雯的店员兰兰提供了一个很重要的情况：肖雯的生意火爆，张若琳十分痛恨并曾唆使小流氓到肖雯的店里滋事，后来秦雨出面通过派出所将这件事摆平。对于秦雨的婚外恋，他的妻子程敏难道会无动于衷吗？在确定秦雨身份后，我们和程敏进行了正面接触。她是一位极有个性的现代女性，在作案时间上她有着充分的不在现场证明。丈夫出现婚外恋之后，她难道就没有看出丈夫有什么异常举止吗？显然，她在有意回避这个问题。她给人的印象是稳重、冷静、深沉。大多数女性在得知丈夫的隐情后都会大吵大闹寻死觅活，而她却表现出少有的冷静。我们应对其所提供的证人刘杰医生进行暗中查证，但绝不能让程敏有所察觉，同时，我们还应对张若琳的个人情况及社会关系进行调查，并对她和钟晓庆在案发时的行踪进行查证。还有一个问题至关重要：这场大火究竟使肖雯损失了多少财产？她的保险柜存有多少现金和贵重物品？

“肖雯是位精明的姑娘，不会在保险柜里存放大量现金，一定会把钱存放在银行里。她很可能会以秦雨或她的名字存钱，我们应到全市银行及所属储蓄所对用秦雨或肖雯名字存款的人进行调查。现在看来，我们得到的线索有些杂乱，如果将这几条线索查清后汇总到一起，凶手就会现出原形。”

清晨，晨风湿润清凉，护城河边的柳树林影影绰绰地暴露在晨曦之中。

一位年近七旬的老人身着练功服，在护城河边的柳树林里打着太极拳。

老人的这套拳法是杨式太极拳，招式灵活多变，刚柔相济，上下起伏。当老人打完这套拳收势，双眼平视前方时，一辆白色面包车闯进了老人的视线。

面包车停在离老人100多米远的一棵柳树下，从车里跳下一个人。少顷，这人动作极快地从车里扛出一个铁柜，走到护城河堤岸上，将铁柜扔进了护城河，随即钻进面包车，离开了柳树林。

这位警惕性极高的老人赶紧跑到南城根派出所，把这事儿报告了警察。

派出所民警接到报案后，迅速赶赴现场，从护城河里将铁柜打捞出来，并把这个情况向市局刑侦支队作了汇报。

薛阳在得到这个消息之后，迅速驱车赶到南城根派出所，望着空空如也的保险柜，陷入沉思……

为了得到确切的证实，兰兰姑娘也被请到了派出所。她看到保险柜后，肯定地点点头。

技术员王大江对保险柜的拉手进行了指纹提取，同时，在保险柜的门上发现了撬压的痕迹，这说明，犯罪嫌疑人在找不到钥匙的情况下，将保险柜抬到住处之后，将保险柜撬开，席卷了贵重物品后将保险柜丢弃在护城河里。

此时，薛阳对火灾现场丢失的保险柜以及凶手的行凶过程，有了一个较为清晰的轮廓：至少有三人到过案发现场，他们将秦雨杀害后，给秦雨身上浇满了汽油，以达到焚尸灭迹的目的。嫌疑人既然搬走了保险柜，肯定会将仓库里的香烟洗劫一空。这难道是一起由谋财诱发的命案吗？

正在此时，薛阳的手机响了起来，值班刑警打来电话说："市工商银行建设路储蓄所向我们报告，一张以肖雯名字开的不定期存款于5月12日上午被取走，数额为10万元。取款人是一位60多岁的老太太。”

薛阳获悉这一情况后，决定立即到建设路储蓄所了解情况。

到达储蓄所之后，薛阳向工作人员出示了证件，并向值班领导说明了来意。

5月12日上午当班的小王正好今天上班，小王是位年轻的小伙子，他在领导的示意下，把那天取款的情况向薛阳作了一番介绍。

小王想了想：“那天上午11点多，一位60多岁的老太太走进营业厅，从兜里拿出一张定活两便存款单，上面数额为10万元，户主是肖雯，存款日期为1月10日，截至目前为四个月的时间。户主采取定活两便方式存款，取款时不用出示任何证件，便可将存款数额全部支取。我当时将钱全部交给了老太太，她将钱装进一只黑色手提包里，走出储蓄所后，钻进一辆白色面包车里。”

“你对老太太的衣着打扮还有印象吗？她当时有什么异常举止吗？”薛阳认为这位老太太有许多可疑之处。

小王认真地回想着老太太取款时的情景：“她头发花白，戴着一副老花镜，只说了一句‘取钱’，然后，就一言不发了。不过她的眼睛不停地向四周观望着什么。”

“你能肯定她是一位60多岁的老人吗？”薛阳加重了语气。

“你这么一说，我倒有一些疑问了。她的眼睛和她的神情举止不相符，我把钱全部交给她时，她数也没数就装进了提包里。我让她在利息单上签名时，她似乎迟疑了一下，签上了肖雯的名字。她脸上皱纹又老又深，两腮瘪瘪的，一副弱不禁风的样子。”

“让我看一下老太太的签名。”薛阳意识到，老太太是冒领者。谁会在取钱时不将自己的钱重新数一遍呢？如此匆忙地将钱取走就说明，她怕暴露自己，想尽快逃离现场。

薛阳看着利息单上的签名，觉得这两个字写得很有特点，像是有一定文化程度的人写的。在征得负责同志同意后，他决定把利息单上的签名进行技术鉴定，并提取上面的指纹。

“她乘坐的那辆白色面包车，你看清车牌号码了吗？”

小王摇了摇头，表示没有留意这个问题。

“你对1月10日肖雯存款时有什么印象吗？”肖雯也许不止这一个存折，她有10万元，为什么不存定期存款呢？也许这笔钱她另有用处。”

“那10万元存款确实是我办理的，据现在已有四个月了，我对当时的情景实在是想不起来了。”

通过电脑查询，在全市的银行共有32个叫肖雯的存款人，而这32人近期没有到银行支取过存款。可以断定，这个老太太有一定嫌疑，要不她就是一位重要的知情人。

老太太提取肖雯的存款时乘坐了一辆白色面包车，在护城河边丢弃保险柜的那个男人乘坐的不也是一辆白色面包车吗？这难道是巧合？

随着调查工作的深入，张若琳和情夫钟晓庆逐渐暴露在刑警的视线里。

肖雯还没有到江州之前，张若琳就在黎明街经营了一家香烟批发部。她今年34岁，整日浓妆艳抹地坐在店堂里招揽顾客。几年前，她的丈夫因盗窃被判处无期徒刑后，她独自一人支撑着这个小店。

张若琳的丈夫杜金铭在西城区黑道上也曾是一个响当当的人物，曾组织一些地痞流氓在西城一带疯狂盗窃，因盗窃罪被判处无期徒刑。杜金铭到劳改农场接受改造时，张若琳失去了生活的保障。正当张若琳孤独无助时，一个男人闯进了她的生活，他就是秦雨，当时他是西城区税务局办公室主任。

早在上学期间，俩人就是非常要好的朋友，有过一段未曾公开的恋情。高考时，秦雨金榜题名，成为一名大学生，张若琳却名落孙山，她走进一家街道工厂，做了一名默默无闻的工人。

年轻貌美的张若琳上班不久，就引起了不良青年杜金铭的注意，涉世未深的张若琳在杜的诱惑下很快坠入情网。在以后的生活里，秦雨在她的心目中渐渐地被淡忘了。直到秦雨大学毕业，分配到税务局工作，俩人才得以相见，但纵有千言万语也难以诉说，只能将爱深深地埋藏在心底。

张若琳由于多次打胎，婚后一直没有生育，这给她的生活带来了无限苦闷。秦雨的出现使她重新扬起了生活的风帆。在秦雨的帮助下，张若琳在黎明街开了一家批发香烟的小店。

这时，秦雨在朋友的介绍下认识了程敏。婚后的头几年里，俩人过着甜蜜、幸福的生活。然而，随着时间的推移，热度一天天减退，取而代之的是平淡的生活。于是，秦雨和张若琳暗中来往，俩人突破了朋友的界限，偷食着伊甸园的禁果。

在那段令人回味的日子里，俩人仿佛又回到了学生时代纯真的恋情里，俩人单独在一起时总觉得时间格外短暂，每次直到深夜，才在相拥相吻中依依不舍地分手离去。

秦雨在事业上十分成功，而且官运亨通，当办公室主任不久便升任税务局局长。在取得显赫的官位之后，他的目光开始在女人身上扫描停留，不断地寻找刺激，而这种刺激使他走向了毁灭的不归路。

和张若琳的恋情热过之后，他和肖雯相识了，并立即为肖雯的美貌和气质所倾倒。他渐渐地疏远了张若琳，频繁地和肖雯接触，并利用自己的社会关系为她提供方便，从此肖雯的生意压过了张若琳，在黎明街小有名气。

张若琳对秦雨的背叛行为深恶痛绝，她感到自己像一块旧抹布，被用过后扔到了角落里。

十几年前，她在杜金铭的引诱下迷失了方向，丧失了做女人的尊严。在和秦雨明来暗往的日子里，她仿佛找到了失落的爱情，尽情地放纵着自己。但她没想到，秦雨很快就移情别恋了。她对着镜子里的自己，凝视着自己眼角的鱼尾纹，露出了凄惨的苦笑。

此时，她丈夫过去的小兄弟钟晓庆刑满释放后回到了花山，找到了张若琳。他知道，大哥的出头之日遥遥无期，他将在大墙里度过他的后半生。眼前的这位佳丽使他想入非非、心猿意马。

张若琳对一切都漠然置之，原本色彩斑斓的生活如今已变得暗淡无光，她的心就像坚硬的磐石一样冰凉，她默默地承受着巨大的痛楚。

过了很长时间，她才慢慢地平静下来，好像换了一个人一样，放浪形骸，终日和钟晓庆在一起酗酒、打牌、跳舞，变得麻木不仁。

纵火案发生后，张若琳的生意异常红火，肖雯的客户全部流到她那里。究竟是什么原因使张若琳的生意格外火爆呢？

通过这次调查，张若琳和钟晓庆作案的嫌疑越来越清晰了。张若琳对秦雨怀有极大的仇恨。为掌握更确凿的证据，薛阳决定对张若琳展开进一步的调查。

薛阳和武志强开着一辆没挂公安牌照的桑塔纳轿车来到黎明街，把车停在离张若琳的门市50余米处的便道上。

武志强按照薛阳的吩咐，扮作一名购买香烟的顾客，若无其事地走进张若琳的烟店。

薛阳取出照相机，调好焦距，静静地等待着……

时间不长，武志强提着一只黑色提包满脸喜色地走出烟店，走到轿车旁，打开车门，和薛阳耳语了几句，便急匆匆地离开了黎明街。

中午时分，张若琳神情郁悒地站在店门口，当她的目光往薛阳这边扫来时，他不失时机地拍下了张若琳的几个镜头。她虽然浓妆艳抹，衣着艳丽，可眉宇间却流露着一丝忧郁，仿佛内心深处忍受着巨大的伤痛。

在技术科办公室里，王大江对武志强买来的红塔山香烟及两张 5 元纸币进行了指纹提取。他见薛阳走进办公室，指着办公桌上的鉴定结果说："你判断得非常正确。把相机给我，我抓紧冲洗照片。"

薛阳把相机递给了王大江，跟着他走进了暗室。王大江一边冲洗照片，一边说："保险柜上的指纹及存款利息单上的指纹和香烟、钱币上的指纹是一致的。凶手行凶时左手持刀，说明凶手是一位左撇子，而通过力学分析保险柜上留下的撬压痕迹，这人也是左撇子，这一点就已经说明了问题。"

建设路储蓄所小王仔细地看过张若琳的照片之后说："这个女人和 5 月 20 日取款的老太太极为相似。"

孙晓晨等人的调查毫无结果。肖雯手机里显示的电话号码是省城火车站附近的一部公用投币电话，时间是凌晨 4 点 10 分。

各方面调查的结果及所有疑点都集中在张若琳身上，并且她有极为明显的作案动机。

"薛探，收网吧，不能再让她逍遥法外了。"武志强的情绪特别高涨，仿佛到了决胜的时刻。

薛阳认为，应该和张若琳、钟晓庆正面接触了，沉吟片刻，点点头："晚上 8 点行动！"

一辆白色警车驶出公安局大院，十几分钟后到达黎明街。此时黎明街行人稀少，家家户户都已关门闭户，在自己的小天地里尽享天伦之乐。这条街每到夜晚都格外幽静，只有街边的路灯发出微弱的光亮。

薛阳带领探组的几位刑警走下警车，飞快地走到张若琳的店门前。她家房门紧闭，静悄悄的，没有一丝声响。

武志强紧贴着门静听着里面的动静，少倾，他朝薛阳摇摇头，示意里面没有异常响动。

武志强轻叩了几下紧闭的房门，里面仍然没有人答话。

难道她听到风声躲起来了？这个疑问在薛阳的脑海里一闪而过。

薛阳冲刘振庆一点头，刘振庆顿时心领神会。薛阳将双脚踩在刘振庆的肩头上。刘振庆慢慢地向上移动身体，薛阳就势往上一跃，双手扒住屋檐，灵活地跃上屋顶。他猫下身体，气沉丹田，脚步轻轻地移到了屋顶的另一端。

这是一套小四合院，院子里漆黑一片，只有石榴花在夜风中发生哗哗的轻响。

他一个鹞子翻身，身体就像一片落叶轻轻地飘到了院子里，他蹲下身子观察着四周，每间屋里都是死一般寂静。

片刻之后，薛阳意识到屋里没人。难道他俩又到歌厅狂欢去了吗？

薛阳决定立即撤离，他顺着原路，身体敏捷地返回到大门外，随即和孙晓晨、王海、武志强等人开始在西城区几十家歌厅里搜寻目标。

时间悄悄流逝，仍然没有发现嫌疑人的踪影。

难道是判断失误？薛阳望着大家失望、沮丧的神情，心里似乎预感到了什么。

忽然，薛阳腰间的手机发出急促的鸣叫，几位刑警的目光齐刷刷地落在他身上。

支队长陈原打来电话说，兴城大酒店发生命案，速到现场调查。

兴城大酒店位于西城区新华大街，警车在寂静无人的马路上飞驰，只用了三分钟就到达兴城大酒店。

酒店门口停着五辆警车，110巡警们已先到现场。

现场位于酒店三楼的一间雅间里，一对青年男女倒毙在餐桌下。薛阳根据尸表特征推断，俩人属于中毒死亡，死亡时间至少在四小时以上。

武志强看到两具尸体后，大声惊呼："这不是张若琳、钟晓庆吗?"

薛阳默不作声地观察着两具尸体。两人衣着整洁，面部表情安详，室内没有打斗的痕迹。

两人临来之前肯定都精心打扮了一番，张若琳化着艳妆，失去血色的嘴唇上抹着唇膏，黑色的秀发散乱在一旁。钟晓庆身穿一件雪白的短袖衬衣，系着一条金利来领带，头发梳得一丝不苟。

餐桌上摆放着两双筷子和两个酒杯，一瓶青岛啤酒所剩无几，桌上的六样酒菜却未见有动过的迹象。

这间雅间是专门为情人们约会而增设的情侣间，室内灯光柔和迷离，餐桌四周摆放了四把木制靠背椅，餐桌对面是一整套卡拉 OK 音响设施。在茶余饭后情人们可以拿起麦克风尽情地引吭高歌，也可以随着音乐偎依在一起，轻快地跳上一曲。

薛阳检查了他俩随身携带的物品。张若琳的手提包里有一部爱立信手机、现金 1650 元、羽西高级化妆品一套及一包红塔山香烟；钟晓庆的钱夹里有现金 500 元及几张 5 元纸币。

薛阳在现场转了一圈儿，房间里除了这些陈设以外，别无他物。细心的他在地毯上发现了一根女性的头发。

桌上遗留的饭菜及啤酒都得采样送往技术科化验，虽然目前还不能对死亡的性质下结论，但他们死于氰化物中毒已是无疑，因为空气中弥漫着一股杏仁的味道，并且钟晓庆的嘴边也残留着同样的味道。

"他俩选择这么幽静的场所，一定是殉情而死!"武志强推测道。

房间里的隔音极好，关上房门后便是俩人尽情欢爱的一片小天地。

薛阳立即走到吧台，对打电话报警的服务员调查访问。

事情发生经过基本上是这样的：

下午5点10分，兴城大酒店的吧台小姐接到一位姓张的女性打来的订餐电话，说她晚上6点30分要和朋友在酒店用餐，请酒店留出一间雅间，这位女性的嗓音特别柔和，说话简洁有力。酒店吧台小姐得知只有两人用餐时，立即心领神会地答复说，届时请她和她的朋友直接到三楼情侣间用餐。

晚上6点35分，一对青年男女走进酒店。礼仪小姐径直走到他俩面前，面带微笑地说："欢迎小姐、先生的光临。请问您是张小姐吗？"

那女人缓缓地点点头，明亮的双眸四下张望着。

"请到三楼，我们已为您准备好了雅间。"礼仪小姐彬彬有礼。

他俩跟在礼仪小姐身后走进了三楼情侣间，路上两人谁也没说话。走进雅间后，另一位负责包间的服务员将菜单摆在桌上，请两人点菜。

两人对视了一眼，那位男子用目光征询女士的意见。

这位女士简单地说了一句："随你的口味，先点六个菜，来一瓶青岛啤酒。"

那位男子接过菜单，挺内行地点了六个菜。

两位客人直到酒店快打烊时仍未离去，对于在情侣间用餐的客人服务员一般不会进去打搅的，但到了12点他俩还没有离去的意思，服务员只好敲门走进包间。

没想到，眼前的惨景使服务员惊恐万状。

"在这几个小时之内，你看见有人走进雅间吗？"薛阳根据尸斑断定，死亡时间在7点至8点之间。

服务员想了想，说："那一段时间里雅间间间爆满，进出的客人也特别多，对于这个问题我没有注意到。"

死亡准确时间待法医解剖尸体后才能确定，薛阳决定，对张若琳的家进行搜查。

现场勘查工作结束后，薛阳带领刑警们，风驰电掣般赶到黎明街，在张若琳家共搜出现金 18 万元，红塔山、阿诗玛等名牌香烟 20 余种，总价值约 9 万元。

五、天涯绝路

薛阳等人回到刑侦支队已是凌晨 4 点，王大江连水也顾不上喝一口，就一头钻进办公室里进行技术鉴定。

薛阳望着大家疲惫的神色，心里也有些愧疚，他从木柜中取出几碗康师傅方便面："大家先吃碗面，充充饥，一会儿我们开案情分析会！"

通宵达旦地工作，刑警们早已习以为常。

黎明时分，王大江走进办公室。

"鉴定结果出来了，头发的主人是位女性，年龄在 30 岁至 32 岁之间，血型为 O 型。死者死亡时间在 7 点 30 分至 8 点之间，死因系两人喝下掺有氯化钾的啤酒中毒而死。初步采集到四个人的脚印，其中有两位死者和那服务员的，另外的脚印是一位女性的，有可能就是毛发的主人的。从脚印上分析，她的体重约 57 公斤，身高 165 厘米。现场应留有指纹，但我们没有采集到，这证明有人故意擦去了指纹。"

"一位女性出现在案发现场，并且擦去了所有人的指纹，这从另一方面说明，此案绝不是殉情而死的自杀案。"薛阳推理着扑朔迷离的疑案。"在我们确定张若琳、钟晓庆为'5·10 杀人纵火案'重大嫌疑人后，对其实施抓捕时，他俩却在酒店里中毒死亡。现场没有发现指纹这一点说明，一定有人抢在了我们前面杀人灭口，但她没想到，她脱落的头发却给我们留下了破案的线索。大家知道，兴城大酒店是西城区首屈一指的豪华酒店，每天的宾客几百人，嫌疑人选择这段时间作案，可以说是经过深思熟虑的，目的在于趁人多混乱之际，扰乱我们的视线。现场附近虽然没有找到目击者，可现场遗留的头发为我们提供了有力的物证。

“纵火案发生以来，先后有四人死于非命，我们可以看出凶手是何等残忍。我对钟晓庆进行了调查，几年前，他是杜金铭盗窃团伙中的一位重要成员，事发后由于认罪态度较好，积极地配合我们工作，我们给予他从轻处理。出狱后，他找不到活儿干，整天在街上东游西逛，靠敲诈别人的钱财过日子，派出所民警早把他列为重点人物。他遇到张若琳之后改变了生活方式，利用张的弱点博得了张的好感，与她非法姘居在一起。钟晓庆在纵火案中扮演了什么角色呢？我推断，至少有三人出现在纵火现场，张若琳、钟晓庆从现场搬走了保险柜并从肖雯的仓库里搬走了大量名牌香烟，而那个神秘人物我们假设为 A，A 和秦雨应该很熟悉，要不然，在夜深人静的时候，秦雨怎么会让此人到肖雯的卧室里呢?

“据刀伤分析判断，凶手行凶时左手持刀，据我们调查，钟晓庆也是左撇子。张若琳遭到秦雨抛弃后，悲痛欲绝，对秦雨恨到了极点，具有明显的作案动机，而钟晓庆正好是她的得力助手，她利用钟晓庆达到了复仇的目的。肖雯在省城亚太宾馆遭到毒杀，是否也和张、钟有关系呢？我们正要对他俩进行传讯，作进一步调查时，两人却死于氰化物中毒，现场给人的印象是殉情而死。现场及两人家中并没有遗书之类的书信，在我们侦查一些自杀案时，自杀现场大都会留有遗书，但我们不能被表面现象所迷惑。”

薛阳讲到这里，从抽屉里取出一本列车时刻表，翻到江州至省城到发列车一栏。“纵火案发生后，肖雯也在省城遭到毒杀，我推断，嫌疑人是利用铁路高速交通工具而实施谋杀计划并且达到预期目的的。”

“薛探，我有些丈二和尚摸不着头脑了。”林永生插嘴道，“你是否已经确定了嫌疑人？杀人纵火案很快就要水落石出了？”

薛阳笑而不答。

“薛探，我们赶快收网吧！”武志强摩拳擦掌，跃跃欲试。

薛阳看看手表，说道：“现在离8点还有两小时，大家休息一下，8点准时行动！”

林永生轻叹了一声，他知道，越是关键时刻薛阳越不露声色。

薛阳望着大家迷惑不解的样子，微微一笑道：“当我们确定‘5·10杀人纵火案’死者为秦雨时，就明确了侦查方向。肖雯在凌晨5点至5点30分遭到毒杀，我根据现场情况及服务员的证词就将此案定为谋杀。在几天的调查中，我断定系一人连续作案，因为我在亚太宾馆的废纸篓里的杏仁露空罐上发现了贴有江州车站超市的售货标签，空罐里含有氰化物成分。肖雯服毒后会将空罐扔到房间外面的纸篓里吗？为此，我到车站超市和市第三医院找有关人员取得了几份重要的证词。我们确定嫌疑人为A，A在得知肖雯要去省城的消息后，准备将心中酝酿已久的复仇计划付诸实施，乘出租车赶到黎明街，敲响了房门。秦雨见是A，甚感惶惑，急忙将A让进肖雯的卧室。A趁秦雨不备，从手提包里取出一把尖刀，准确有力地刺中秦雨心脏，秦雨当即倒地而亡。A行凶后正要离去，忽听营业厅里传来轻微的脚步声，情急之下，走出凶杀现场并躲进卫生间。A借着皎洁的月光，看见一男一女走进肖雯的卧室。几分钟后，那位身材粗壮的男人扛着保险柜从卧室里快步走出，不大会儿，又从外面返回，将女人从卧室里拉出来。这时，男人从仓库里往外搬了十几箱香烟。两人离去之后，A忽然萌发了一个念头，走进厨房，在墙角发现了两瓶汽油及一盒火柴。A将汽油浇在秦雨身上，又将剩余的汽油倒在卧室的床上、仓库里的香烟上及另外几间房的门窗上，随后，用火柴点燃了秦雨的尸体。A步履踉跄地离开了38号，走出大门时，没有注意到路边的阴影里有一双阴冷的眼睛在盯着自己。A走出黎明街时将尖刀上的指纹擦去，扔进了路边的排水沟里。

“A 在劳动路乘出租车直奔火车站，2 点 20 分到达火车站，在售票厅里买了一张到省城的 C 次特快列车的车票，开车时间是 2 点 50 分。列车经过 1 小时零 3 分的运行到达省城，A 匆匆忙忙地走出火车站，在火车站附近的电话亭里拨通了肖雯的手机。肖雯当时正在睡梦中，接到 A 的电话后，肖雯很惊讶，她说出了自己所住的宾馆及房间号码。大约 30 分钟后，A 走进了肖雯的房间。A 和肖雯谈话 20 多分钟，并诱使肖雯喝下了掺有氯化物的杏仁露，肖雯当即中毒死亡。A 对肖雯的钱财分文未动，只取走了肖雯的身份证，目的在于转移我们的侦查视线。A 于 5 点 34 分逃离亚太宾馆，乘坐出租车于清晨 5 点 53 分赶到火车站，然后乘坐 5 点 59 分开往江州的特快列车于 7 点零 2 分返回江州。在乘坐出租车时，A 将肖雯的身份证遗失在出租车上，出租车司机将身份证交给了公司保卫部门。出租汽车公司保卫科将肖雯的身份证交给了刑侦支队，刑侦技术人员从身份证上提取了指纹，并将这一信息及时反馈到江州，为我们破案提供了有力的线索。凶手巧妙地利用时间差完成了自己的杀人计划，在某种程度上确实不太符合情理和实际情况，但是仔细研究列车时刻表，便能发现其中的奥妙。”

早晨 8 点，薛阳和探组的几位刑警赶到了市第三医院外科病房医生办公室。

程敏正坐在办公桌旁写值班日志，她抬头见是几位威严的刑警，无力地放下手中的钢笔。

她坐在警车里，神情漠然地注视着车外川流不息的车辆及匆忙奔走的行人，回想着自己犯下的罪行，她陷入了可怕的回忆……

程敏发现，秦雨当上地税局局长之后变了，时常回来得很晚，而且身上总有一股女人的香水味。程敏由于生理上的原因一直没有生育孩子，这令秦雨有少许的烦躁，他对程敏也缺少了婚后头几年的温情。俩人在家中形同陌路，很少说话，日子就在不和谐的气氛中流逝。

程敏早在秦雨的异常举止中发现了他的隐情，却装作什么都不知道，还利用休班时间为秦雨做他最爱吃的饭菜，想以女性的柔情感化他。

对秦雨和张若琳的恋情，程敏也有所耳闻，但一笑置之，根本就没有把这件事放在心上。她认为这是对秦雨的诬陷，30 岁就当上税务局局长，能不引起一些人的嫉妒吗？直到有一天，秦雨提出离婚，她才意识到秦雨的绝情。她凝视着秦雨冷若冰霜的面孔，火热的心凉到了极点，把自己锁在房间里哭了一整天。想到自己这十年来用满腔的热血对秦雨倾注了无私的爱，到头来却换来如此凄惨的结局，她的心碎了。每当看到秦雨冷漠、傲然的面孔时，她的心里就似乎有一股仇恨的火焰在剧烈燃烧。

今年 1 月初，秦雨再次提出离婚并将 10 万元人民币摆在她面前，声称这是对她的补偿，她气得浑身发抖，抓起钱狠狠地甩在了秦雨扭曲的脸上。

她知道，秦雨已无法挽救了，任何劝阻已无济于事，便一面假装答应秦雨离婚，一面寻找着复仇的机会。她从旧货市场买了一把尖刀并通过化工厂的同学搞到了氰化钾。

5 月 9 日清晨，秦雨在浴室洗澡时，她偷偷地打开了秦雨的手机，发现了肖雯发给秦雨的短信息：她今天晚上乘火车到省城参加酒类展销会。在获悉这一信息后，她不露声色地把手机放回秦雨的手提包。秦雨临上班时说，晚上参加朋友的宴会，程敏知道，只要她上夜班，秦雨肯定要在肖雯店里过夜，她早掌握了这个规律。她认为，这是千载难逢的好机会，遂制订了详细的计划。

为了给自己制造不在现场的证明，她特意选择上班时间作案。她在刘杰医生喝的水杯里放了安眠药，致使刘杰不到12点就躺在值班室的床上昏睡不醒。她急忙走出医院，赶到黎明街，敲响了肖雯的房门。秦雨开门见是程敏，一时不知如何是好。程敏见秦雨迟疑的样子，便说："我同意你的离婚要求，我们进屋谈吧。"秦雨听程敏这么说，只好把程敏让进了肖雯的卧室。程敏看到床上凌乱的被子，就已看出他俩曾在这里相拥而睡。她强压着心头的怒火，问道："肖雯哪里去了？我要和她面谈。"秦雨只好告诉程敏，肖雯到省城办事，两天后回来。"那她的手机是多少号？我可以通过电话和她说这事儿。"秦雨未加考虑，就告诉了程敏肖雯的手机号码。程敏将号码默记在心里，然后趁秦雨不备，从手提包里抽出尖刀，狠狠地刺在秦雨的心脏上。她是外科医生，对人体部位极为熟悉，只一刀就使秦雨毙命。完事后，程敏心里有一种复仇后的快感，她陶醉在这份喜悦之中。可是这种快感仅仅是一瞬间，紧接着她感到头晕目眩，孤独、无助的泪水奔涌而出。这时，她突然听到门外有动静，急忙藏进了卫生间。一对青年男女走进凶杀现场，男的忙着搬运保险柜和仓库里的香烟，女的在卧室里一动不动，出来后却是满面泪痕。这个女人是谁呢？她猜到了，是张若琳。

待小院里平静之后，她焚尸灭迹，然后迅速逃离了现场，决定连夜赶往省城，继续实施复仇计划。

她在车站候车室的超市里买了两听杏仁露，上了C次特快列车，在列车上的厕所里用注射器往一罐杏仁露里注射了大量氰化钾，并在包装上作了标记。到省城后，她和肖雯取得了联系，并要求和她面谈。

她为了不让人注意自己，故意在宾馆外边等了一会儿。当十几人走进宾馆登记住宿时，她躲开服务员的视线，走进了肖雯的房间。她头一次见到肖雯，也被肖雯的美貌所打动，心想，她确实是一位很有气质的姑娘，怪不得秦雨这么绝情呢。

她抑制住心中的仇恨，脸上荡漾着笑意说："我同意接受秦雨提出的离婚，并接受10万元的补偿费。”

肖雯有些不知所措，喃喃自语：“我们并不想这么做，可秦雨太想要孩子了，我已经怀上了他的孩子了!”

她从提包里取出杏仁露，将掺有氰化物的那听递给肖雯，自己打开了另一罐，假惺惺地说：“来，为了你们今后生活得更幸福，干杯!”在说这违心话的同时，程敏在心里恶狠狠地骂道：“你们到阴曹地府里去相爱吧!”

程敏先喝了一大口。肖雯犹豫了一下，也喝了几小口，不一会儿，药力发作，肖雯倒在地毯上气绝身亡，带着无限的眷恋和憧憬离开了尘世。

确定肖雯已死，程敏真想纵声大笑，她克制着自己，把剩余的杏仁露倒进便池里放水冲走，然后，将空罐扔进楼道里的一个废纸篓里。临走时，她擦去了自己可能留下的指纹并拿走了肖雯的身份证。她知道，张若琳打开保险柜之后肯定会到银行提取存款，她这样做的目的，是为了混淆公安机关的视线，使刑警难以判定案件的性质。她本想在江州丢弃身份证，没想到临下车时遗失在出租车上。

几天后，程敏接到一位陌生男人打来的电话，声称：他是黎明街杀人案的目击者，如果程敏不想让此案的真相公布于众的话，就付给他10万元的保密费。程敏在接到这个敲诈电话后，立即猜到了这人是谁。她想，一定是自己那天晚上离开黎明街时被张若琳的情人看到了。

原来，那天晚上张若琳和钟晓庆在舞厅里跳舞回来时，发现肖雯的房门虚掩着，觉得特别奇怪，便决定进去看个究竟，看到了死去的秦雨。看到自己昔日的情人惨遭毒手，张若琳的心里特别不是滋味。钟晓庆却不管这些，将保险柜和名牌香烟全部搬到了张若琳的店里。

程敏离开38号时，钟晓庆贼亮的双眼注视着程敏离去的背影，一个恶毒的念头在他的脑海里闪过……

程敏为了保全自己，萌生了新的杀人计划，她期待着敲诈电话的打来。

果不其然，那个带着冷笑的声音再次在话筒里出现。

程敏假意答应了对方的要求，并提出交款地点在江州兴城大酒店，时间定在晚上6点30分。她提前打电话预订了雅间。为了在作案后排除自己的嫌疑，她有意选择这段时间作案，一是酒店里人声鼎沸，无人注意到自己，二是作案后可以直接到医院上夜班，这样便可以在警方调查时用自己在上班路上这个借口搪塞警方。

她用同样的方法，往两罐青岛啤酒里注射了氰化物。

程敏提前赶到兴城大酒店，躲在酒店北面的商店里观察着路边的行人。6点30分，张若琳、钟晓庆准时走进了酒店。她有意在外边等了40分钟，于7点15分走进了酒店，来到她预订的雅间。

钟晓庆见她这么晚才来，不禁勃然大怒，张若琳却是一副无所谓的样子，也许她对这事一无所知。

程敏望着满脸憔悴的张若琳有些不忍下手，但看到钟晓庆丑恶的嘴脸时，便咬着牙横下心来。

她立刻道歉说："路上堵车了，实在对不起。"

她看到啤酒所剩无几时，立即从提包里取出三罐青岛啤酒，将掺有氰化物的啤酒分别递给了他俩。

"为我们相识干一杯！那件事我一定满足你们！"程敏一边说着，一边将手提包里的现金放在他俩面前。钟晓庆望着花花绿绿的百元大钞，眼睛里放射出绿莹莹的光亮。说完，她喝干了杯里的啤酒。

张若琳、钟晓庆已被钞票迷昏了头脑，放松了警惕，各自喝干了杯中酒，少顷，毒性发作。

程敏望着两人痛苦的面孔，嘴角掠过一丝恶狠狠的冷笑。

两人相继死去后，程敏将剩余的啤酒倒在地毯上，把空罐放进手提包里，然后逃离现场。在逃跑途中，她把空罐扔进了路边的垃圾桶。

她万万没有想到，刑警们会这么快找到她。她想起了那句古老的谚语：多行不义必自毙！

薛阳注视着沉思不语的程敏：“第一次和你接触时，我就注意上了你，因为杀死秦雨的人是左撇子，而你签名时也是用左手。仅凭你是左撇子还不能定你的罪，我要用事实解开这个疑团。第一，在你家客厅的茶几上，我看见了一本列车时刻表。据刘杰医生说，5 月 9 日一整天，你都在专注地翻看列车时刻表。五一黄金周刚过，你不会出门旅行的，那你看列车时刻表干什么呢？第二，刘杰医生 12 点以后就一直沉睡不醒，直到早晨 7 点 30 分才睡醒，这在平常是绝对没有的事，因为他有在夜里三四点钟起床小解的习惯，那天晚上他感到特别困，好像服下了安眠药一样。第三，根据车站超市的售货记录，2 点 30 分你在超市购买了两罐杏仁露，罐底贴有超市的标签。你只顾做标记而忘了撕毁标签。这真是百密一疏呀！有道是，天网恢恢，疏而不漏！”

小镇疑案

一

3月5日晚上8点多钟，花山市北郊燕赵小镇沉浸在一片寂静之中，只有镇中心的人民广场还有一些练习太极拳的居民，广场四周的大街小巷偶尔还有一些步履匆匆的行人和几辆小型汽车飞驰而过。小镇南部的通达花园是一个幽静的住宅小区，每家每户都是小巧精致的二层小楼，小区四周绿树环绕，在微风的吹拂下散发着淡淡的清香，小区里面一片静谧。

小区里大概有200余栋二层小楼，突然，一股剧烈燃烧的大火在一栋小楼里冲天而起，火光映红了小区半个天空。一个黑影从燃烧的小楼里踉踉跄跄地走了出来，失魂落魄地狂呼着："着火了，救火啊！……"

周围的居民听到撕心裂肺的喊叫声，纷纷拿着水桶、脸盆等救火工具从家里跑出来奔向火场参加救火行动。火势减弱了许多……

几分钟之后，两辆消防车呼啸而至，十几位全副武装的消防战士从消防车里跳出来。从火灾现场跑出来的那个黑影上前拉住一位消防战士的手急切地说："赶快救人啊！里面还有一个老人呢！"

消防战士看了一眼一脸焦急的青年男子，宽慰道："你放心，我们会有办法的。"

在消防水枪的掩护下，几位消防战士冲进了火场，转瞬间从里面抬出了一位中年男子。青年男子快步奔到中年男子身边，凝视着一脸血污的中年男子发出了一声惊呼："出人命了！"

几位消防战士在青年男子的喊叫声中，把中年男子放到路边的人行便道上，仔细察看了中年男子的伤势，确认中年男子早已死去多时。

消防战士们再次冲进火灾现场，又在二楼发现了一具烧焦的尸体。在现场指挥的消防中队长感到了问题的严重性。

花山市公安局刑警支队大案队队长薛阳接到指挥中心的指令后，迅速带领队里的精干刑警、法医及技术人员赶到了命案现场。

消防中队长向薛阳简单介绍火灾现场情况之后，带领消防战士离开了燕赵小镇。

薛阳指挥刑警们在现场附近设置了警戒线，然后带着技术员走进火灾现场。院子里全是积水，技术人员开始有条不紊地勘查现场。

法医老许立即对两名死者进行检验，发现一号死者身中七刀，其中心脏部位的一处刀伤为致命伤，而且死者的鼻腔和胸腔里没有吸进烟灰，由此确认，其在火灾发生前就已经被人杀害，死者死亡时间在3月5日晚上7点至7点30分之间。

二号死者身中五刀，其中胸部和腹部的两处刀伤为致命伤，并且死者的鼻腔和胸腔里没有吸进烟灰，从而得出结论，其在火灾发生前就已经被人杀害。死者死亡时间在3月5日晚上7点30分至8点之间。

经周围邻居辨认，两名死者身份得以确认，一号死者叫梁宇，60岁，住花山市燕赵小镇通达花园58号楼，曾任花山市人民路小学校长。

二号死者叫朱扬，42岁，现任花山市检察院反贪局一处处长，15年前与梁宇唯一的女儿梁亚静结婚，夫妻两人现居住在花山市检察院家属院。

从火灾现场逃离的青年男子叫汤传辉，30岁，花山市环卫局汽车队司机。

参加救火的热心邻居们对汤传辉非常熟悉，他们纷纷劝说着失魂落魄的汤传辉。在几位邻居的劝慰下，汤传辉的情绪稳定了许多，在薛阳的陪同下上了路边的一辆警车，断断续续地向薛阳述说了当时的情景："晚上8点多，我来看望我的小学老师梁老师。一楼的房门虚掩着，我推开门直接走了进去。当时屋里没有开灯，空气里弥漫着一股浓烈的汽油味。我伸手在门口的墙壁上寻找开关，就在此时，我的头部被重重地击打了一下。我眼前一黑，头一昏，就什么都不知道了。也不知过了多长时间，一股浓烟把我熏醒了，我挣扎着站起身，看到二楼梁老师的卧室燃起了大火，一楼还没有完全燃烧起来，便跑到门外呼喊救火。"

薛阳俯身看了一下汤传辉头部的伤，看出他的头部是被木棒之类的钝器击伤的，头部右侧太阳穴肿起了一大块。

汤传辉皱起眉头，痛苦地呻吟着。

薛阳派了一辆110巡逻车把汤传辉送到人民医院。

梁亚静得知父亲和丈夫遇害的噩耗后迅速从家里赶来，看到自家的楼房已被大火烧成一片废墟，当场昏了过去。

刑警孙晓晨迅速对梁亚静采取急救措施。梁亚静渐渐地从昏迷中清醒过来，她一边擦着脸上的泪水，一边哽咽地叙述着："我老爸明天要去省城参加一个老朋友儿子的婚礼，我担心他年岁大了，一个人在路上不安全，便让我的丈夫朱扬开车和他一起去省城。他们商量明天早晨6点钟从家里出发，由于走得太早，所以我丈夫决定住在老爸家里，没想到竟然发生了这样的惨剧。这究竟是为什么啊……"

孙晓晨竭尽全力地安慰着悲痛欲绝的梁亚静，待梁亚静的情绪稳定后，她开始询问火灾报警人汤传辉的个人情况。

梁亚静讲述着："汤传辉8岁那年父亲因病去世，母亲外出打工，直到现在也没有任何音讯。父亲去世后，他没有其他的亲人，只好和年迈的奶奶在一起生活。那时候，他家在三坡街，距离我家的老宅子不远。由于我父亲是汤传辉的班主任，所以他经常到我家里补习功课，父亲对他的生活也给予了精心照料。没过几年，汤传辉的奶奶也病故了，父亲帮助汤传辉料理了老人的后事。从此以后，汤传辉就把我父亲当成了他的亲人。汤传辉比我小12岁，那时我在外地工作，我母亲因病离开了人世后，父亲独自一人生活，汤传辉经常在我家住宿。他在我父亲的照料下长大，所以对我父亲至今怀有感恩和敬畏之情。他家庭条件不太好，一直住在三间破旧的小平房里，至今没有结婚。他经常来看望我父亲，周围的邻居对他非常熟悉。"

现场勘查工作并没有实质性的收获，因为命案现场全是积水。

梁亚静怀着悲愤的心情整理着父亲的遗物及家里的贵重物品，经过清点，她发现，父亲存放在书房保险柜里的清朝乾隆年间的两把紫砂壶、一对小金佛以及一条金项链不见了。紫砂壶和小金佛都是父亲珍爱的宝贝，父亲经常把这些宝贝摆放在书桌上把玩欣赏，那条金项链是母亲的遗物。如今这些宝贝都被凶手抢去了，她感到无比悲愤。

薛阳思忖着，这难道是一起为了谋财而引发的杀人案？他从一楼上到二楼，院里院外转了一大圈。院子的铁栅栏上没有任何攀爬过的痕迹，保险柜和所有的门窗也没有破损。

二

现场勘查工作结束之后，他们上了警车。薛阳对身边的刘振庆、王海、孙晓晨说："对于这起命案，你们有什么看法和见解？刘振庆，你调取了小区里的监控录像，有什么异常情况吗？"

刘振庆摇头轻叹道："我调取了监控录像，并且让小区保安进行了辨认，在案发前后，没有发现什么可疑的车辆和行人。另外，梁宇家门口附近没有安装监控设备。"

王海一脸沮丧地说："我在命案现场200米范围内展开了搜索，排水沟、垃圾桶我都翻遍了，没有找到凶手作案时使用的匕首以及击伤汤传辉所用的木棒类的钝器。"

孙晓晨语气平和地说："我对梁宇的邻里关系进行了调查。梁宇为人和善，与邻里关系非常融洽，从来没有与他人发生过纠纷。梁宇22岁参加工作时就在人民路小学担任语文老师，他担任校长的第二年，他的妻子因患肝癌离开了人世。从此以后，他一直竭尽全力地照顾着唯一的女儿，拒绝了亲朋好友的提亲说媒，至今独身一人。他日常的饮食起居全由家政公司的钟点工照料。每到周末，女儿一家三口便从市里赶来和老人团聚。他在担任校长期间作风正派，生活严谨，没有任何违法乱纪行为，受到教育局领导、学校教职员工及学生家长的一致好评。他临退休前一直在花山市三河街居住，那是他的父辈给他留下的一套老宅子。开发商在三河街一带搞开发，看中了他家的地皮，给了他一大笔房屋拆迁补偿款，于是他在环境优美绿树成荫的燕赵小镇购买了一套二层小楼独自居住，颐养天年。”

薛阳微微颔首，语气平缓地问：“那么对朱扬的调查呢?”

孙晓晨开始汇报朱扬的有关情况：“朱扬是检察院一位非常有正义感的检察官，他为人随和，乐于助人，在单位同事之间口碑极好，连续十年被市检察院评选为优秀检察干部。他惩治腐败分子绝不心慈手软、姑息迁就，而且刚正不阿，不畏权势，一查到底。经他处理的腐败分子已有100余人。他是下一届副检察长的候选人。”

对于朱扬薛阳也有所耳闻，知道市检察院有一位两袖清风、一身正气的优秀检察干部。

孙晓晨的话音刚落，刘振庆开始发表自己对本案的见解：“前些日子，在燕赵小镇其他一些住宅小区发生了多起入室抢劫的恶性案件，歹徒选择的作案目标都是一些年迈体弱并且独自一人在家居住的老人。那些手无缚鸡之力的老人在蒙面歹徒的威逼下，为了保全自己的性命，只好交出贵重物品和钱财。我认为，通达花园的命案正是那名蒙面歹徒所为。”

王海并不赞同刘振庆的说法：“在前几起抢劫案里，那些老人并没有受到伤害，而且歹徒每次作案时都是撬坏窗户上的防护网，从窗户攀爬入室，可是这次所有的窗户都没有破损的痕迹。”

孙晓晨微微点头，表示认同王海的说法，她认为，熟人作案的可能性极大，因为梁宇遇害时身穿睡衣。

刘振庆再次提出了自己的看法：“他在家里等自己的女婿，有必要穿得那么整齐吗?”

薛阳意识到大家在这个问题上存在着分歧：“我们应该对朱扬的工作关系进行更加细致的调查。晓晨负责调查汤传辉和朱扬的情况，尤其是他们的社会关系和异性关系，并且调查他们今天晚上的行踪。”

孙晓晨对薛阳的调查方向心领神会。

薛阳看了一眼手表说："现在离天亮还有几个小时，大家回到支队抓紧时间休息。刘振庆去旧货市场、古玩市场、典当行等地方查找紫砂壶和小金佛的下落。王海需要做的工作是：第一，查阅燕赵小镇系列抢劫案的卷宗，从中发现线索；第二，在现场附近寻找目击者；第三，彻底调查梁宇的社会关系及经济来源。"

三

孙晓晨通过查访朱扬的社会关系，发现了两条有利于破案的线索。第一，朱扬和一位叫吴冰雪的女人来往密切。三年前，吴冰雪的丈夫田斌因为故意伤害罪被判处有期徒刑十年。自田斌被捕入狱之后，朱扬每逢双休日都要到吴冰雪的家里待上大半天。第二，原花山市地税局财务科科长许飞、原花山市胜利桥街道办事处书记马永福，因为贪污受贿罪分别被判处有期徒刑两年。朱扬当年受理他们两人的案子以后，顶住来自各方的压力，不徇私情，秉公执法，将他们绳之以法。许飞、马永福对朱扬恨之入骨，去年 10 月份，他们刑满释放后曾扬言要对朱扬进行报复。田斌曾和许飞、马永福在一起服刑，目前，他们两人行踪不明。

孙晓晨通过调查得知，汤传辉和环卫局清洁女工于雯关系密切。三年前，于雯的丈夫因患胃癌医治无效离开了人世。她带着一个年仅三岁的女孩生活。汤传辉对于雯情有独钟，而于雯似乎也看上了老实本分、生性木讷的汤传辉。每个星期天，两人都要在公园里约会。汤传辉没有复杂的社会关系，他平常只和几个小学同学以及单位的同事来往，也没有赌博、酗酒等不良嗜好，工作之余在家里看电视、洗衣服，要不就去看望梁宇。在案发前几天，汤传辉像往常一样，按部就班地上班、下班，没有任何异常举止。

刘振庆在旧货市场、典当行等场所奔波了一整天。傍晚时分，他在金立典当行把需要查找的紫砂壶、金佛、金项链向老板作了一番介绍。典当行老板金立是个久经风浪的江湖人物，见大案队的刑警亲自登门查案，便知道此事非同小可，立即把上午收购的金项链交了出来，非常干脆地说："这条链子是王猛派他的手下送过来的，我当时给了他2000元。"

"王猛是谁？什么时间送来的？"刘振庆不露声色地追问着。

金立略微沉吟了一下道："他是花山黑道上的一个人物，曾因故意伤害罪被判刑，去年夏天出狱后在建设大街开设了一家赌场。一些赌徒在赌场欠了他的钱，无法偿还，只好用金银首饰等贵重物品顶账。他收到这些物品之后就派手下送到我这里来。他的这些东西我是不能拒绝的，我也有我的苦衷，所以请刑警大哥高抬贵手啊！道上的人物我得罪不起……"

刘振庆知道金立开始推卸责任了，他不想和他多费口舌，直截了当地说："紫砂壶和小金佛呢？"

金立摇摇头："就一条金项链，其他的东西绝对没有！"

刘振庆威严的目光直视着金立，他对这个老江湖的话半信半疑。

金立一脸的惶恐："刑警大哥，我还是要吃这碗饭的！我不会因为这点儿东西断了我今后的生路啊！"

典当行里的两个小伙计见老板诚惶诚恐的样子，纷纷拍着胸脯给老板打包票说："今天上午，老板确实只收了这么一条项链，要是多收一件藏着不交出来，愿意接受刑警大哥的任何处罚。您可以找王猛核实一下。"

经过梁亚静辨认，这条金项链正是她母亲的遗物。

薛阳当即决定，对赌场老板王猛实施抓捕。

午夜时分，薛阳带领刑警支队大案队30余名精干刑警包围了王猛在建设大街开设的赌场。假扮赌客的王海事先悄悄地潜入了赌场，用微型摄像机录下了赌场里的全部情景，在获取第一手证据之后，向埋伏在外面的薛阳发出可以行动的信号。

薛阳一声令下，手持微型冲锋枪的刑警们犹如猛虎下山冲进了赌场。赌场里的打手们操起大砍刀、铁管子等凶器，要与刑警们展开激战。

薛阳掏出77式手枪冲着天花板连开三枪，怒吼道："放下武器！负隅顽抗，只有死路一条！"

赌兴正浓的赌徒们目瞪口呆，纷纷放下手里的赌具；穷凶极恶的打手们看到刑警们威严的目光以及黑洞洞的枪口，扔下凶器。

在办公室里闭目养神的赌场老板王猛听到枪声，迅速召集在旁边休息室的几个贴身保镖，一边大骂，一边往赌场里奔跑："这是哪个混蛋小子吃了熊心豹子胆，敢来老子的场子捣乱！"他以为是花山黑道上的人来砸他的场子。

王猛气势汹汹地带着保镖们冲进赌场，刚要指挥手下大开杀戒，便被薛阳用手枪顶住了胸口。他低头一看是77式手枪，顿时愣住了，因为花山黑道分子多用一些粗制滥造的左轮手枪。但是他依然恶狠狠地说："请问老弟是何方神圣？王猛怎么得罪了老弟？"

薛阳有力的大手一挥，几位身手敏捷的刑警闪电般制服了王猛身后的保镖，并给他们戴上了手铐。

王猛看到四处全是头戴钢盔、身穿防弹背心、手持微型冲锋枪的刑警，顿时恍然大悟。

薛阳立即给王猛戴上手铐，押上警车，并让刘振庆、王海等刑警对赌场进行彻底搜查。

薛阳用威严的目光逼视着王猛，他知道，对付王猛这样的黑道人物，用不着给他讲政策。他从皮包里取出金项链，在王猛面前晃了晃，直截了当地说：“我不问你开赌场的事！你把这条链子给我说清楚！”

王猛知道了眼前的这位就是威震花山的名侦探薛阳，而且他也听出了薛阳的弦外之音：如果配合工作，自己开赌场的事可以从轻发落。他看了一眼金项链，疑惑地说：“我对这条链子没有印象，能否请薛队提示一下？”

薛阳看出了王猛的心思：“你的手下把这条链子送到了金立典当行！这条链子是怎么到你手里的？”

王猛再次把目光移向了金项链，仔细观察片刻之后，似乎若有所悟：“我知道是怎么回事了。这条链子有血腥味！”他已经意识到，大案队队长找上门来，不是为了查封他的赌场，问题就出在这条链子上啊！

王猛点头哈腰，一脸诚恳地说：“薛队长，我王猛是个粗人，但我是个吃江湖饭的人，看中的是义气二字。刚才，我有眼不识泰山，冒犯了薛大哥，请多多包涵。以后有用得着小弟的地方，您只管吩咐一声，小弟一定两肋插刀……”

薛阳摆摆手，打断了王猛的话，让他说出链子的来历。

“3 月 5 日晚上 11 点多，我的几个手下带进来一个欠我钱的赌徒，他叫高和明，25 岁，在市热力公司家属院居住，是我赌场里的常客。前些日子他欠了我 1000 块钱，拿来了一条金项链，说要和我顶账。我看是纯金的，成色不错，于是，收下了这条链子，答应把他的欠款一笔勾销。”王猛表面上一脸平静，可心里却对高和明无比痛恨，心想，等这事过去之后，一定让手下好好教训教训这小子。

刘振庆、王海对赌场进行了仔细搜查，没有发现涉案的紫砂壶和小金佛。

根据王猛提供的地址，薛阳带领大案队的精干刑警迅速包围了高和明的住处，此时已是凌晨3点钟，正是抓捕嫌疑人的最佳时机。

高和明的住处是一套幽静的小院，薛阳已经通过辖区派出所的民警对高和明的情况进行了一番调查。他从小受到父母的溺爱，娇生惯养，好逸恶劳，养成了饭来张口、衣来伸手的坏习惯，而且还养成了小偷小摸的恶习，等父母发觉儿子的不良行为时一切已经太晚了。高和明曾因为偷盗超市的物品被劳动教养。他父母都是市热力公司老实本分、好面子的职工，一气之下大病一场，相继离开了人世。父母离世之后，高和明更加无拘无束，好似脱缰的野马四处狂奔，渐渐地成了一个惯偷，几天不偷东西就手痒，经常受到公安机关的处理，不是被判刑就是被劳动教养。目前，这套小院只有他一人居住。

刘振庆和王海动作轻捷地跳进了寂静的小院，摸进了漆黑的房间，房间里空无一人。薛阳注意到，厨房的餐桌上摆放着吃剩的西红柿炒鸡蛋、酱牛肉和半碗大米饭，还有半瓶花山曲酒。

薛阳仔细看过这些饭菜的色泽和新鲜程度，判断这些饭菜是今天晚上吃剩的，这就说明，高和明目前还在这里居住。他现在没有在家，无非有三个原因：一是在赌场昼夜狂赌；二是在酒吧或夜总会里畅饮；三是外出作案。几个房间里凌乱不堪，床上的被子卷成一团，散发着刺鼻的气味。客厅的角落里堆放着啤酒瓶和白酒瓶，烟灰缸里堆满了烟蒂、烟灰，所有的衣柜、家具上落满了厚厚的灰尘。

薛阳不禁皱起了眉头，这哪里是正常人居住的地方啊！简直就是一个废弃的垃圾站！他指挥刑警们对几个房间进行了细致的搜查，没有发现什么值钱的物品，倒是搜出了一整套溜门撬锁的工具以及扒窃他人钱包时使用的刀片、镊子等作案工具。

薛阳站在漆黑的院子里仰望着满天的繁星，暗自思忖着：这小子难道把紫砂壶、小金佛也抵押了出去？这类窃贼有昼伏夜出的作案规律，高和明很有可能会在天快亮的时候回家。薛阳决定守株待兔，等其回家时对其实施抓捕。

四

冰凉刺骨的寒风使蹲守的刑警们感到阵阵的寒意，可是谁也没有皱一下眉头，他们用顽强的意志驱赶着寒冷。

晨曦微露，大街上晨练的人渐渐地多了起来。

在街上负责监视的王海向在院子里蹲守的薛阳发出了目标出现的信号。紧闭的大铁门打开了，一个 20 来岁的青年男子晃动着身子走进院子里，打了一个哈欠，刚要随手锁门，刘振庆一个箭步冲了上来，将青年男子摔倒在地，从身后拧住其双臂使其动弹不得。

刑警们好似抓小鸡一样把男青年薅进了屋里。男青年大喊大叫："道上的兄弟们，你们找错目标了，我穷得快要卖血了！王猛是我的大哥，我欠他的钱还没还呢！"这小子以为对方是黑道上的，情急之下急忙抛出了黑道大哥王猛的大名，以此来探对方的底。

刘振庆掏出警察证，在男青年眼前晃了晃："你小子看好了，我们是刑警支队大案队的，在我们面前不要提什么黑道大哥！"

男青年看清刘振庆的警察证之后，无力地耷拉下了脑袋。

"你叫什么？"刘振庆收起了警察证。

男青年小声地嘟囔了一句："高和明。"

"知道我们为什么找你吗？"王海动作娴熟地从高和明身上搜出了一把匕首、一套撬锁工具以及一个黑色头套。

高和明蹲在地上，连头也不敢抬起来了："我哪里知道！"

“你是什么货色，你难道不知道吗?”王海将搜出来的物品扔在他面前，“这都是你吃饭的家伙什。”

薛阳慢慢地踱到高和明眼前，拿起了那个黑色头套，不禁想起了系列抢劫案中的那个蒙面人。可是，在他的住处没有发现任何赃物啊！薛阳决定彻底击破对方的心理防线：“你既然提到了王猛是你的大哥，那你知道他现在在什么地方吗?”

高和明听薛阳这么一说，抬起头，贼亮的眼睛闪动着疑惑的光泽。

薛阳言简意赅地说道：“我不想绕圈子，大道理我也不用给你讲，你抵押给王猛的金项链是从哪里弄来的?”

高和明眨动着小眼睛，暗想，坏了！警察这么快找上门来，说明那条链子给自己带来了麻烦！王猛大哥肯定也受到了牵连！唉，看来自己没有财运啊！到手的钱财又要拱手相送啊！这时候，跟警察绕圈子，那可是自讨苦吃啊！唉！实话实说吧！

这小子到了这般光景还不忘讨价还价，给自己寻找出路：“那我要是竹筒倒豆子，全部交代清楚，会不会从轻发落?”

“你小子少来这一套!”刘振庆打断了高和明的话，像他这样的老油条，刘振庆见得多了。“你没有资格和我们谈条件，更不能抱有什么侥幸心理，配合我们的工作才是你目前唯一的出路!”

高和明不敢再耍什么小聪明了，回想着 3 月 5 日晚上的情景，全都供认了。

近日来，花山市警方加大了对盗窃的打击力度，一些溜门撬锁的蟊贼纷纷落入了法网。市里一些居民小区、家属区招募了一批保安，对进出住宅小区的人员进行登记，高和明知道自己这碗饭不那么好吃了。公安机关在火车站、长途汽车站、公交车站、大型商场、大型超市等场所增派了大量的反扒民警，而且这些场所都有固定的扒手长期盘踞在他们划分的地盘上，如果发现外来的扒手来抢他们的饭碗，这些扒手一定会采取暴力手段，如挑断脚筋、砍断手指等。高和明独来独往，没有参加什么帮派也没有参加什么组织，这样一来，他就难以生存下去了。他把目标选择在郊外僻静的住宅小区，因为那里远离市区，物业公司在管理方面存在着漏洞。经过考虑，他决定对那些独居一室的孤寡老人下手，这些老人辛苦劳作了一辈子，手里有一定的积蓄，而且没有反抗能力，只要刀子一亮，狠话一放，他们就会乖乖就范。

高和明在燕赵小镇连续作案得手，尝到了甜头，决定铤而走险，再干最后一票。5日上午，他溜进了通达花园，通过观察他选好了作案目标。他发现，梁宇独自一人居住在一栋二层小楼，言谈举止很有派头，不是大学学者，就是政府退休官员，家里肯定有值钱的东西。

晚上8点多钟，随着夜幕的降临，他悄悄地潜入了梁宇家对面的小花园，等待作案的时机。

高和明看见梁宇家的院子里停着一辆桑塔纳轿车，心想，他家里一定来了客人，等客人走了以后再动手。

就在高和明暗自思量时，突然看见一个黑影从不远处一棵粗大笔直的梧桐树上滑了下来。这人从树上下来之后，飞快地跑进了梁宇家，由于天太黑，加上这一片还没有安装路灯，高和明没有看清对方。

高和明溜到梧桐树下，看树上除了一个鸟窝之外什么都没有。那个黑影爬到树上干什么呢？难道那个黑影也是道上的朋友，抢先对老家伙下手了？我何不先上树看个究竟？

高和明动作利索地爬上了梧桐树，从鸟窝里掏出了一个黑色的小手包，他打开一看，不禁喜上眉梢：两个紫砂壶、一对小金佛、一条金项链！他把小手包背在背上，又把手伸进鸟窝，结果掏出一把沾有血迹的蒙古刀。他这时已经明白过来了：那个黑影已经对老家伙下狠手了！快跑吧！他随手把蒙古刀扔进了鸟窝里。

高和明兴高采烈地回到家里。他知道紫砂壶和金佛的价值，决定放在家里当宝贝供着。可他欠王猛的赌债要是再不还，王猛的手下一定会打上门来，于是决定把金项链送给王猛。

薛阳想，高和明到了这般光景是不会说谎话的。那个神秘的黑影一定是杀人凶手！想到这里，薛阳追问道："你把金佛、紫砂壶藏哪儿了？"

高和明一脸的沮丧："在杂物间的地窖里！"

这时天已经亮了。王海在杂物间里发现了一个隐藏巧妙的地窖。凌晨3点时，他们在搜查时使用的是微型手电筒，由于光线昏暗，并没有发现杂物间的秘密。王海动作敏捷地下到地窖里，从地窖里找出了两个紫砂壶和一对小金佛。

薛阳意识到在勘查命案现场时有疏忽之处，没有想到凶手会把凶器等物藏进鸟窝里。他决定，重新对现场进行勘查。根据现场情况，凶手作案之后完全有时间逃离现场，凶手放火的目的就是要破坏现场，烧毁证据。

五

薛阳带领刑警们再次回到了案发现场。王海在梧桐树上的鸟窝里搜出了一把沾有血迹的蒙古刀，并且在树上提取了一个清晰的鞋印。

薛阳沿着铁栅栏围成的院子转了一圈儿，又在院子的角落里四处搜寻。院子里全是消防战士和参与救火的热心邻居留下的凌乱的脚印，现场遭到了严重的破坏。

他又楼上楼下搜寻了一圈儿，最后来到楼下的厨房里。他仔细观察厨房里的每一件物品，在餐桌下面发现了一根擀面杖。他蹲下身拿起擀面杖。这根擀面杖长50厘米，直径5厘米，粘有一根5厘米长的头发。

这根擀面杖应该和面板放在一起，怎么会滚落到餐桌下面呢？又怎么会粘有头发呢？他小心地把擀面杖上面的头发放进物证袋里，脑海里闪现着汤传辉头部被木棒击伤的痕迹。在现场 200 米范围内没有找到木棒之类的物品，凶手既然把蒙古刀藏进了鸟窝里，就应该不会带着一根木棒逃离现场的。薛阳一边联想着汤传辉头部的伤痕，一边仔细观察擀面杖，他断定，这根擀面杖正是击伤汤传辉的凶器。可是，汤头部的伤痕再次让薛阳陷入了沉思。

薛阳围着餐桌仔细观察着，他忽然发现，餐桌上残留着少量的面粉，而且餐桌和餐桌对面的墙壁上各有两圈印痕。这是最近留下的印痕，这是什么痕迹呢？整张餐桌擦得一尘不染，为什么单独留下这些面粉呢？他把手里的擀面杖在四圈印痕上比对了一下，少顷，眼前一亮，紧锁的眉头舒展开来。

凶手作案得手后完全有时间逃离现场，为什么把贵重物品藏进鸟窝里呢？凶手使用汽油点燃了二楼的卧室，烧毁了遗留在现场的所有痕迹。凶手一定经过了缜密的思考和计划，看起来天衣无缝，无懈可击。

朱扬和女同学关系密切，还因为工作关系得罪了不少人，甚至有人扬言要取他性命。几个疑问萦绕在薛阳的心里，第一，凶手怎么知道朱扬会在 5 日晚上在岳父家住宿呢？第二，杀死朱扬的机会很多，为什么要选择在其岳父家里呢？第三，凶手怎么知道梁宇收藏着珍贵文物呢？难道凶手的真正目标是……

一直跟随薛阳在现场搜寻的刘振庆打断了薛阳的思绪："薛队长，我认为，凶手作案的目标是朱扬，只不过顺手把梁宇杀害了，因为梁宇没有和什么人结下冤仇，不存在杀死他的动机啊！会不会是梁亚静得知朱扬和女同学关系密切而对他痛下杀手呢？我们疏忽了对梁亚静的调查。"

薛阳并不认同刘振庆的推理，他摇头道："梁亚静为什么要杀害自己的父亲，而且还要烧毁自家的房屋呢？她是梁宇唯一的女儿，并且梁宇的所有财产都由她一人继承，她有必要这么做吗？梁宇和朱扬的死亡时间你是知道的，你的分析有些牵强，不符合情理。许飞、马永福这两个人目前行踪不明，你去查一下他们的下落。晓晨，你负责调查吴冰雪，进一步确认她和朱扬的关系。”

两位刑警相继领命而去。薛阳又给王海布置了一项非常重要的任务。王海一边点头，一边露出了疑惑的神色，看到薛阳坚毅的目光，似乎若有所悟。

薛阳回到刑警支队，立即把蒙古刀、擀面杖、毛发等物品送到技术科进行鉴定。傍晚时分，技术员王大江送来了鉴定结果：蒙古刀正是杀害梁宇、朱扬的凶器，擀面杖上面的毛发与汤传辉的头发是一致的。他还在蒙古刀、擀面杖上面提取了清晰的指纹。

各项检验结果出来之后，薛阳眼睛里闪动着亮光，他似乎找到了案件的突破口。

晚上 10 点多钟，孙晓晨回到了办公室，向薛阳汇报调查结果：“朱扬确实是一个非常热心的人，和吴冰雪没有两性关系。他在吴冰雪家里待的大半天，是在辅导吴冰雪上高中的女儿。田斌被判刑以后，他女儿的各门功课成绩从全班第一名一下跌落到全班倒数第五名。吴冰雪知道女儿学习倒退的原因，看在眼里急在心里。她给女儿讲了许多大道理，想用自己的爱来感化女儿，倔强的女儿不但没有听进去甚至还产生了轻生的念头。就在吴冰雪一筹莫展之际，昔日的老同学朱扬伸出了援助之手，他晓之以理，动之以情，给吴冰雪的女儿讲了许多法制故事以及古今中外成功人士历尽苦难的创业励志故事，使钻进牛角尖的小姑娘幡然醒悟，迷途知返，奋发向上。在朱扬的帮助下，经过一个学期的补习，小姑娘的各门功课成绩上升到全年级第三名。吴冰雪对老同学朱扬十分感激，她的女儿也对朱扬非常尊敬。梁亚静知道朱扬的为人，自然不会把这件事放在心上，所以，完全可以排除情杀的可能。”

薛阳对于朱扬的人品暗自佩服，这样一个好人竟然遭歹徒杀害，实在是令人痛惜啊！

刘振庆沉重的脚步声打断了薛阳的思绪。刘振庆神情疲惫地瘫坐在椅子上，但是说话的语气却格外激动：“薛队，我已经查到了许飞、马永福的下落，这两个小子跑到福建走私香烟，被福建泉州边防武警抓获，现被关在泉州看守所。这两个小子有作案动机，可是没有作案时间。我们可以在嫌疑人的名单上划去他俩的名字了。”

薛阳面露喜色：“涉案的嫌疑人相继被排除，我们的目光就应该集中在一个人身上。可是，凶手作案的动机是什么呢？”

薛阳带领刑警们来到了市人民医院。在医院负责监视的王海从隐蔽处走出来，在薛阳身边低语了几声。

薛阳带着刑警们走进特护病房。坐在病床上的汤传辉见到一脸严峻的薛阳，那苍白的脸上流露出惊诧的神色，再也无法掩饰内心的慌乱和胆怯。

薛阳疾步走到汤传辉身边，向他出示了紫砂壶、小金佛等物品：“汤传辉，你没有料到这些宝物会在我们手里吧？更没有想到我们这么快就查找到你吧？”

汤传辉无力地摇摇头。

薛阳揶揄道：“这些宝物刚被藏进梧桐树上的鸟窝里，便被一个叫高和明的惯偷偷去了。这真是螳螂扑蝉黄雀在后！这起案子你精心策划，蓄谋已久，可是你头部的伤使你露出了马脚。我的同事询问你的主治医生后得知，你太阳穴的伤口与受到他人击打留下的伤口完全不同。过去，你家境贫寒，一直没有女人看上你，直到一个叫于雯的女人有心委身于你时，你感到手头拮据，觉得靠你那点儿工资难以给于雯带来幸福的生活，于是，你把罪恶的黑手伸向了从小把你带大的梁宇……”

汤传辉听到梁宇的名字时，眼睛里好似燃烧着一团愤怒的火焰。

薛阳注意到了汤传辉异样的表情，觉得汤传辉的内心世界隐藏着一个重大秘密，他继续讲述着：“当你得知梁宇要到省城参加一个老朋友儿子的婚礼，并且他的女婿朱扬也一同前往时，认为时机来了，便携带蒙古刀、汽油来到梁宇的住处，梁宇对于你的到来没有任何戒心，在二楼的卧室，你趁梁宇不备，接连捅了他七刀，并盗取了他家保险柜里的贵重物品，然后你在一楼的客厅等朱扬。朱扬走进客厅时，你疯狂地扑了上去，残忍地杀害了朱扬。你把赃物和凶器藏好后，又返回现场，将二楼的卧室浇上汽油，放火烧毁了现场。你在一楼的厨房把擀面杖架在餐桌和旁边的墙壁上，右手紧握擀面杖，把自己的脑袋猛力撞向擀面杖，然后把擀面杖随手扔在餐桌下面。大火熊熊燃烧起来之后，你跑到外面呼喊救火。”

薛阳停顿了一下，继续说：“我查看你头部的伤口时，就已经产生了疑问，第二次勘查现场时，我找到了擀面杖，并且找到了擀面杖在餐桌和墙壁上留下的印痕，证明我之前的判断是正确的。你把宝物藏进鸟窝后，返回现场把自己击伤，以达到保护自己的目的。你杀害朱扬，是想扰乱我们的侦查视线，把警方的侦查方向引向朱扬，从而摆脱警方对你的怀疑！”

薛阳逼视着汤传辉，追问道：“你为什么要残忍地杀害照顾了你那么多年的梁宇？”

汤传辉顿时泪流满面，哽咽着说：“在我 8 岁那年，他鸡奸了我！他威逼我，不让我说出此事。除了年迈的奶奶我没有其他的亲人。胆小怕事的我只好忍气吞声，忍受了他长达 20 多年的玩弄和凌辱……在外人看来，他悉心照料我多年，我应该对他感恩戴德，可是，我谈了几个女朋友，他都暗中使坏，毁坏我的声誉，说我道德败坏，从小沾染小偷小摸的坏毛病……前些日子，我看上了我们单位的于雯，他又故伎重施，向于雯说我有种种恶习，但是，于雯是我多年的同事，她了解我的为人，不相信我是那样的人。我愤怒到了极点，心想，他已经60岁了，还要霸占我到什么时候？只有杀死他，才能换来我今后的幸福生活！”

敲诈

一

早晨8点多钟，花山市艺林歌舞团团长安双才乘坐的帕萨特轿车行驶在车流滚滚的人民路上。

安双才仰靠在柔软舒适的座椅上，眉头微蹙，一副心事重重的样子。司机路国庆从后视镜里看见安团长满面愁云，心想，他也许在演出排练方面遇到了什么麻烦事。

帕萨特轿车很快驶到了位于中华大街的艺林歌舞团，安双才下意识地梳了一下油光锃亮的头发，他今年55岁，担任歌舞团团长多年，在市里有很深的社会背景，并且和省里的某些官员来往甚密。

他打开车门，径直走进了装修豪华的办公室，仰靠在真皮沙发上，点燃了一支中华香烟。路国庆给安双才泡了一杯香气袭人的西湖龙井茶，然后小心翼翼地退出了办公室。

安双才似乎想起了什么，冲着门外喊了一声："国庆！"

刚走到门外的路国庆听到安团长的喊声，急忙转身回到了办公室，恭敬地说道："您吩咐！"

安双才恢复了往日的派头，语气严厉地说："上午10点钟，市里要召开一个文艺座谈会，我身体不舒服，你让副团长替我参加。今天，所有来访的客人一律由办公室主任出面接待。"

路国庆领命而去。

安双才站起身，一边思索，一边在屋子里踱步。中午时分，他从保险柜里取出一张银行卡，放进衣兜里，悄悄地离开了办公室。

二

夜幕笼罩着花山的大街小巷，凌晨4点钟，春风小区里寂静无声，小区西侧的小树林更是阒无人迹，一个黑影悄悄地潜入了幽静的小树林。

没过一会儿，一个戴着黑色面罩的黑影身手敏捷地跃上了小区西侧两米高的墙头。蒙面人蹲在墙头上四下观望了一阵，没有发现什么异常情况，纵身一跃，从墙头跳下，然后起身，疾步走进漆黑的小树林里……忽然，小树林里传出了一声凄厉的惨叫声，蒙面人手捧腹部栽倒在地，一股殷红的鲜血顺着腹部流淌着……

黎明时分，一位晨练的老人在小树林里发现了蒙面人。老人还以为这是一个醉酒的流浪汉，在树林里睡了一夜。他一边小声嘟囔着，一边走上前去想看个究竟，却被吓得发出了一声惊呼。蒙面人躺在干涸的血泊之中，早已死去多时。

花山市公安局刑警支队大案队队长薛阳接到 110 指挥中心的指令后，迅速带领大案队的精干刑警赶到了现场。

薛阳同在现场维持秩序的巡警以及派出所的民警们打过招呼之后，穿过警戒线来到死者身边，俯身观察着死者。死者身穿一身黑色运动衣，头戴一个黑色面罩，双手戴着一副白色手套，身后斜背着一个黑色旅行包。

薛阳看到死者这身装束，顿生疑窦，摘下了死者的面罩。死者大约 30 岁，一张胖乎乎的大圆脸，体态较胖，身高 175 厘米左右，身中六刀，其中左腹部有一处刀伤，左侧脖颈处有两处刀伤，后背有三处深度直达心脏部位的刀伤。通过刀伤可以看出，凶手腕力极大，捅每一刀时都用尽了全身的力量。

根据尸体检验初步确定，死亡时间为凌晨 4 点至 4 点 30 分之间。

薛阳对死者随身携带的物品进行了清点，从死者的腰间搜出了一把锋利的蒙古刀以及一个翻越墙头、房顶，攀爬高大树木用的飞虎爪，从旅行包里翻出了两个苹果 4S 手机、两条金项链、三个金戒指、四个钱包等物品，四个钱包里分别有现金 1800 元、1600 元、1000 元、800 元。死者的旅行包外侧夹层里还有一套溜门撬锁的工具和一把老虎钳，死者身上没有携带任何能够证明其身份的证件。

刑警刘振庆在距现场 20 余米的一片杂草里找到了一把沾满血迹的登山刀。

薛阳接过登山刀，在死者的伤口上比了一下，确认这把登山刀正是杀死死者的凶器。

刑警王海在小区西侧的墙头和墙下分别提取了一对清晰的脚印，王海顺着脚印一直走进了小树林，直至死者倒毙之处。薛阳经过比对确认，墙头和墙下的脚印与死者的脚印是一致的。

薛阳带领刑警们在现场周围展开了细致的搜索，提取了一个清晰的脚印，这个脚印显然不是死者遗留的。根据死者衣着装束、携带的物品以及行走的路线，薛阳断定，死者是一个专门在夜间从事盗窃活动的窃贼，旅行包里的物品是他晚上作案时窃取的赃款赃物。

“这一定是因为分赃不均而引起的凶杀案。”刘振庆发表着自己的见解。

孙晓晨并不认同刘振庆的说法：“那死者旅行包里的赃款赃物为什么没有被取走呢?”

刘振庆继续推测道：“也许凶手作案时非常慌张，或者当时现场出现了什么意外情况，凶手来不及取走旅行包里的赃款赃物，便仓皇地逃离了现场。”

孙晓晨说：“可是现场并没有留下太多凌乱的脚印，所有脚印都非常清晰，这说明当时没有发生剧烈打斗，凶手在死者毫无防备的情况下一刀刺中了死者的左腹部，死者没有做出任何反抗便趴在地上，凶手唯恐死者不死，又刺了死者五刀，而且下手很重，刀刀致命。”

薛阳拨通了指挥中心的电话，把死者的情况以及携带的物品向指挥中心值班民警作了一番说明。没过一会儿，指挥中心值班民警向薛阳报称，昨天晚上，在市东城区方林小区一共发生了五起入室盗窃案件，被盗物品与死者携带的物品一致。经东城区刑警队现场勘查，几起入室盗窃案的犯罪嫌疑人系同一人。

薛阳知道，方林小区离春风小区大约三公里，根据案发时间及死者死亡时间可以确认，死者在方林小区作案之后直接回到了春风小区，因为当时离天亮已经没有多长时间了，死者不可能冒着被发现的风险再次到春风小区作案，这说明，死者居住在春风小区。

薛阳立即把物业人员请到了现场，经过工作人员辨认，死者身份得以确认，他叫晏虎，30 岁，居住在春风小区 5 号楼 3 单元 1 号。可是，晏虎并不是春风小区的真正房主，他与原房主签订了三年房屋租赁合同，已经居住了两年。他是河北省石门人，在花山市复兴商贸城开了一家电动自行车车行。

薛阳他们立即对晏虎的住所进行了搜查。这是一套两室两厅的 80 多平方米的住宅，目前只有晏虎一人居住。刑警们在卧室包厢床的夹层里发现了大量金项链、金戒指等贵重物品，卧室写字台抽屉里有五张建设银行和邮政储蓄银行的卡、两万元现金以及一个针孔式摄像机等物品。

薛阳打开摄像机，竟然是一段男女性爱时的情景，时间长达一小时。卧室的电脑桌上有一整套刻制光盘的设备，光盘里面的画面情景与摄像机里面的画面情景一致。

三

上午 10 点多钟，薛阳和孙晓晨、王海、刘振庆赶到了晏虎在复兴商贸城经营的电动车车行。

电动车车行里有五名员工正在忙碌，一名岁数较大的员工急忙迎了上来。

薛阳出示了警察证，亮明了身份。这位员工介绍说，他是这里的店长，并表示愿意配合刑警的调查工作。

薛阳吩咐几位刑警在店里进行仔细搜查。店长陪着薛阳在店里转了一圈儿。

正在此时，一位眉清目秀的青年男子急匆匆地走进车行，径直走到薛阳和店长身边。店长和这个年轻人打了个招呼。

年轻人眨动了一下眼睛，不解地询问：“他们是……”

店长介绍道：“他们是市公安局刑警支队的，来调查我们老板。这位是前面不远处川味小吃店的老板郑立杰。我们全体员工每天中午都在他那里吃午饭，他和我们老板是非常要好的朋友。”

郑立杰听说晏虎被人杀害，身体微微抖动了一下，不由得睁大了双眼。

薛阳注视着一脸惊讶的郑立杰，并对他的到来充满了疑问。郑立杰的小吃店离晏虎的车行有100多米的距离，这时候，他应该在店里忙碌着，他到这里来干什么呢？

细心的郑立杰似乎看出了薛阳的疑虑，解释着：“我每天上午都要到这里来，给车行里的人定一下中午的饭菜。”

对于晏虎的个人情况及他的真实身份，薛阳并不是了解得太多，他想借这个机会了解一下晏虎。

薛阳带郑立杰来到外面的警车里，向郑立杰了解晏虎的社会关系以及日常活动规律。

郑立杰略微沉思了一会儿，语气平静地说：“我是四川人，去年春天在花山商贸城开了一家川味小吃店。我这是小本经营，远远比不上晏虎的车行。说起我们是怎么认识的，那是在去年5月份的一天中午，四五个喝醉酒的小青年在我的小店里闹事，他们说我炒的菜里有一只苍蝇，不但不结账，还要让我赔偿他们1000块钱，我不答应他们的条件他们就要砸了我的小店，还要让我在花山做不成生意。我初来此地，人生地不熟，两眼一抹黑，自然不敢招惹这帮人。他们吵吵闹闹，影响了我的生意，正在吃饭的客人纷纷结账离去。我苦苦哀求，好话说了一箩筐，给了他们500块钱，他们才心满意足地离去。

“没想到，过了几天，他们再次来到我的小店，向我索要1000块钱，声称这是保护费。我这一个小店经不起他们这么勒索。我抡起椅子要和他们拼命，他们人多势众，我自然不是他们的对手，很快便被他们打倒在地。他们还扬言要砸烂我的小店，在这千钧一发之际，一个在角落里吃饭的壮汉挺身而出，三下五除二便把那几个小流氓打得跪地求饶。出手救我的正是晏虎。那几个小流氓尝到了晏虎的厉害，纷纷表示，以后再也不来店里捣乱了，就这样我和晏虎成了朋友。他是石门市人，在花山开电动车行已有两年多时间。他的店具有一定的规模，所以他的收入还是非常可观的。每天晚上车行关门以后，他都要到我的小店里喝上几杯，他的酒量很大。至于以前做什么生意，他没有向我提起过。”

薛阳分析着郑立杰的话，觉得他是一个老实厚道的小伙子：“晏虎在花山还有什么来往密切的朋友吗？”

郑立杰摇摇头：“和他来往的都是一些做电动车生意的朋友，他们经常聚集在一起召开联谊会。他做这一行似乎很顺手，在商贸城里属他的店规模最大。”

薛阳询问道：“那么在异性朋友方面呢？”

郑立杰不假思索地说：“有一个叫游静宇的年轻姑娘和晏虎来往密切，她是市艺林歌舞团的舞蹈演员。晏虎幽默风趣，见识多广，出手大方，而且还会少林功夫，深受游静宇的喜爱。他们俩经常到我的小店里来吃饭，照顾我的生意。”

薛阳又向店长和其他电动车车行老板了解了一些情况，他意识到，晏虎从来不向他人讲述自己过去的经历，是一个非常神秘的人。晏虎在花山经营电动车已经有两年时间，那么在这之前，他又在干什么呢？这个疑问萦绕在薛阳的心头。

薛阳想，晏虎居住的房间里没有女性生活日用品，说明晏虎并没有把游静宇带到自己的住所，他们幽会的地点一定是酒店或宾馆等场所。几位刑警在电动车行里没有发现晏虎的作案工具以及赃款赃物，薛阳认为，晏虎不会把容易暴露自己身份的物品存放在车行里。

薛阳决定，让孙晓晨与游静宇正面接触一下，详细了解一下晏虎的情况。

薛阳把晏虎的个人信息输入刑警支队的刑事犯罪信息资料库，没过多久，电脑里显示出惊人的信息：晏虎是被光州市公安机关上网通缉的逃犯。近两年来，晏虎在花山市入室盗窃100余次，盗窃金银首饰、手机等贵重物品及现金200余万元。

四

光州市公安局通缉令上晏虎的照片与现在的晏虎有极大的差异。薛阳想，这小子跑到花山之后一定做了整容手术，要不然他无法隐藏这么深。

晏虎原名陈广雄，黑龙江省张川市人，四年前在光州市人民路开设了绿洲温泉洗浴中心，因组织容留妇女卖淫及强迫未成年少女卖淫被光州市公安局上网通缉。

晏虎从小跟随父亲练习少林拳，练就了一身少林武功，而且还会轻功。15岁那年，一场意外的车祸夺去了他父母的生命，使悲痛欲绝的晏虎失去了生活的信心。没有了父亲的管教和约束，还失去了生活的来源，他感觉自己没有了生活的目标和方向，整日在街头四处游逛。他生性暴戾，经常为了一件小事大打出手，很快在街面和黑道上有了一定的名气。由于他多次打伤他人，公安机关把其列为重点人物，然而一些黑道上的人却认为，晏虎是一个可以利用的好打手，于是，有人出钱让他看场子，做保镖。渐渐地，晏虎在犯罪的深渊里越陷越深。

多年以后，晏虎积累了一定的钱财，便在离老家200多里的光州市开了一家温泉洗浴中心。为了获取更多的利益，他竟然组织容留妇女卖淫，甚至唆使手下殴打不愿意从事色情服务的妇女，给社会造成了极大的危害和恶劣影响。公安机关把晏虎列为扫黄打非的重点，获取确凿证据之后，正要对其实施抓捕之时，晏虎闻风而逃。

薛阳分析，晏虎负案在逃后，并没有回到老家张川市，狡猾的他为了逃避公安机关的打击，做了整容手术，更改姓名，伪造了假身份证，然后对外谎称自己是石门人，用过去挣的钱开了一个电动车车行，把自己伪装成遵纪守法的商人，到了夜间便出门疯狂盗窃，为自己收敛了大笔的不义之财。

在掌握晏虎的真实身份之后，王海、刘振庆备感惊奇，没有料到花山竟然隐藏着一条大鳄鱼，而且还给花山造成了这么大的危害。

王海在对晏虎的电脑进行技术处理时，竟然在文档里发现了两段性爱录像，和光盘的内容一样，同时还有一封敲诈信，内容是：你是一个有身份的人，而且还是一个聪明人。如果不想身败名裂，那就出30万元买个平安。三日内把钱打到建设银行的账号。随信附上一张光盘。如果拒绝合作，一切后果自负。

薛阳看着这封敲诈信，知道晏虎刻制性爱光盘以及针孔摄像机的用途了。可是，晏虎敲诈的是什么人呢？这封敲诈信是在一个月前写的，那么，他是否得手了呢？

薛阳立即拨通了建设银行相关部门的电话，得到了确切的答复。上个月10日，晏虎的银行账户里多了30万元。银行监控系统至今还保留着汇款人汇款时的录像。

刘振庆认为，找到了案件的突破口，显得非常振奋："我去建行复制监控录像，下午就会有结果了！"

王海待刘振庆离去之后，看了一会儿敲诈信，分析道："根据这封敲诈信以及晏虎被杀之后旅行包里的赃款赃物没有被凶手抢走这一情况，我认为，凶手杀死晏虎并不是为了钱财，而是为了灭口。"

薛阳认为王海的分析有一定道理，沿着这条线索查下去会出现新的转机："晏虎银行账户里多了30万元，还有他刻制的光盘，都足以说明，他不但入室盗窃，而且还从事敲诈勒索的罪恶勾当。可是，我们目前并没有掌握类似案件的信息。"

王海接过话茬："有些人为了维护自己的声誉，心甘情愿地接受敲诈。晏虎一出手就得到了30万元，钱来得这么快，他还有必要再出去盗窃吗?"

薛阳继续推测道："晏虎积累了大量的钱财，我们查阅了他销售电动车的收入记录和其盗窃时所获得的钱财，与其银行存款一致。这笔30万元的钱财他是最近得到的。他一共在五家银行用晏虎的名字开设了账户。这次作案前，他伪造了假身份证，使用的名字是马超，在建设银行开设了一个账户，然后命令被敲诈者把钱打到这个账户里。得手之后，他迅速提取了现金。电脑里备份的两段录像分别说明了两个问题：第一，这是他第一次作案，而且非常准确地抓住了被敲诈者的心理弱点；第二，他又物色了第二个敲诈的对象，那张刻制的性爱光盘说明了这个问题，至于他是否采取了行动，现在还是一个疑问。我们要对晏虎被害前的行踪进行仔细调查。"

王海问："他既然得到了30万元，为什么还要出去盗窃呢?"

薛阳眉头微蹙了一下："也许他想积累更多的钱财吧。一个盗窃高手要是几天不出去作案就会手痒痒，偷盗成瘾的人都有一种奇异的变态心理!"

王海深有同感地说："他已经是一个百万富翁了，可是，这都是不义之财啊!"

薛阳继续说："晏虎作案手段高超，具有一定的反侦查经验，如果不是被人杀害，我们至今都没有把他纳入我们的视线。我认为，他之所以疯狂盗窃，完全是为了给自己寻找出路，他没有忘记自己逃犯的身份。他负案潜逃多年，光州市刑警支队始终没有放弃对他的追捕。"

"可是为什么没有一点线索呢？"王海说出了心中的疑虑。

薛阳把目光投向了窗外，略微沉思了一会儿，分析着："这正是晏虎的狡诈之处。他更名改姓，伪造了假的身份证，并且和原籍的亲朋好友断绝了一切联系，所以光州刑警始终没有发现他的踪迹。你放下手里的工作，出一趟远差，到光州调取晏虎的卷宗，从中获取更有价值的线索。"

五

孙晓晨驱车来到了艺林歌舞团。排练大厅里播放着美妙悦耳的乐曲，20多个年轻的姑娘随着乐曲声翩翩起舞。

孙晓晨欣赏着姑娘们优美的舞姿，整个身心都感到无比愉悦。一位正在指导姑娘们跳舞的中年妇女看到了走进大厅的孙晓晨，急忙迎了上来："你有什么事吗？"

孙晓晨微微一笑，出示了警察证，彬彬有礼地说："我找游静宇了解一些情况，不会占用你们太多的时间。"

中年妇女似乎是这里的负责人，她转身望了一眼正在排练的姑娘们："你到接待室稍等片刻，等她们休息时，我让她去找你！"

没过多久，一个年轻美貌、身材窈窕的靓丽姑娘迈着轻巧的步子走进了接待室。

年轻姑娘洋溢着青春的气息，她走到孙晓晨身边，温和地说：“我是游静宇。您找我有什么事吗？”

孙晓晨站起身，开门见山地说：“我是刑警支队大案队的。晏虎这个人你熟悉吧？”

当游静宇听到晏虎的名字时，她那俏丽的脸上闪过一丝喜悦，但转瞬即逝，随即用充满疑虑的口吻说：“他怎么了？出什么事了吗？”

孙晓晨从游静宇关切的语气里感觉出她对晏虎怀有很深的感情，语气平缓地说：“晏虎昨天晚上发生了意外，我们想找你了解一些有关他的情况，希望你能够配合我们的调查工作。”

“什么意外呢？”游静宇迫切地追问。

孙晓晨这时候还不知道晏虎的真实身份，只知道他是一个盗窃犯，略微思索了一下，于是直截了当地说：“他昨天晚上被人杀死了！”

游静宇发出一声惊呼，浑身颤抖，说不出话来，晶莹的泪珠溢满了眼眶：“怎么会呢？他可是武功高手啊！”

正在此时，孙晓晨的手机发出了悦耳的铃声。她走到接待室门外，接通了手机。薛阳在电话里把晏虎的真实身份和发现敲诈信的情况，向孙晓晨作了一番介绍。

孙晓晨再次回到接待室，游静宇的情绪似乎平静了下来。

孙晓晨并没有马上说出晏虎的真实身份，她看出这个姑娘对晏虎抱有极大的幻想。

游静宇用纸巾擦着脸上的泪水，她从孙晓晨严峻的神色上察觉出，晏虎的死并不是多么光彩。大案队的警察找上门来能有什么好事呢？

孙晓晨言简意赅地讲述着晏虎过去的情况，游静宇吃惊地睁大了双眼：这难道是真的吗？可是，素不相识的警察有必要欺骗自己吗？

游静宇目不转睛地盯着天花板，似乎沉浸在对往事的回忆之中……

去年夏天一个星期天下午，游静宇到复兴商贸城购买电动车，在转了几家之后，她走进了晏虎经营的车行。她刚一进店，晏虎便迎了上来，热情地向游静宇介绍着店里十几款电动车。晏虎被游静宇美丽的容颜和婀娜的身姿深深吸引，陪着游静宇连续挑选了好几辆电动车，一直挑选到游静宇满意为止。晏虎亲自给游静宇调试好电动车，在价钱上给了极大的优惠。晏虎说话幽默风趣，引起了游静宇的好感。在闲聊间，晏虎得知，游静宇是艺林歌舞团的舞蹈演员。通过短暂的接触，他已经深深地喜欢上了这个年轻美貌的姑娘。老谋深算的晏虎为了制造和姑娘下一次见面的机会，故意在电动车电瓶上做了手脚，他想，不出两天，这个姑娘一定还会找他的。果然不出所料，在第三天，电动车的电瓶就出了问题，她推着电动车找上门来。就这样，他们俩认识了。几次约会之后，晏虎彻底俘获了姑娘的芳心。

渐渐地，游静宇把晏虎当成了自己最亲爱的人，可是，每当她询问晏虎的家人和他过去的一些情况时，晏虎总是巧妙地绕开这个话题，在游静宇看来，晏虎至今身上都笼罩着一层神秘的光环。

晏虎对于游静宇的情况倒是了解得非常清楚，她今年 24 岁，出生于普通工人家庭，父母都是老实巴交、安分守己的工人。游静宇从小对舞蹈充满了迷恋和喜爱，幻想着有朝一日成为一名舞蹈家。高中毕业之后，她经朋友介绍成为市舞蹈团一名编外舞蹈演员。她对舞蹈的痴迷和热爱，引起了舞蹈团团长安双才的注意。安双才垂涎游静宇的美貌和迷人的身体，利用游静宇想要成为舞蹈家的梦想，略施小计便把涉世未深的小姑娘骗到手。他霸占游静宇多年，这期间，游静宇为安双才打了三次胎。游静宇虽然已经成为舞蹈团的正式职工，可是，安双才并没有像当初承诺的那样把她塑造成一名舞蹈家。其实，游静宇有许多出人头地的机会，安双才为了达到长期玩弄、霸占游静宇的目的，暗中使坏，使游静宇失去了多次梦想成真的机会。随着年龄的增长，游静宇积累了一定的社会经验，同时，也看清了安双才的真实面目，对安双才无比痛恨。

晏虎是游静宇继安双才之后结交的第一个异性朋友。晏虎幽默风趣，慷慨大方，知识渊博，游静宇认为，晏虎是自己可以托付终身的男人。她不能把自己的青春年华全部葬送在安双才手里。一次，游静宇和晏虎在酒店的客房里做完性事之后，向晏虎道出了内心的苦楚。晏虎闻言，勃然大怒，拔出腰间的蒙古刀，扬言要杀了禽兽不如的安双才。其实，他内心深处对游静宇充满了鄙夷，他略微思索了一下，认为这是一个发财的大好机会，可以狠狠地敲安双才一笔。其实，晏虎并不敢杀人，不过是在游静宇面前做做样子罢了。在游静宇的苦苦相劝之下，他才假装余怒未消，收起了刀子。

游静宇告诉晏虑，安双才为了长期玩弄她，在苹果小区给她买了一套两室一厅的房子，一有时间就到苹果小区过夜。

晏虎想出了一个完整的敲诈方案，向游静宇面授机宜。在晏虎的唆使下，游静宇在卧室里安装了针孔摄像机，把俩人性爱时的情景拍摄了下来。

晏虎复制成光盘之后，向安双才发出了一封敲诈信。安双才收到敲诈信之后，魂不守舍，好似热锅上的蚂蚁，万般无奈之下，只好花钱买平安。他却万万没有料到是游静宇在背后给他下的黑手。

六

刘振庆在建设银行调取了监控录像，经过辨认，正是安双才往晏虎指定的账户里打了 30 万元。

刘振庆在薛阳的授意下对安双才进行了秘密调查。安双才在舞蹈团团长的位置上稳坐了多年，利用手中的权力收敛了大量的钱财。他不但玩弄蹂躏游静宇，而且还肆意玩弄团里其他几位年轻的舞蹈演员，这些姑娘害怕他的淫威和打击报复，都不敢声张。

安双才在舞蹈团里所有重要部门和重要岗位都安插了自己的亲信，那些不服从管理的工作人员经常受到排挤和打压。逐渐地，他把舞蹈团打造成了自己的独立王国，一手遮天。

司机路国庆的父亲和安双才从小在一起长大，俩人是结拜兄弟，感情深厚。路国庆16岁那年，父母患癌症，相继离世。安双才帮助路国庆料理了后事，通过关系把路国庆送到了部队，三年以后，路国庆退伍，安双才再次通过关系把路国庆安置到保险公司保卫部工作。

两年以后，路国庆因酒后滋事、殴打他人被判处有期徒刑三年。出狱之后，他丢了工作，安双才又把他安置到舞蹈团办公室，成为自己的专职司机，并且还把舞蹈团机关食堂的一名年轻女炊事员介绍给路国庆。在安双才的撮合下，俩人走进了婚姻的殿堂。安双才可以说是路国庆的大恩人。安双才遇到什么麻烦，按照路国庆的性格他会袖手旁观吗？而且路国庆自幼习武，性格粗犷豪爽，曾在部队大比武活动中连续三年获得散打冠军。

薛阳认为，刘振庆调查的线索非常重要。可是，安双才已经把钱打到了晏虎的账户里，他有必要再杀死晏虎吗？难道晏虎贪得无厌，再次对安双才进行了敲诈，安双才忍无可忍，令路国庆杀死了晏虎？

路国庆和很多过去的战友保持着密切的联系，他不用亲自出面，只要出钱到位一定会有人替他卖命的。刘振庆向薛阳队长说出了自己内心的疑问。

薛阳认为，刘振庆的分析有一定道理，他吩咐刘振庆顺着这条线索查下去。

正当刑警们紧锣密鼓地对安双才、路国庆展开详细的调查时，春风小区5号楼3单元2号发生了一起爆炸案，房主李佳洁被炸身亡。

七

薛阳他们立刻赶到了爆炸现场。现场周围聚集了众多围观的市民。

经周围的邻居辨认，死者是这家的房主李佳洁。李佳洁的居室是一套三室两厅的单元房，爆炸中心位于客厅。客厅里弥漫着浓重的火药味，李佳洁面目全非、血肉模糊倒毙在客厅的沙发上，地板上散落着一些用报纸捆成的小方块，有的小方块被炸成了碎末。薛阳清点了一下，还有 11 个小方块没有被炸成碎末。根据现场情况，薛阳分析，李佳洁坐在沙发上打开了茶几上的手提包，手提包里的爆炸装置随即便发生了剧烈爆炸，李佳洁被当场炸死。客厅破损得比较严重，其他几间房屋没有受到爆炸的冲击，只是窗户上的玻璃被震得粉碎。

技术员和法医开始对现场进行勘查。薛阳走访了几个邻居和物业管理的工作人员，对死者李佳洁的情况有了一个大致了解：她今年 25 岁，河北省岳州人，在花山市东城区经营再回首酒吧。两年前，她买下了春风小区的这套住宅，目前，这套住宅只有她一人居住。每到周六、周日，总有一个 40 来岁举止儒雅的中年男子来到她的住处。这位男子每次乘坐的出租车直接开到楼下，离去时，也总会有一辆出租车在楼下等候。他从来没有和邻居们有过任何方式的交谈，由此分析，这位男子应该是李佳洁的秘密情人，他举止异常，显然是在有意隐瞒自己的身份。薛阳断定，这位中年男子是一位有身份的人物。邻居们对于李佳洁过去的情况一无所知。

卧室的墙壁上悬挂着几张李佳洁的艺术照片，薛阳仔细看过照片之后，眼前一亮，晏虎电脑里储存的场景闪现在他的脑海里，这间卧室正是画面里出现的场景，而那个年轻的女人正是李佳洁。薛阳感觉到，这个案子和晏虎被杀案有一定的联系。他吩咐孙晓晨，迅速对李佳洁的社会关系进行调查。

法医对尸体检验后初步确定，李佳洁的死亡时间为下午5点钟。

技术员对爆炸现场遗留物品进行了检验。凶手制作了一颗威力巨大的炸弹，只要有人打开手提包，提包里的炸弹便会爆炸。

薛阳把散落在地板上的用报纸捆扎的小方块收集在一起。刘振庆站在一旁，向薛队长投来不解的目光。薛阳拆开了其中的一个小方块，这是十天前出版的《花山晚报》。渐渐地，他感觉出了这些报纸的真正用途。他让技术员把这些报纸收集起来，提取报纸上面的指纹。

薛阳转到客厅门口，俯身仔细地检查着防盗门锁，门锁没有任何破损的痕迹。他的视线不禁投向了晏虎家紧闭的防盗门，渐渐地，薛阳的脑子里形成了一个清晰的思路。他低声对刘振庆吩咐了几句，刘振庆心领神会地驱车而去……

没过多久，刘振庆满头大汗地赶了回来。他从支队档案室里调取了第二段录像里的画面，采取技术手段复制了那个神秘男人的头像。

薛阳接过刘振庆复制的照片，为了保密起见，他分别把李佳洁的几位邻居请到了巡逻车里，请他们辨认照片里的男人。他们看过照片之后纷纷表示，正是这个男人经常出入李佳洁的住处。

八

孙晓晨对李佳洁经营的再回首酒吧以及她的社会关系进行了调查。她18岁高中毕业后从家乡来到了花山市，经朋友介绍在一家夜总会做服务生。在那种场所工作时间久了，难免会使人的内心世界发生巨大变化，她觉得自己做一名服务生挣的钱太少了，心想，为什么不趁着年轻多挣一些钱呢？自己年轻貌美，能歌善舞，哪一点比那些坐台女差呢？

很快，她转到了另一家夜总会，成为一名坐台小姐，由于她聪明伶俐，善于把握男人的心理，渐渐地在圈里有了一定的名气，成为夜总会的头牌小姐。几年之后，随着年龄的增长，她积累了丰富的社会经验，自己在花山开了一家酒吧，开始了崭新的生活。李佳洁过去的生活经历并不被外人所知道，只有她的几位闺中密友了解她过去在夜总会的经历，但是李佳洁在密友面前从来没有提起自己有情人的事情，也从未把朋友们带到家里来。

李佳洁之所以这么做，肯定是为了保护自己的情人。刑警们增加了调查的力度，可是这个神秘人物始终没有进入刑警的视线。

技术员王大江在报纸上提取了三枚指纹，但是在刑警支队刑事犯罪信息资料库里没有这些指纹的任何信息。

刑警刘振庆对于凶手在手提包里装满了报纸充满了疑惑，向薛阳提出了心中的疑问。《花山晚报》是花山市发行量最大的报纸，薛阳在办公桌上摊开了这些报纸，把报纸全部翻阅了一遍，没有发现什么线索。那个手提包是市面上最普通的手提包，商场、超市、百货大楼均有销售。凶手作案手法娴熟，所选用的作案工具均为市面上最普通最流行的，而且爆炸发生之后，这些物品都会被炸得支离破碎，从中发现线索的可能性很小。

薛阳把这些报纸照原样叠好，平静地说："凶手非常精通爆炸知识，会制作炸弹，而且还能够得到高性能的炸药，我们应该从这方面入手，这是其一；其二，李佳洁被炸身亡的消息应该早已传遍了花山的大街小巷，但她的情人始终没有现身，这充分说明她的情人是一个有头有脸的人物，我们应尽快找到李佳洁的情人。"

“我们怎样才能找到李佳洁的情人呢？凶手为什么要用如此残忍的手段炸死李佳洁呢？晏虎的电脑里怎么会有李佳洁性爱的画面呢？晏虎之死和李佳洁被炸有一定的关联吗？”刘振庆一口气说出了心中的疑问。

薛阳知道刘振庆性情急躁，对他急于揭开案件谜底的心情十分理解，他并没有马上回答刘振庆的疑问，沉稳地说：“王海获取的线索是我们破获晏虎一案的重要环节。虽然李佳洁的情人在我们的视线里非常模糊，但我们已经逐渐接近了案件的真相。根据我们掌握的线索，晏虎在花山没有任何同伙，他的敲诈行为应该是他一人所为。晏虎选择的第一个敲诈目标是安双才，得手之后，他把黑手伸向第二个目标李佳洁。我们分析一下晏虎作案的动机和心理。他选择的目标应该是有一定社会地位的人而且手里还有巨额存款，这些人为了自己的声誉，一定会花钱买回光盘的。李佳洁曾经是一个坐台女，和很多男人有过密切关系，不会在乎这一点，但她的情人恐怕会顾及自己的声誉，绝不会任人宰割。我们对晏虎被害前的行踪进行了调查，被害前两天，他到邮局寄出了敲诈信和光盘，但那笔钱还没有到手他就被人杀死……”

刘振庆打断了薛阳的话，急切地说：“一定是晏虎和李佳洁联手作案，他们是门对门的邻居。晏虎曾经是夜总会老板，李佳洁曾经是夜总会的坐台女，他们是一条船上的人，而且晏虎勾引女人颇有手段，游静宇心甘情愿地当他的情人，充分地说明了这一点。李佳洁的情人只有周六、周日才来她的住处，其余的时间都是李佳洁独自一人在家居住啊，晏虎完全有机可乘。那段录像可是在李佳洁的卧室里拍摄的。”

“我们既然看出了那段录像是在李佳洁卧室里拍摄的，那么，她的情人收到以后会有何感想呢？凶手又为什么在手提包里放那么多的报纸呢？”薛阳有意引导着刘振庆。

“是啊，这始终是我心中解不开的谜团。”

薛阳微笑着说："我来帮你解开这个谜团吧！李佳洁的情人看过录像之后，当即认定是李佳洁有意给他设下了圈套，李佳洁过去的经历他应该有所了解，他为了保全自己的社会地位和声誉，决定对李佳洁痛下杀手。晏虎提出的金额一定是30万元。手提包里的报纸显然是凶手伪装成钞票的形状用来迷惑李佳洁的。李佳洁回到家之后，看到茶几上放着一个手提包，以为是自己的情人放在这里的，所以不假思索就打开了手提包，结果当场被炸身亡。"

刘振庆大吃一惊，随即提出了心中的疑问："这么说李佳洁并不知情，她也是一个受害者？"

"是的。我在李佳洁家防盗门锁里发现了细铁丝的痕迹，这说明，她家的防盗门曾经被他人用铁丝打开过，而这个人就是晏虎，晏虎有一身开门撬锁的本领。他和李佳洁住对门，对李佳洁的情况非常了解，同时知道李佳洁的情人是一个有身份的人物，所以把李佳洁和她的情人定为敲诈的第二个目标。他事先在李佳洁的卧室里安装了针孔式摄像机，事后又趁家里无人偷偷潜入，取走了摄像机。"薛阳停顿下来，点燃了一支香烟。

"那么，杀死晏虎的凶手也是李佳洁的情人。"刘振庆说。

"现在断言为时过早，我在等王海的调查结果。"

"怎么才能查找到李佳洁的情人呢？"刘振庆问。

薛阳满怀信心地说："从排查出租车入手，潜藏在水底的鱼总会浮出水面的。"

大案队的刑警对于此类调查工作自然有一套特殊的调查方法。不出一天时间，刘振庆便查到了李佳洁的情人，他是花山市地税局副局长白瑞辉。

白瑞辉今年42岁，五年前担任花山市地税局副局长，是花山市地税系统最年轻的干部，曾当过工兵，精通爆破知识。他有一个非常好的战友在花山西部山区玉石洼开了一个大型铁矿。开采铁矿自然少不了雷管、炸药，私人铁矿在爆炸物品的管理方面存在着一些漏洞，他想在铁矿搞到这些物品易如反掌。

就在此时，王海从外地打来了电话，向薛阳提供了一个非常重要的线索。薛阳暗忖，果然不出所料啊！他让王海调查银行近一年的汇款记录，随即脸色凝重地挂断了电话。他决定，让刘振庆对白瑞辉进行秘密调查，掌握确凿证据之后再与其正面接触。

九

白瑞辉有一个幸福美满的家庭，妻子在市财政局工作，温柔贤惠，知书达理，他们还有一个上高二的女儿。

白瑞辉当上地税局副局长之后，利用手中的权力捞取了大笔钱财，他经常到夜总会、歌舞厅消遣娱乐，终日沉浸在酒色之中。一次偶然的机会，他在夜总会结识了年轻美貌、风情万种的李佳洁。李佳洁通过几次接触，认为自己钓到了一条大鱼，略施手腕，便让白瑞辉拜倒在自己的石榴裙下。白瑞辉不但给小情人买了房子，而且还给她盘下了一个酒吧。李佳洁手里有了一大笔存款，终于实现了自己的梦想，可是总有一种失落的感觉，她盼望自己拥有一个温馨的家庭和一个可爱的孩子。

李佳洁非常欣赏白瑞辉，认为他是一个有款、有型、事业成功的男人，但两人再怎样相爱，终究成为不了合法的夫妻，她只是一个被人包养的二奶，笼子里的金丝雀。她曾经向白瑞辉提出和他结婚的要求，被白瑞辉当场拒绝。白瑞辉的回答毅然决然：钱、房子都可以给你，唯独结婚这件事不能答应你！

白瑞辉正是事业一帆风顺的时候，再过三个月老局长就要退休了，在四个副局长之中他的呼声最高，是最有希望的接班人。这段时间是白瑞辉人生中最关键的三个月，绝不能发生任何问题，否则将前功尽弃。他万万没想到，收到了一张能置他于死地的光盘，如果这张光盘被公布于众，后果不堪设想。他看出光盘里的背景是他们爱巢的卧室之后，愤怒到了极点，以为是李佳洁对他采取如此卑劣的手段，一股怒气油然升起。

白瑞辉靠在办公室的真皮沙发上，微闭着双目，回想着这几天发生的事情：他通过开铁矿的战友搞到了炸药、雷管，精心制作了炸弹并用报纸伪装成钱币的形状，塞了满满一提包，然后趁李佳洁不在家的时候把手提包放在茶几上……他在报纸上和电视新闻里看到了李佳洁被炸死的消息，他的内心充满了无限的哀伤。自己深爱的女人就这么香消玉殒了，她那甜蜜的微笑、婀娜的身姿在眼前若隐若现。他对自己过激的行为深感后悔，如果爆炸案被破，他不但当不成局长，还要接受法律的严惩。唉！他连连叹息，流出了悔恨的泪水……

白瑞辉脑子里一片混乱，出现了一阵幻觉：紧闭的房门缓缓地打开，李佳洁满脸血污，身穿一件白色的连衣裙，向他缓缓地走来，嘴里喃喃自语：还我命来！还我命来！白瑞辉惊恐万状，浑身颤抖着说不出话来……

白瑞辉的精神出现了异常，他疯狂地砸坏了办公室里所有的办公用品，并对向他请示工作的秘书破口大骂、大打出手，他似乎听到了刑警们走进办公楼的脚步声……

十

薛阳听到白瑞辉精神失常的消息之后，感到非常痛惜。李佳洁并没有参与对白瑞辉的敲诈，她不但毫不知情，同时，也是敲诈案的受害者。

在晏虎被杀现场，刑警提取的脚印与白瑞辉的脚印不符，这说明杀死晏虎的凶手依然逍遥法外。

薛阳把刘振庆、孙晓晨叫到了办公室，神情庄重地布置道："今天下午我们就要收网了，两起敲诈案都是晏虎所为，而且还引发了一起爆炸案。通过详细的调查，我在嫌疑人的名单上划掉了安双才和路国庆的名字，游静宇只不过是晏虎利用的工具，郑立杰才是杀死晏虎的真正凶手。"

当两位年轻的刑警听到郑立杰的名字时，不禁大吃一惊：他们俩是来往比较密切的朋友，一个文弱书生怎么会对晏虎充满深仇大恨呢？况且，晏虎还曾帮助郑立杰打跑了几个地痞流氓。

薛阳语气平静地说："王海在光州对晏虎的过去进行了调查，他是光州市公安局上网通缉的重大要犯，他不但组织、容留妇女卖淫而且还使用暴力手段强迫未成年少女卖淫。他曾经逼迫一名四川华州籍的16岁少女卖淫，那个少女叫高冬雪，被晏虎的手下从劳务市场骗到了夜总会，她性情刚烈，坚决不从，拼死反抗，在被逼无奈的情况下，从被关押的五楼跳了下去，由于电线等物品阻挡，姑娘的生命保住了，可双腿被摔断，落下了终身残疾。王海把这一情况向我作了汇报，我认为这是一条非常重要的线索，让王海继续查找高冬雪的下落。王海在四川华州公安机关的配合下找到了高冬雪，得知她有一个恋人叫郑立杰。事发之后，郑立杰的精神受到了极大的刺激，他眼含热泪，凝视着躺在病床上的恋人，看到过去能歌善舞的高冬雪今后只能在轮椅上度过漫长的岁月了，他发誓一定要找到残害高冬雪的人，血债血偿。高冬雪出院之后，郑立杰跑到北方，寻找仇人的下落。王海还从光州市公安局了解到，晏虎畏罪潜逃之后，曾经有一个四川口音的小伙子跑到光州市公安局刑警支队，要了一张印着晏虎照片的通缉令。通过这一点，我更加坚信了自己的判断。如果没有查到那个小伙子的这种行为，我还不会这么快锁定侦查目标。我分析，几年来，他几乎走遍了东北所有的城市，他来到花山市，在茫茫人海里寻找仇人，身心无比疲惫，但心中始终有坚定的复仇的信念。他来到了花山市，身上的钱已经花得差不多了，于是，开了一个川味小吃店，想等手里有了一定的积蓄时再去寻找仇人。

"郑立杰每个月都要给高冬雪汇一笔钱。通过调取银行汇款记录，王海查到，郑立杰在花山已有一年多了。至于他是怎么获悉晏虎的真实身份的，那是我们下一步的工作了。我已经通知派出所的片警对郑立杰进行秘密监视，他现在已经处在我们的掌控之中。"

傍晚时分，薛阳带领着两位刑警出现在川味小吃店。郑立杰看到满脸严峻的刑警们，眼睛里闪过一丝慌乱，他没有想到刑警这么快就出现在眼前，但很快就恢复了平静……

在刑警支队审讯室里，郑立杰语气平和地供述着："晏虎在花山没有什么朋友，他把我当成了他的朋友，我当时对他充满了感激之情。他做事非常小心谨慎，他整了容，我没有发现他就是我要寻找的仇人。和他多次接触之后，我发现，他是一个专在夜间从事盗窃活动的窃贼，他所经营的电动车行不过是掩人耳目的幌子。有一次，他醉酒之后向我透露，他过去在光州开过一家夜总会。我仔细观察他的面容，认出他就是我苦苦寻觅多年的仇人，兴奋不已。我对他进行了跟踪，制订了详细的复仇计划，并在其作案归来的途中杀死了他。”

薛阳对于郑立杰的行为感到非常痛惜：“你既然发现他是一个负案在逃的要犯，就应该报告公安机关，让他受到法律的严惩。你这样做只能葬送自己的大好前程。”

郑立杰没有任何悔恨之意，反而流露出成功者的自豪：“我这么多年没有给冬雪打过一个电话，我只要听到她那温柔的声音，就会控制不住自己的情绪，而且她会极力阻止我的复仇行为。她是一个温柔善良的好姑娘，我愿意为她付出我的生命。我杀死仇人之后并没有马上离开花山，想等过几个月风平浪静之后，再回到恋人身边，照顾她的后半生。我深知天网恢恢疏而不漏的道理，我愿意接受法律的严惩，只是我的恋人要在轮椅上孤独地度过她的后半生了。如果有来生，再让我们相爱吧！”

郑立杰语气平缓地讲述到这里，脸上流露出如释重负般的喜悦之情，但明亮的眼睛里闪烁着晶莹的泪花……

血字的疑问

<1>

薛阳站在装修豪华、舒适典雅的客厅里，凝视着血泊之中的年轻死者。客厅的沙发、地毯上到处都是喷溅的血，一股刺鼻的血腥味弥漫在宽敞的客厅里。

死者是一位年轻女性，身穿一件绣着牡丹图案的艳丽睡衣。在她右边脸颊一侧的地毯上，有一个血写的“坚”字，这显然是死者用自己的鲜血有意留下的痕迹。死者的右手沾满了血迹，从这个血字上可以看出，死者似乎在向刑警们诉说着什么……

薛阳对这个血字产生了浓厚的兴趣，仔细观察片刻后命技术员王大江对其进行技术提取。

法医小心谨慎地查验着死者的伤口。死者的身上共有五处刀伤，其中胸部两处、腹部一处、背部两处，胸部一处刀伤刺穿心脏，为致命伤。由此推断，死者系流血过多致死。凶器好像匕首之类的有刃利器，但未在现场找到凶器。死者叫程慧梅，26岁，花山市鑫豪贸易有限公司董事长。

提起程慧梅，薛阳有所耳闻。她是花山市商界赫赫有名的女强人，拥有千万元的固定资产，公司员工多达500余人。她父亲是花山市委副书记，主管政法工作。程慧梅能够拥有今天显赫的地位，熟悉内情的人都知道，这一切与她父亲有着密不可分的关系。

这套具有异域风情的豪华别墅是程慧梅的私有财产。她大学毕业后，到市政府下属的鑫豪公司工作，经过几年的努力，她荣升为董事长，拥有了大笔的资产。

报案人是一位钟点工，她叫罗小敏，22岁。这位年轻貌美的姑娘浑身颤抖地站在客厅的角落里，显然是被眼前的惨景吓呆了。

这种血腥味浓重的场所不利于调查工作的展开，薛阳把罗小敏请到了二楼小客厅。

她惊魂未定地坐在意大利真皮沙发上，明亮的大眼睛目不转睛地注视着薛阳。

由于过度惊恐，她的叙说有些断断续续……她每天上午9点都要到程慧梅的别墅清扫卫生。上午9点，她用钥匙打开了院门和屋门，走进了一楼的客厅，看见了倒在血泊中的程慧梅。她从未见过如此血腥的场景，失魂落魄地跑到别墅外面，用手机拨打了110报警电话。

薛阳略微沉思一下，问道："你确实用钥匙打开的房门吗？"

罗小敏怔了一下，说："院门和屋门都是锁着的，这一点我可以肯定。”她不经意地用左手梳理了一下散落在额前的秀发。

这时，刑警刘振庆急匆匆地走到探长身旁，轻声低语道：“死者的卧室里有一只墙壁式保险柜，里面只有一些空首饰盒。卧室里没有任何值钱的物品，衣柜、梳妆台的抽屉都被拉出来，里面的物品被翻得凌乱不堪。床头柜里有一件意想不到的东西，你还是到卧室来一下吧!”

薛阳随着刘振庆走进隔壁的卧室。床头柜的抽屉里，有一只硕大的男性生殖器玩具以及几盒高级安全套。在卧室卫生间的纸篓里，有一个使用过的安全套，里面残留着大量的精液。

薛阳看着安全套，推断出程慧梅遇害前曾有过性行为。正在此时，法医老许走进了楼上的卧室，对薛阳说：“死者死亡时间确定在昨天晚上 11 点至 11 点 30 分之间，子宫里怀有三个月的胎儿，阴道里有少量新鲜的精液。”

薛阳猛然意识到了什么，对老许说：“你马上对精液的血型、胎儿的血型进行检验!”

他一边说，一边走到二楼楼梯拐角处，角落里扔着一个做工精致的打火机。他把打火机放进一个塑料袋里。他认为，在清新整洁、一尘不染的楼梯旁有一个打火机，一定与这个案子有关系。他决定去楼下转一圈儿，检查一下门窗是否有破损的痕迹。

薛阳从楼前宽敞的庭院一直转到花草馥郁、清香迷人的后花园，所有的门窗都没有破损的痕迹。他又走到别墅外面，围着高高的院墙转了一圈儿。院墙周围种了十几棵高大、笔直的法国梧桐树，茂密的枝叶覆盖了整个院落。他凝视着三米多高的院墙，暗自思忖，如果不借助梯子，一般人难以越过三米高的院墙，不可能直接从墙头上跳进院子里。如果排除了这种可能，凶手很有可能是程慧梅熟悉的人，要不然，一个独身女人怎么会在深夜时分身穿半裸的睡衣接待来访的客人呢?

当薛阳转到别墅门口时，一辆黑色奥迪轿车停靠在大门口，市委程书记和妻子满面悲戚地跨出轿车。他俩走进一楼客厅，程母看见女儿惨不忍睹的样子，扑在女儿的尸体上悲痛欲绝地失声恸哭。程书记立在一旁，凝视着女儿的尸体，眼睛里闪烁着晶莹的泪花。

在薛阳的示意下，孙晓晨上前搀扶着浑身无力的程母，对老人百般劝慰。片刻之后，程母的情绪才逐渐平稳一些。

孙晓晨对程母说："程慧梅卧室里有明显的被盗迹象，保险柜里只剩下一些空首饰盒，没有任何值钱的东西。"

程母在二楼卧室里对女儿的个人物品进行了清点，程慧梅共被盗现金 200 万元以及价值 100 万元的金银首饰。

程母哽咽地说："小梅对珠宝、钻石首饰都特别钟爱，每购买一件饰品总会让我欣赏一番，所以她收藏的所有首饰我都非常清楚。最近，她从银行里取出了现金 200 万元，准备下个月结婚用。"

孙晓晨想到程慧梅所怀的胎儿以及体内的精液，不禁问道："她的未婚夫是干什么的?"

程母用手绢擦着眼角的泪说："他叫岳家奇，今年 28 岁，花山市山川房地产公司董事长，是一个很有前途的小伙子。"

孙晓晨从塑料袋里取出那个精致的打火机，问："程慧梅有吸烟的习惯吗?"

程母看了一眼打火机，说："小梅喜爱饮酒，她从不吸烟，我没见她使用过这种打火机!"

薛阳根据客厅里到处都是喷溅的血迹断定，凶手行凶时，手上、衣服上一定沾满了死者的鲜血。他把刑警王海叫到身边，低声吩咐了几句。王海心领神会地离开了别墅。

<2>

王海在现场附近进行了细致的搜索，在距现场别墅200米处的一个垃圾桶里，找出了一把沾满血迹的蒙古刀和一双手套。经化验，蒙古刀和手套上面的血迹与程慧梅的血型是同一种。凶手作案后，带着凶器逃离了现场，在逃跑途中将其扔进路边的垃圾桶里。

经尸检，程慧梅所怀胎儿的血型为AB型；阴道里残留的精液血型为O型；安全套里精液的血型为A型。据检验，程慧梅晚上9点至10点间在二楼卧室里与一位男人发生了性关系，这位男士使用了安全套；10点至11点间，她在一楼客厅的沙发上与另一位男人发生了性关系；11点至11点30分间，她遭到了凶手的杀害。在短短两个小时的时间里，她先后与两个男人发生了性关系，由此可见，她的私生活何等放纵。她既然有两位性伙伴，又和岳家奇订下了婚约，床头柜里存放的那只男性生殖器玩具又说明了什么呢?

她在临死前用自己的鲜血写下了一个“坚”字。在小说和电影、电视里经常出现的情节，如今在这起案子里出现了。薛阳在十几年的探案生涯里头一次遇到这种情况。她在暗示什么?她只在地毯上写下了一个“坚”字，为什么不将凶手的名字写在地毯上呢?重案组的刑警们对死者的这一奇异举止百思不解。

在探组侦查会议上，刑警们根据死者共有300万元的财物被凶手洗劫一空这一情况推断，这是一起比较典型的谋财害命案。但是，薛阳对此持不同观点。他决定从血写的“坚”字入手，调查程慧梅的名字里带“坚”字的朋友。

据鑫豪公司员工反映，公司秘书余志坚与程慧梅关系密切，是程慧梅家里的常客。刑警们将余志坚请到了重案组。

余志坚今年24岁，长得眉清目秀，唇红齿白，给人一种文弱书生的感觉。他静静地坐在椅子上，似乎在思考着什么……

薛阳坐在余志坚对面，观察了他几分钟，很随意地问："我们找你是为了程慧梅的事，你和她的关系，希望你如实地告诉我们！"

余志坚沉吟了一下，说："我大学毕业以后，家里没钱也没有关系为我找工作，我只好四处打工维持生计。前年冬天，鑫豪公司招聘秘书，我被程姐选中，成为她的专职秘书。去年春天的一天夜晚，我和她在办公室的沙发上发生了性关系。从那次以后，我们经常在一起做那种事。她不但给我加了薪，而且还给我购买了一辆桑塔纳轿车和大量名贵的服饰。"

薛阳看着余志坚一身名牌西服和手腕上昂贵的劳力士金表，已经明白了他甘当面首的真正原因。他问余志坚："你这样做，没有考虑到你的将来和你的婚事吗？"

余志坚面无表情地说："我是一个平民家的孩子，怎么能对市委书记的千金闺秀有非分之想呢，一切都顺其自然吧！"

薛阳注视着神情漠然的余志坚，问道："4月10日晚上9点至11点30分之间，你在干什么？请你如实地告诉我们！"

余志坚愣怔了一下，镇静自若地说："那天晚上大约9点30分左右，她打电话让我到她的住处。我驱车赶到了她的别墅，10点多，我俩在一楼客厅的沙发上发生了性关系。11点钟，我驾车离开了别墅。"

"11点钟以后，你又干了些什么？"

他不以为然地说："我在红苹果酒吧喝啤酒，直到凌晨1点钟，我才醉醺醺地驾车离去。"

"谁能够证明你所说的一切是真话呢？"

余志坚信誓旦旦地说：“酒吧的服务生和陪酒小姐都可以为我做证!”

“你是什么血型?”

“这和你们破案有关系吗?”他的语气略有些不满，他看着薛阳严厉的表情，随即又无可奈何地说：“O 型血!”

“你有程慧梅别墅的钥匙吗?”

余志坚轻摇了一下头，说：“没有!”

“你和什么人结下过怨仇吗?”

“没有任何人和我过意不去!”余志坚非常自信地说。

刑警们对余志坚所说的情况进行了调查，“红苹果”酒吧的服务生和陪酒小姐给予了确切的证实。余志坚在作案时间上可以排除。但是，作案现场那个“坚”字又说明了什么?

正当刑警们对余志坚的动机作进一步调查时，鑫豪公司发生了一起意外事件：公司财务部主任何子威贪污公司 50 万元以后下落不明。

程慧梅遇害身亡之后，市政府责成有关部门对鑫豪公司账目进行核查，发现财务部主任何子威利用职权贪污公款。据了解，何子威与程慧梅是小学同学，两人关系极为密切，而且何子威也是程慧梅家里的常客。

刑警们在获悉这一线索后都显得十分振奋，认为何子威有重大作案嫌疑。

薛阳极为平静地说：“我们应对何子威的个人情况进行详尽的调查，然后再采取相应的措施。我们现在所看到的只是一种表面现象。”

<3>

薛阳和孙晓晨驱车赶到山川房地产公司，在一位年轻工作人员的指引下，他俩走进了董事长办公室。

一位面貌英俊、风度翩翩的青年男子从宽大的老板桌后面站起身，刑警们落座后，他命秘书小姐端来两杯香气袭人的咖啡。这位青年男子正是年轻有为的房地产商岳家奇。

薛阳出示了警察证件，亮明了自己的身份。

岳家奇得知眼前的警察是威震花山的名探薛阳时，不由得肃然起敬。

薛阳将话题切入主题："程慧梅惨遭杀害，希望你从悲痛中早日解脱出来，为我们追查真凶提供详尽的线索。"

岳家奇满脸悲愤地说道："我一定竭尽全力协助你们调查工作，早日将杀人凶手绳之以法!"

薛阳直截了当地说："你下个月将要和程慧梅举行婚礼，周围的朋友们是否知道你们的婚事?"

岳家奇略微思索了一下，说："你是说凶手是熟悉我们的朋友?"

薛阳对岳家奇的反问只是微微一笑，说："都有谁对程慧梅的个人财产了解得特别详尽?"

岳家奇眨动了一下眼睛，说："我俩在商界打拼多年，在社会各界结交了许多朋友，很多朋友都知道我俩的婚事。关于她的个人财产，我们还没有结婚，我也不太清楚。至于别人是否清楚，我就不知道了。"

"4 月 10 日晚上 9 点至 12 点间，你在干什么呢?"

"你们绕来绕去，最后还是怀疑我？"岳家奇的情绪有些低落。

"这是我们例行的调查，希望你给予配合！"薛阳委婉地说。

"那天晚上 9 点钟，我在清水苑生活小区一位朋友家里玩麻将，直到凌晨 1 点多，我们才各自散去。"岳家奇语气轻松地说。

薛阳听到清水苑时，脑海里闪过一丝疑问，清水苑与程慧梅居住的别墅区开车只有五分钟的时间。

"另外，我们需要了解一下你的血型。"

岳家奇脸色沉了一下："AB 型。"

薛阳点点头："程慧梅怀有三个月的身孕，你知道吗？"

岳家奇眉毛抖动了一下，说："我们这不是在急着操办婚事嘛。"

离开山川房地产之后，薛阳驾车直奔清水苑生活小区，他决定拜访一下与岳家奇在一起玩麻将的朋友。

那位朋友对刑警的调查工作给予了积极的配合，所说的时间与岳家奇所说的玩牌时间完全吻合。只是在 11 点多的时候，岳家奇说有些头晕，想要休息一下，然后在旁边的一间小屋里睡了 40 多分钟。在这期间，朋友的妻子替他玩了一会儿。大约 12 点多，他精神十足地走出小屋，在麻将桌旁又玩了一个多小时。

薛阳亲自到那间小屋查验了一番。这间小屋位于二楼，他推开窗户往楼下观望，发现下水管道和窗台上有新鲜的蹬踩过的痕迹。

他通过观察这些痕迹，更加坚定了心里的判断，他取出手机，拨打技术科电话，命技术员王大江速到清水苑小区。

<4>

技术员王大江提取完所要采集的痕迹时，孙晓晨默默地注视着低头沉思的探长："我们下一步应将工作重点放在何子威身上，刘振庆、王海那边也应该有了新的进展。"

薛阳靠在警车旁，点燃了一支香烟，一边吸着香烟，一边把玩着手里的打火机，当香烟快要燃尽时，他挥手说道："我们去重新勘查现场。"

孙晓晨和王大江面面相觑。她不由得问道："我们上次勘查现场有什么遗漏吗?"

"到现场你就知道了!"

警车很快驶到了程慧梅居住的别墅。薛阳走出警车，直奔别墅外面的法国梧桐树，逐个查看梧桐树的树干和树枝。在后院的一棵梧桐树上，他发现伸向院内的一支粗大的树干上有一处明显的利器留下的划痕。划痕离地面四米多的距离，一般的利器难以留下这种奇异的抓痕。

薛阳从物业借来一把梯子，爬到树上查验这处抓痕。渐渐地，他意识到，这是习武之人所使用的"飞狐爪"，使用这种器械必须具有一定的轻功功底，这也是过去梁上君子所具备的一种基本技能。如今在这棵树上出现江湖上已绝迹的"飞狐爪"，看来这起凶杀案有着非同寻常之处。

薛阳断定，凶手使用"飞狐爪"登上了梧桐树后，从树干上跳进后院，这就是第一次现场勘查时在院墙上没有发现凶犯遗留痕迹的原因。他为自己的疏忽深感自责。

孙晓晨在现场附近挨家挨户了解相关情况，大约一小时后，她获得了极有价值的线索。

薛阳看着喜上眉梢的孙晓晨，感觉不虚此行。他和孙晓晨又赶到市体校，找老校长了解情况。

傍晚时分，刑警们相继回到办公室。王海和刘振庆的调查也收获不小。

何子威今年26岁，曾在市财政局工作，两年前被市政府委派到鑫豪公司任财务部主任。他嗜赌成性，最近一段时间已是负债累累。为偿还赌债，他在其所管理的账目上贪污了50万元公款。

何子威仪表堂堂，气度非凡，是标准的美男子。他和程慧梅关系暧昧，俩人经常在一起幽会。

根据这一调查结果，刘振庆推测道："何子威贪污公款的事情败露后，对程慧梅萌生了杀机，作案后畏罪潜逃。"

薛探长对刘振庆的推测并没有表示相同的看法，很有把握地说："关于何子威贪污公款一事，今天晚上8点钟以后会有结果。现在我们赶紧吃晚饭，晚饭后，这起凶杀案便会水落石出。"

晚饭后，薛探长静坐在办公桌旁，翻阅着几份鉴定结果。正在此时敲门声响起。

一位英俊的青年男子惶惑不安地站立在门口，怯生生地说："我叫何子威，我找薛阳探长!"

薛阳站起身，给他搬来了一把椅子。何子威端坐在椅子上，发出了一声轻轻的叹息，忐忑不安地说："今年3月份，我私自挪用了50万元，用这笔钱偿还了所欠的债。没过几天，程总察觉了这件事，她没有向司法机关举报我，只是让我想办法尽快归还这笔款子。上级到公司查账时，我知道我的事保不住了，收拾了一下自己的物品，躲藏在一位朋友家里。经再三考虑，我认为东躲西藏不是长久之计，何况程总被害，凶手还没有落网，在某种程度上，我会被误认为凶手。于是，我决定投案自首，争取从轻处理。"

薛阳听着何子威的讲述，微微颔首，说："4月10日晚上9点至12点间，你在干什么?"

何子威说："我和程总在一起吃晚饭，晚饭后，我们在二楼的卧室里发生了关系。不知出于什么原因，她让我使用安全套。完事后，我驾车离开了住所。”

“你是什么血型?”

“我是A型血!”

薛阳通过何子威的供述，对程慧梅遇害前的情况有了一个大概的轮廓：程慧梅先后在9点至11点间，与何子威在卧室里发生了性关系，与余志坚在一楼客厅的沙发上发生了关系；11点至11点30分间，她遭到凶手的杀害。薛阳根据现场情况以及何子威、余志坚的供述推断，程慧梅的两个情人没有作案动机。他俩甘愿充当程的性伙伴，无非是内心深处膨胀的私欲在作祟。薛阳没有对何子威实施抓捕，主要考虑到以下三点：第一，何子威贪污公款偿还赌债，程慧梅得知后，未追究其责任；第二，何子威只是贪污公款，他不想背上杀人的罪名；第三，何子威从程慧梅手里骗取了大笔钱财，用于赌博、挥霍，杀掉程慧梅，他等于失去了一位财神爷，所以，何子威没有作案动机。他之所以躲藏起来，主要是怕追究他贪污公款的行为。

程慧梅的两位情人相继被排除作案嫌疑，而她未婚夫岳家奇的疑点则越来越多，经血型鉴定，程慧梅所怀的胎儿的血型与岳家奇的血型一致。

刑警们对此案议论纷纷，莫衷一是。

刘振庆首先提出了自己的见解：“岳家奇得知未婚妻有两位情人时，对程非常痛恨，她还未结婚便与情人任意苟合，因此他对程有非常明显的杀人动机。”

王海对刘振庆的说法持有不同的观点：“近来，我市房地产业出现滑坡势头，山川房地产也陷入了前所未有的低谷。岳家奇需要大笔资金的融入，鑫豪是一家资金雄厚的公司，如果岳家奇和程慧梅结婚，山川房地产很可能会起死回生。在这种利益驱使下，岳家奇不可能杀害程慧梅。”

孙晓晨说出了自己的看法："岳家奇对杀害程慧梅蓄谋已久，绝对不会容忍未婚妻的放纵行为。当他得知程的保险柜里有现金和珠宝价值300万元时，制订了完美的计划。他利用玩麻将的机会为自己制造了不在现场的证明，然后以头晕需要休息为借口，偷偷地溜出朋友家，潜入程的别墅，伺机将其杀害，并打开保险柜取走了全部现金和珠宝。"

刘振庆对于孙晓晨的说法不以为然："岳家奇与程慧梅结婚以后，完全可以提出离婚，那样他会得到一笔财产，他何必要背负杀人的罪名？目前，他没有杀人的动机。"

孙晓晨正要对刘振庆的说法予以反驳时，薛阳挥手道："你们只说对了问题的一半。岳家奇确实有杀害程慧梅的动机。4月10日晚上11点钟，他从朋友家的窗户上，攀着下水管道下到了楼外，然后驾车赶到了程慧梅的住处。当他用钥匙打开房门，走进一楼客厅时，已有人捷足先登，抢先杀害了程慧梅。他匆忙跑到二楼卧室，打开保险柜，取走了全部现金和珠宝。在慌乱之中，他将自己的打火机遗落在二楼楼梯拐角处。

"由于第一次勘查现场有遗漏之处，我始终认为，凶手是死者的熟人，要不然死者不会在深更半夜穿着睡衣接待来访者。我发现院外梧桐树干上有'飞狐爪'的抓痕时，意识到有人曾从这里潜入。我断定，岳家奇出现在现场主要有三点依据：第一，其朋友家的窗台上有岳家奇的指纹和脚印；第二，现场遗留的打火机上有他的指纹；第三，孙晓晨在现场附近调查时，一位下中班的女工曾目击，岳家奇于11点30分将汽车停在程慧梅家门口，神色异样地打开了院门。我排除了他作案的可能，首先，程慧梅死亡时间是11点至11点30分间，11点30分，他才驾车走进命案现场；其次，我在梧桐树上发现了'飞狐爪'的抓痕，他有钥匙，完全没有必要从树上进入现场，而且使用'飞狐爪'必须具有一定功底的轻功，而岳家奇不具有这种特殊技能。

“作案现场那个带血的‘坚’字始终萦绕在我的心头。凶手作案后，清除了现场痕迹，绝不会让程慧梅留下字迹。我根据血迹的凝固程度断定，这个血字不是程慧梅写的，而是在早晨9点钟写的，这个人正是钟点工罗小敏。”

“啊”的一声，孙晓晨不由得发出了一声轻呼：“凶手是罗小敏?”

薛阳并不急于回答孙晓晨的疑问，继续说：“我们在卧室的床头柜里发现一只男性生殖器玩具，我推断，程慧梅有同性恋的行为，她已经拥有了两位性伙伴和未婚夫，完全可以得到性满足，没有必要使用这种玩具来满足自己。通过对程慧梅人生轨迹的调查，我得知，她有强烈的占有欲和征服欲，同时，也是一位追求时尚的前卫女人。她在尽享异性间的性爱游戏后，把手伸向了年轻貌美、小巧玲珑的钟点工罗小敏。涉世未深的罗小敏在程慧梅的威逼引诱下，沦为她的玩物。时间一长，罗小敏逐渐地意识到，这样下去不是长久之计，提出和程慧梅终止这种不正当关系，却遭到程慧梅的一顿毒打。罗小敏的男友知道了这件事，对程慧梅的无耻行为感到无比痛恨。

“罗小敏打开房门，看见倒在血泊中的程慧梅，她知道是谁杀死了程。她为了保护自己的男朋友，毅然用小刀割破了自己的左手腕，抓起程慧梅的右手，蘸着自己的鲜血书写下了一个‘坚’字。她知道，程慧梅有一个情人叫余志坚，想以此转移公安机关的侦查视线。罗小敏第一次与我见面时，用左手下意识地梳理了一下散落在额前的头发，我看见她左手腕上缠着一块洁白的纱布，纱布上面有鲜红的血迹。根据程慧梅身体上的刀伤，我断定，凶手出手很重，具有一定的腕力和臂力，绝不是一般弱小的女子，而且练过武术，对人体要害部位极为熟悉。我以此为线索，对罗小敏身边的人进行了秘密调查，发现她的男友有重大嫌疑。与此同时，我在树上发现了‘飞狐爪’的痕迹，更加坚定了我的推断：凶手系罗小敏在市武术队当散打教练并擅长轻功的男朋友。他趁程慧梅开院门送余志坚时，从后院偷偷地溜进一楼客厅，当程慧梅走进客厅时，他便拔刀刺向毫无防备的程慧梅。”

孙晓晨默默地听着薛阳的推理，心里没有破案后的释然，反而如磐石一般沉重……

梦醒时分

一

绿色钢铁长龙奔驰在辽阔的华北大平原。

凌晨2时，列车正点抵达滨江车站。

寂静的站台顿时变得沸沸扬扬，下车的旅客和急于上车的旅客互不相让，挤成一团。

站台上的几位工作人员来回奔跑着往返于各个车厢门口之间，维持着混乱不堪的秩序。

开车铃响过之后，喧嚣的站台又恢复了平静。

在列车即将启动的那一瞬间，站台的阴影处闪出几个身材壮硕的身影，动作敏捷地跳上了列车。

列车鸣过几声笛之后，缓缓地驶离了滨江车站，很快便风驰电掣般奔驶在千里铁道线上。列车上的旅客随着车身的摇晃昏昏入睡。

刚上车的那几位青年男子在车厢里晃来晃去，似乎在寻找着什么。

列车驶过几个区间后，他们便露出狰狞的面目，用刀片割开旅客的皮包或衣兜，熟睡的旅客却浑然不觉。

这伙窃贼犹如一股妖风席卷了十几位旅客的钱财。一位正在熟睡的中年男性旅客从睡梦中醒来，目瞪口呆地注视着眼前发生的一切，当他确信眼前的这一切绝不是在睡梦里时，不由得发出了一声惊呼。一个身材魁梧的大汉眉毛微微地挑动了一下，眼睛里充满了杀机，他从腰间拔出一把闪着寒光的匕首，左手凶狠地掐住中年旅客的脖颈，恶狠狠地骂道："就你小子多嘴!"话音刚落，他便将匕首狠狠地刺进了对方的胸膛。中年旅客喉咙里"咕噜"了一声，身体在座位上痛苦地挣扎着，大汉又在中年旅客胸部和腹部连续扎了三刀，中年旅客很快停止了扭动，身体无力地瘫软在座位上。一位面容冷峻的青年男子站在车厢门口，冷漠地注视着彪形大汉的凶残行为，嘴角闪过一丝残忍的微笑。他看了一眼手表，伸出右手，在空中打了一个响指。这伙青年立即收起手里的刀片，迅速朝车厢两头奔去。大汉朝站在车厢门口的男青年望了一眼，在中年旅客的衣服上擦了擦匕首上的鲜血，随即把匕首收回腰间，脚步轻快地跑到男青年身边。

这时，列车已慢慢地减速，前方到达车站是雨山车站。他们用自制的钥匙打开了车窗，跳下列车，在空旷的田野里奔跑起来。转瞬间，他们的身影消失在漆黑的夜幕里……

当列车快要驶进雨山车站时，熟睡的旅客被一阵阵冷风吹醒，相继从睡梦中醒来。当他们看见车厢里的血迹和座位上的尸体时不由得发出了阵阵惊叫。他们发现衣兜和皮包被割破，里面的钱财被盗时，纷纷发出绝望的叹息。女人的尖叫声和男人的惊呼声充斥在狭小的空间内，车厢里乱成了一锅粥。一位年轻的列车员从乘务室里走出来，问明了事情的原委并且查看了死者的伤，意识到了问题的严重性。此时，一位乘警正好巡视到这节车厢，年轻乘警望着浑身血迹的尸体和悲痛欲绝的旅客，心里升起一团怒火。

列车凶杀案引起滨江铁路公安处的高度重视，公安处刑警支队专门成立专案组，由赫赫有名的重案组探长雪峰担任专案组组长，打击这伙在杰阳线上肆虐横行的窃贼。

雪峰今年 32 岁，在滨江铁路公安处工作了 12 年，对那些专“吃”铁路的各路窃贼了如指掌。他接受任务后，立即查阅了十几位受害者的笔录和现场访问笔录，对死者的情况进行了详细的调查。死者是雨山市钢铁集团有限公司销售部经理，是一位为人厚道、老实本分的中层干部。根据现场情况和作案手法及窃贼作案后逃跑的路线，他断定，“3·16”案很可能是一伙东北人所为，因为东北籍窃贼惯用刀片。

他和青年刑警姜雨生首先赶到公安处看守所，对羁押在“号”里的几只“东北虎”进行讯问。

这几个窃贼对活动在杰阳线的“同行”的情况一无所知。其中一位年龄较大的窃贼心有余悸地说，近年来，活动在各条铁路线上的窃贼比较零散，上车练活儿时也没有什么规律，但是有一个组织严谨、等级分明并带有黑社会性质的扒窃团伙在铁路线上活动，这个组织叫“鬼影帮”，他们上车练活儿从来没有失过手，而且每次总干大活儿。

雪峰听老窃贼说出“鬼影帮”时，不禁微微颔首。对于“鬼影帮”他早有耳闻，他们像鬼影一样飘荡在各次列车上，疯狂盗窃旅客钱财。这些窃贼扒窃技艺高超，作案时受害者竟然毫无察觉。等旅客发现钱财被盗，乘警赶到现场时，窃贼早已逃离作案现场。雪峰虽然对各路窃贼比较了解，但对“鬼影帮”所知甚少，因为在他亲手抓获的百余个窃贼中没有一个是“鬼影帮”的成员。

斗转星移，经过几昼夜的艰苦侦查，雪峰仍没有获取一条有关“3·16”案的详尽线索。他决定在打现行中发现线索。

二

这天，雪峰和青年刑警姜雨生身穿便服，趁着漆黑的夜幕踏上了滨江开往化林的旅客列车。

虽然是夜间行车，可是车厢里仍然挤满了旅客。两位刑警装作找人的样子，逐个对十几节车厢“过目”，但没有发现可疑目标。

他和姜雨生决定在列车中部的一节车厢里静候猎物上钩。

他俩分坐在列车两头，默默地观察着。时值午夜时分，随着车身的摇晃，困乏的旅客们渐渐地进入了梦乡。

列车驶过了好几个大站后，仍然没有发现目标。雪峰强打着精神，忍受着困意的侵扰。越是在这种情况下越不能有丝毫松懈，否则，今晚又要前功尽弃了。此时，从车厢的另一头走来一位身材消瘦的青年男子。

他东张西望，走走停停，飘忽不定的双眼总是在旅客的衣兜上瞟来瞟去。

呵，有戏！雪峰精神大振，就凭他那眼神，雪峰就已断定，这小子不是什么好货色。

男青年装着找座的样子，骂骂咧咧地挤到一位鼾声如雷的中年旅客身边坐下，做出困意难熬的样子闭起了双眼。少顷，他眯缝着双眼，瞟了一眼中年旅客，嘴角掠过一丝冷笑，妈的，睡得可真踏实。他用手指轻弹了一下中年旅客的衣兜，瘪瘪的，没货！他暗骂一句，正要离开，忽然眼睛一亮，发现中年人的裤裆凸起一块，一股喜色掠过眉宇间，这小子居然把钱藏在裤裆里。男青年摸出一个锋利的刀片，正欲动手，蓦然又想起什么，装做睡意蒙眬的样子，眼睛却瞟来瞟去，在确认没有任何危险之后才开始动手。

他伸出左手，轻轻地在中年人的肩膀上拍了两下，见中年人没有任何反应，伸出右手用刀片迅速地在中年人的裆部划了一道长长的口子，一沓厚厚的人民币落入男青年的左手中。

他估计，手里的钱至少有 5000 块。行了，这趟没白来！他一边思忖着，一边往兜里塞钱。

说时迟，那时快，雪峰一个箭步冲上前，将男青年按在地上。

男青年破口大骂："你他妈的找死哪！"

雪峰并不动怒，高声呵斥道："这钱是你的吗？"

"是不是我的关你屁事！"话音刚落，男青年猛地站起身，将刀片狠命地朝雪峰的颈部划去。

雪峰灵活地闪身躲过刀片，右手抓住男青年的手腕，左手将其肘关节使劲往上一端，只听"咔嚓"一声，男青年的手臂像面条般无力地瘫软下来，但他抓钱的左手把刚偷来的钱撒向了空中。

雪峰亮出了警察证，嗓音洪亮地说："请旅客同志们配合我们的工作！我们正在抓捕扒手！"

这时，乘警闻讯赶到了现场，旅客们纷纷将地上的钱捡起来交给了警察。

雪峰和姜雨生将扒手、事主带进乘警室，对扒手进行了初步讯问。

扒手叫郝连平，绰号大三儿，24 岁，黑龙江省哈尔滨人，在人赃俱获的情况下，他对自己的犯罪事实供认不讳。

当雪峰讯问“3·16”案时，大三儿摇晃着脑袋，一副讳莫如深的样子。

富有审讯工作经验的雪峰从大三儿满脸的阴云中看出了问题的端倪，他断定，大三儿不是“3·16”案的知情人就是参与者。经过几个回合的较量，大三儿慑于法律的威严，只好供出了一些情况。“3·16”案确系“鬼影帮”所为，当时，上车作案的一共有五人，他们仅仅是“鬼影帮”的外围成员。领头的叫丁大轮，持刀杀人的叫戴雨泉，他自幼习武，擅长使用飞刀，其他几人的情况大三儿一无所知。提起丁大轮，雪峰也有耳闻，他从小练就了一手扒窃绝活儿，在铁路线上作案多年从未失过手，各级铁路公安机关刑事资料室里没有他的任何个人信息和犯罪资料。这个帮的成员来自全国各地，活动据点就在雨山市。大三儿也是“鬼影帮”的外围成员，对帮里情况所知甚少。

雪峰正要对大三儿做进一步审查时，一位哭丧着脸的中年旅客推开了乘警室的房门，语气急促地说：“我放在手包里的 1 万多元被偷走了!”

雪峰闻言，心头一惊，他把大三儿铐在乘警室里的铁椅子上，仔细检查了一遍紧紧关闭的窗户，然后迅速带领几位乘警和失主赶赴现场。

大三儿听到这个消息并没有感到欣喜，反而涌起一股难言的恐惧……

当雪峰和众乘警赶到现场时，列车到达了高丘车站。

“你是怎么发现钱被盗的?”一位乘警问。

“唉，说起来有些惭愧。我熟睡的时候，隐隐约约地感觉一个女人将柔软的胸脯紧紧地贴在我的肩膀上，一股醉人的清香在我身边飘荡，我浑身麻酥酥的，有种说不出的快意。大约十几分钟后，那个女人离开了!”男旅客悔恨交加，“五分钟过后，她还没有回来，我下意识地摸了一下系在腰间的手包，发现皮包被割了一个大口子，皮包里的 12000 元现金不翼而飞。我吓出了一身冷汗。肯定是那个女人所为，因为她坐在我身边时我的钱还在皮包里……”

乘警摆摆手，打断男旅客的叙述：“那女的有什么特征吗?”

“当时，我睡得迷迷糊糊的，没注意这些!”男旅客羞红了脸。

这时，列车慢慢地驶离了高丘站。雪峰意识到，女贼很可能已在高丘站下车了，立即命乘警用对讲机与高丘车站派出所联系，请派出所值勤民警协助查堵。

三

雪峰等人回到乘警室时看到，大三儿不知用什么手段打开了手铐，并且拉断了窗户上的钢筋护栏，飞身跃到窗户上，纵身一跃，身体好似轻飘飘的布袋融进了漆黑的夜幕里。

雪峰见此情景，一个箭步冲到窗户旁，伸手去抓大三儿，可是晚了一步。他马上拉动了紧急制动阀。随着车轮和钢轨的摩擦声，列车慢慢地停在黑黢黢的旷野里。

雪峰和几位乘警分两路沿线路两侧仔细搜索，最后在线路边的麦田里发现了昏迷不醒的大三儿……

在铁路医院急救室里，经过“白衣天使”的奋力抢救，大三儿终于脱离了危险。他住的是单间，屋里屋外都有刑警把守。

这次，雪峰给予他“特殊照顾”，将他的两只手用两副手铐铐在病床的铁栏杆上，以防再次发生意外。

深夜，滨江铁路医院内寂静无声，弯弯的月牙儿在云层里时隐时现。

住院部里一片漆黑，只有二楼的一个房间里发出微弱的光亮。两个壮硕的黑影顺着下水管爬到二楼的窗户旁。他们借着病房内昏暗的灯光看见了头部缠着绷带、右手臂打着石膏的沉睡不醒的大三儿。一位民警坐在椅子上，翻阅着一本杂志。

两个黑影蹬着下水管道，将身躯好似壁虎一样紧贴着墙壁。忽然，从病房外传来一声断喝，随之而来的是一声轻微的呻吟声。病房里的民警闻声起身，正要打开房门看个究竟，藏在窗外的黑影一跃而起，其中一人用肘部击碎玻璃，另一人手腕一扬，一把闪着寒光的飞刀便扎进了民警的后背。“咕咚”一声，民警栽倒在地上。

房门被撞开，从门外冲进两个身材魁梧的大汉，门外的那位民警手捂着腹部昏倒在地。四人对视了一眼，用手铐钥匙打开了大三儿手上的手铐，背起昏睡不醒的大三儿，逃离了铁路医院。

正在刑警支队值班的雪峰闻讯赶到了现场，两位身负重伤的民警已被送进了急救室里。

雪峰手里拿着那把沾满民警血迹的飞刀，一边观察，一边陷入了沉思……

滨江郊外，一座造型精美、富丽堂皇的欧式别墅坐落在青山绿水之中。

这一带青山环绕，绿树成荫，风景秀丽，一些腰缠万贯的富翁过惯了都市纷乱的生活，不惜重金纷纷在郊外著名的风景区华凉山购买了豪华别墅。

这座精美的别墅在众多建筑中可以说是鹤立鸡群。

午夜时分，华凉山万籁俱寂，而这座欧式别墅的豪华宽敞的大客厅里却灯火通明，几十号人鸦雀无声地站在大厅里。突然，大厅里一片漆黑，众人交头接耳，不知发生了什么……

片刻之后，墙壁上的那盏壁灯发出了微弱的光。“诸位！”众人循声望去，只见客厅阴影处的太师椅上端坐着一位身材高挑的妙龄女郎。她那清脆悦耳的声音回荡在沉闷的客厅里。

“有位兄弟蹬大轮失了手，但他是块软骨头，供出了帮里的一些情况。今天，我要按帮规处死他。”年轻女人冷冰冰的话语里透露出一股令人胆战心惊的杀意。

众人感到一股透心彻骨的寒意袭遍了全身。

“带他进来！”年轻女人冲门外轻声唤道。

两个彪形大汉架着体无完肤的大三儿步入客厅。

“大三儿，知罪吗？”女人的话音咄咄逼人。

“知罪！”大三儿涕泪交流。

女人迷人的嘴角掠过一丝残酷的冷笑。

“弟兄们，成全了他！”女人发出了最后通牒。

几十名“鬼影帮”成员顿时目瞪口呆，有些人的额头布满了细密的汗珠。

大三儿佝偻着身子想要站起来，两个大汉不由分说将他结结实实地按在地上。

众人木然，双脚好似被钉子钉在地上一动不动。

“动手！”女人咆哮着。

人群里站起一个身材粗壮的大汉，他是帮里有名的高手丁大轮。他是大三儿的同乡，也是“3·16”案的首要案犯。他不忍心看着大三儿就这么死去，但也没有办法，谁让大三儿是块软骨头呢。

他疾步冲到大三儿面前，从怀里掏出一个形状奇异的小钢圈。大三儿身边的两个大汉将大三儿绑在一把特制的铁椅子上。

丁大轮左手使劲地揪住大三儿的头发，大三儿疼痛难忍，仰起了脸，丁大轮趁势把小钢圈塞进大三儿嘴里，他的舌头在钢圈的支撑下被迫伸了出来。丁大轮一把抓住大三儿的舌头，从腰间抽出一把雪亮的蒙古刀，寒光一闪，锋利的尖刀割掉了大三儿的舌头，一股股红的鲜血喷涌而出。

大三儿痛苦地呻吟着，瘫软在椅子上。

也不知过了多长时间，大三儿的鲜血染红了地毯，他由于流血过多，圆睁着双眼，带着无限的眷恋和悔恨离开了人世。

"这就是违反帮规的下场！"女人发出了野兽般的号叫。

谁也看不清女人的真实面目，只是感觉她浑身散发着一股寒气。

四

滨江铁路医院发生杀伤民警恶性案件以后，雪峰决定，从现场遗留的那把做工精致的飞刀入手，因为在刀把上刻着一个"戴"字，根据大三儿的交代，在"鬼影帮"里会使用飞刀的只有戴雨泉一人。

经技术部门鉴定，这把飞刀与杀害中年旅客的那把尖刀是一致的。大三儿的供述更有力地说明，戴雨泉是杀害中年旅客的凶手。雪峰自幼习武，练就了一身好功夫，所以他对滨江习武之人的习惯和嗜好有一定了解。他认为，戴雨泉有一手飞刀绝技，身上一定会携带六把飞刀。他立即命探组的几位刑警在滨江周围乡镇的个体铁器加工厂和铁匠铺展开详细的调查。经多方查找，雪峰终于在滨江西郊毛家岭镇的一家老字号铁匠铺找到了制作这把飞刀的老铁匠。

老铁匠姓孟，祖孙三代都从事铁器工艺制作，在滨江西郊一带有"铁匠王"之美称。他今年60余岁，双眼炯炯有神，身材魁梧，手臂粗壮有力。他看过这把刻有"戴"字的飞刀之后，极为肯定地说："这把飞刀是我三年前制作的。”

雪峰眉宇间闪过一丝喜色：“那你对这个人还有印象吗？”

老铁匠点点头：“因为飞刀属于暗器，在滨江武林界会使用暗器的人并不是很多，我很多年不打制这些器械了，所以对使用飞刀的人特别留意。武林界的高手都有自己的讲究和说道，使用器械都要图个吉祥或留下自己的标记，使用飞刀的人一般会随身携带六把飞刀。我对那个小伙子特别留意了一下，他大约二十六七岁，双目不怒自威，流露出一股令人心寒的杀机。他的身板特别结实，明眼人一眼便可以看出他是一个‘练家子’，非一般人所能匹敌。如果他再次出现在我面前，我肯定能认出他来！”

雪峰从老铁匠的话里听出，此案将要出现新的转机。虽然他对戴雨泉这个人没有什么印象，但是他对滨江武林高手齐云飞特别熟悉。齐云飞今年70余岁，怀有一身绝技，对各类暗器有独到的见解，尤其在使用飞刀、飞镖这一类暗器上更是独树一帜，在江湖上有“齐一刀”之美称。一个完整的方案在他的脑海里油然而生：首先，戴雨泉是武林中人，在失去一把飞刀之后肯定会重新制作一把飞刀，从而图个吉利；其次，在滨江周边的村镇制作武术器械的铁匠铺并不是很多，尤其是会制作飞刀、飞镖的老手艺人更是微乎其微。三年前戴雨泉在毛家岭镇制作了六把飞刀，使用起来非常顺手，他一定会再到这家老铁匠铺要求重新制作一把。

他把自己的想法告诉了老铁匠，老铁匠满口答应了下来，并说，一定会积极配合刑警的抓捕工作。

重案组刑警在雪峰的周密部署下，潜伏在铁匠铺周围。但连续三天，铁匠铺里没有任何异常情况，年轻的刑警们有些沉不住气了。雪峰对自己的推断非常自信，他告诫大家，少安毋躁，在这种情况下更应该保持清醒的头脑。

薄暮时分，喧闹了一天的毛家岭镇渐渐地安静下来，店铺纷纷关门打烊。

忽然，从街角闪出一个体格健壮的青年男子，他脚步轻快地走到将要关门的铁匠铺门口，看见老铁匠和几个徒弟正在收拾打铁工具。

他疾步走到老铁匠身旁，低声说道："老师傅，我需要您连夜赶制一把飞刀，我有急用！"

老铁匠看了青年男子一眼，眉毛微微抖了一下，不露声色地说："天这么晚了，你怎么白天不来？"

青年男子面带焦虑地说："白天有事需要办理。我出双倍的钱！"

他一边说着，一边从怀里掏出一把寒光闪闪的飞刀。

老铁匠接过飞刀，只看了一眼便认出这把飞刀是自己制作的，他继续周旋道："你也知道，制作飞刀需要时间，一时半会儿也赶制不出来呀！"

"那你需要多长时间？"男青年脸上闪过一丝疑虑。

老铁匠把飞刀举过头顶，在灯光下凝视了片刻："刀把上的'戴'字还刻上吗？"

男青年不假思索地说："你照原样制作就行！"

他的话音刚落，化装成小伙计的雪峰一个箭步冲到男青年身后，大声喊道："戴雨泉！"

男青年听到身后炸雷般的喊声，急忙扭身望去，只见一位眉宇间闪烁着一股英气的青年男子犹如猛虎下山一般朝他扑来。

戴雨泉看到眼前的阵势，暗叫不好，知道中了警察的埋伏，急忙纵身一跳，躲过了雪峰的攻击，朝屋外拼命地窜去。一位站在门口的刑警挡住了他的去路，只见他手臂一扬，一把闪着寒光的飞刀扎进了刑警的前胸，刑警"哎哟"一声倒在地上。眨眼间，他就冲到了屋外的大街上。三位身强力壮的青年刑警把戴雨泉围在当中。戴雨泉武功非凡，身手敏捷，手里的飞刀发挥得淋漓尽致，三位刑警不是被他打倒在地，就是被他的飞刀扎伤。

雪峰看着被打倒的刑警心想，再这样下去他们都会有生命危险。他急忙从袖筒里取出一根奇形怪状的小铁管放在嘴边，气沉丹田，对准手持飞刀的戴雨泉用力吹了一口。三根亮光闪闪的钢针扎在正对刑警们施暴的戴雨泉的眉心处，他大叫一声，浑身好似遭到电击一般酥软无力，即使这样，他仍右手腕一抖，一把飞刀从袖筒里滑出。他用右手食指和中指夹住飞刀。未等其有所动作，手疾眼快的雪峰又用小铁管吹出三根闪着亮光的钢针。三根钢针齐刷刷地扎在戴雨泉右手虎口处，他手里的飞刀"咣当"一声掉在地上。

就在戴雨泉略迟疑的一瞬间，雪峰一个虎跳跃到对方面前，使用一招"鸡心腿"将戴雨泉踢倒在地。在被戴上手铐的那一瞬间，戴雨泉发出了一声绝望的叹息。他知道今天栽在了高手手里，对方使用了江湖上几乎失传的吹管。

刑警们成功捕获了飞刀杀手戴雨泉，没想到戴雨泉铁嘴钢牙，摆出一副死猪不怕开水烫的架势，任凭雪峰磨破了嘴皮，他就是不交代自己的问题和有关"鬼影帮"的情况。

雪峰在镣铐加身的戴雨泉身边慢慢地踱着步子，忽然，他的脑海里闪过一道灵光：戴雨泉自幼在滨江长大，他所学的武功和飞刀技艺一定和武林中的老前辈齐云飞有关，说不定戴雨泉还是齐一刀的徒弟。如果请齐一刀亲自出马教训自己的弟子，戴雨泉这个武林中的败类还会和警察对抗吗？想到这里，雪峰急忙驱车赶到齐云飞的家中。

年近七旬的齐云飞看过戴雨泉的照片后，极为肯定地点点头说，照片上的男子是他曾经教过的一个徒弟。雪峰说出了事情的原委。齐一刀闻听自己的徒弟是一个在列车上肆虐横行、滥杀无辜的悍匪时，怒发冲冠。他浑身颤抖地穿戴整齐，临出门时，在腰间系上了一条插有六把飞刀的特制腰带。他气愤地说："我一定要为民除害，严惩这个败类！"

负隅顽抗的戴雨泉在审讯室里看见自己的恩师齐云飞，目瞪口呆，脸上露出惊骇的神色。

齐云飞满面怒容地走到逆徒身旁，在他脸上掴了一个响亮的耳光。戴雨泉扑倒在地上，磕头如捣蒜泥，嘴里连声喊道："请师傅饶命！弟子一定悔过自新！"

在师傅的怒目而视下，嗜杀成性、骄横跋扈的戴雨泉不但供述了自己的罪行，还交代了"鬼影帮"的一些情况。

根据他的供述，雪峰对"鬼影帮"有了一个较为清晰的了解。

"鬼影帮"帮主周兆森，绰号"贼星"，60余岁，河北沧州人，自幼练得一手扒窃技艺，尤其擅使刀片，在各条铁路线上作案多年，多次逃避铁路公安机关的打击。十几年前，他网罗一些仇视社会并具有扒窃技艺的窃贼组建了"鬼影帮"，在全国各条铁路线上肆意横行，疯狂作案，大肆盗窃旅客财物。别看戴雨泉是一位飞刀高手，但他只是"鬼影帮"的外围成员，充当打手的角色。"3·16"案和滨江铁路医院杀伤民警事件都是在丁大轮的指使下实施的，他是他们这个小组的组长。

这个团伙分20余个小组，每个小组有一个组长，人数不等，在月底将窃得的现金，汇到工商银行的一个账号里，而银行账号经常更换，每月都有一个新的账号。各小组之间有一名联络员，负责了解一些社会信息和警察动态及行动规律。联络员不与各小组长见面，只通过手机与各组长联系。许多人入帮十几年都没有见过周兆森一面。他们知道，帮主像影子一样紧盯着他们，如要背叛组织或违反帮规将受到严惩。

"鬼影帮"的二号人物是一位年轻的女人，她是周兆森的干女儿，掌握着帮里的生杀大权，许多特大案件都是在她的指挥和参与下实施的。大三儿因违反帮规，在她的授意下，被丁大轮残忍地割掉了舌头，在极端惊恐中看着自己流出的鲜血，痛苦地死去。那天惩治大三儿时，像戴雨泉这样的人是没有资格见到那种血腥场景的。事后，丁大轮向他描述了当时的情景。

这个女人的详细情况，戴雨泉一点儿也不知道，只知道她祖籍在雨山市，6 岁那年就开始跟周兆森学习扒窃技艺，闯荡江湖……

雨山人？雪峰闻言心头一沉。

正当雪峰凝神沉思时，一位刑警急匆匆地走进了审讯室，俯在雪峰身边低语道："滨江市公安局刑警支队来电称，他们在华凉山山脚下的枯井里发现了一具身份不明的男尸，现场附近没有任何可以证明其身份的物品。经查阅近期协查通报和失踪人口登记表，这具男尸与铁路公安处协查通报里的嫌疑人的相关情况极为相似，男尸全身赤裸且伤痕累累。经法医鉴定，尸体主要特征是右手手臂骨折，死者全身无致命伤痕，临死前曾遭残酷折磨和拷打，舌头被残忍地割掉一截儿，系流血过多致死……"

雪峰听完刑警的讲述，已经断定死者就是大三儿。根据戴雨泉的供述以及大三儿惨死的地点，他推测，"鬼影帮"一定在华凉山一带设有秘密据点。他根据以下几点分析秘密据点的情况：第一，远离人口密集的住宅区，肯定在风景秀丽的别墅区；第二，这套别墅隔音效果良好并且带有地下室等设施；第三，杀害大三儿后，他们不会把血迹斑斑的尸体拉到外地掩埋的，一定会就近抛弃在华凉山附近的密林里，而那口枯井正是绝妙的弃尸场所。雪峰决定，在华凉山一带展开细致的排查，尤其是那些带地下室的私人别墅。

经秘密调查，华凉山别墅区一共有 18 幢带地下室的豪华别墅。雪峰在物业管理部门的协助下，和姜雨生扮成管道检修工，对地下室设施进行检修。

雪峰在 16 号别墅的地下室里发现了一把特制的铁椅子，别无他物，他的脑海里闪过一个疑问：为什么这间地下室不像其他地下室放满了杂物和旧家具，宽敞的地下室里只有一把椅子，而且椅子的扶手和靠背上沾满了斑斑血迹？他从中似乎感悟出了什么，向姜雨生递了一个眼色。姜雨生顿时心领神会，用扳手敲打暖气管。突然，他发出了一声惊叫，用右手紧捂着左手的食指，一边倒吸着凉气，一边紧锁着眉头问："大爷，家里有创可贴吗？我的手破了！"

看门老人急忙领着姜雨生来到一楼的客厅，为姜雨生找创可贴。

他们离去之际，雪峰飞快地从工具兜里取出一把小刮刀和塑料片，提取血样。做完这一切之后，雪峰来到一楼客厅，给痛得龇牙咧嘴的姜雨生打了一个手势，责怪道："你以后干活时小心一点儿，你下午就在家里休息半天！"

姜雨生喜形于色地说："多谢师傅！我以后一定多加小心！"

他们驾车离开别墅区。雪峰一边开车，一边问："你没让看门的老人看出什么破绽吧？"

姜雨生非常自信地说："你放心，我变魔术这么多年，这对于我来说简直就是小儿科。"

经法医化验，雪峰提取的血样为 A 型血，失血者为男性。经 DNA 鉴定，血型与大三儿的血型一致。

16 号别墅很可能是"鬼影帮"的秘密据点。在获悉这一线索后，姜雨生特别激动，兴奋地说："这下我们可以收网了！"

雪峰摇头道："我们不能仅凭血型一致就贸然采取行动，弄不好会打草惊蛇。"

"那我们下一步怎么办？"姜雨生平静下来。

雪峰胸有成竹地说："放长线钓大鱼！"

五

和煦的春风吹在人们的脸上，使街上的行人感到无比舒适和惬意。

一位气质非凡、颇为引人注目的年轻女人，百无聊赖地在中华大街上的一些精品屋、时装店闲逛。她身着一件闪光的黑色旗袍，一双白色高跟皮鞋使她看起来亭亭玉立。

今天是星期天，大街上的行人络绎不绝。在拥挤的人群里，她无意中瞥见一个人，那个人眼睛里流露出的光泽她再熟悉不过了。

她并没有多想，迈着轻盈的步子，走进了“云中梦”时装屋。

猛然间，大街上传来一声惨叫，她急忙步出时装屋，观察眼前发生的一切。

一位50多岁的妇女瘫软在地，失声恸哭：“这是哪个挨千刀的，那可是我的血汗钱呀……”

她明白了，肯定是她刚才看见的那个似曾相识的人所为。

逛街购物的人们听到悲痛欲绝的哭声很自然地围上来。

“这是我女儿的嫁妆钱哪!”老妇人凄惨地叫着。

她听着这撕心裂肺的哭叫，心里掠过一丝莫名的伤感，可怜的母亲!

她不知怎么想起了母亲的音容笑貌，如果母亲还在世的话，那么我……可这一切又是那么遥远。

她想到这里，眼泪夺眶而出，她急忙用纸巾擦拭眼角。

那个道上的兄弟真是可恨，可自己所做的一切难道不令人深恶痛绝吗?

她挤进人群，走到老妇人身边，柔声低语道：“阿姨，您丢了多少钱?”

“5000 元，我攒了一辈子！”老妇人泪眼婆娑地说。

她从皮包里取出一沓百元大钞，塞进老妇人颤抖的手中：“我捡到了您丢的钱！”

老妇人难以置信地睁大了眼睛：“这，这不是我的钱！我的钱都是 5 元、10 元的！”

“不，是您的钱！”她挤出围观的人群，毫不理会众人吃惊的目光，疾步而去。

妈妈！妈妈！她在心中呼唤着，心情悲凉到了极点。

她冲进路边一家 777 游戏厅，用 100 元换了一大盒游戏币，神情沮丧地坐在游戏机前，拼命地下着注，想以此来减轻自己的伤痛。

酷暑光临了滨江。一位浓妆艳抹的年轻女人走进“帝王”夜总会。她上身穿黑色 T 恤衫，下身着黑色紧身超短皮裙，脚穿黑色高跟皮鞋，黑色长筒丝袜勾勒出腿部的曲线。

乌黑发亮的秀发飘逸洒脱地披散在肩头，她目光迷离，充满了哀怨。

她孤坐在沙发里，默默地抽着香烟。这一段日子，她觉得无聊至极。自看到老妇人丢钱那天起，她的灵魂深处萌发了人性的善意。她已经厌烦了挥金如土、穷奢极欲的生活，她需要家庭的温馨和亲人的关爱。这位孤寂的女人正是“鬼影帮”的二号人物丹雅，此时，她的身份是“帝王”夜总会董事长，谁也不会把车匪大盗和她联系在一起。她失神地凝视着眼前的一对对情侣，看着他们亲昵地搂抱在一起翩翩起舞。自己所钟情的男友近一段时间好似蒸发了一般无影无踪，自己形单影只，孤苦伶仃，这样下去何时才是尽头？她的心中充满了惆怅，苦不堪言的往事涌上心头……

20 年前，丹雅的父母死于一场车祸。那年她才 6 岁，和 12 岁的哥哥相依为命，他们兄妹二人在雨山已没有任何亲人了。

一天下午，放学回家的途中，她被周兆森拐骗到东北，周兆森给她更名改姓，逼迫她苦练“手艺”。她大哭大闹，寻死觅活地要回家找哥哥。

老谋深算的周兆森软硬兼施，用尽了各种办法使丹雅打消了这个念头。他给丹雅好吃好喝，让她穿金戴玉，唯独不准她提回家。他早就看出丹雅是块好料，稍加调教日后定会成为道上的高手，于是整天给丹雅灌输金钱至上的思想。渐渐地，她习惯了不劳而获的奢侈生活，对故乡雨山逐渐淡忘。没过几年，她的扒窃技艺已炉火纯青，但她为自己立下了一条死誓：宁愿饿死也不扒窃老人的钱财！

时间一晃过去了 10 年，她出落成了一个亭亭玉立的大姑娘。老贼早就对含苞待放的丹雅垂涎欲滴，在一个凄风苦雨的秋夜奸淫了丹雅。

这时的周兆森已在黑道上名声显赫，在身边编织了一条巨大的、无形的密网。

丹雅想摆脱老贼的控制简直比登天还难。万般无奈，她只好和老贼保持着不明不白的关系。此时，老贼把“鬼影帮”的大权交给了丹雅，使其成为帮里的二号人物，他自己则躲在幕后暗中操纵。

丹雅曾四处奔走，多方打听哥哥的下落，然而，一切都是徒劳。她家的老宅已不复存在，盖起了一座商业大厦，过去的邻居也不知搬到了何处。她一直想结束这种不伦不类的苦涩生活，可又一想，自己作恶多端，法律会对自己网开一面吗？她犹如一只流浪的孤雁四处徘徊。

大三儿被刑警抓捕后，她在车厢里上演了一场好戏，作案后，她化装成一位老妇人，躲在车厢的角落里冷冷地注视着在现场忙碌的警察，心里有一种说不出的惬意。虽然她的合法身份是夜总会董事长，每月都有可观的收入，但却隔三岔五地到列车上转上一圈。每次从他人的口袋里窃取钱财她心里都会产生一种愉悦。有时，她也会尾随帮里的几个小兄弟，暗中观察他们盗窃他人钱财，当旅客特别警觉，小兄弟们无法下手时，她就制造机会帮助弟兄们顺利得手。她擅长化装，总是来无影去无踪，从未失过手。这种扭曲的心理使她在罪恶的泥潭里越陷越深而难以自拔。在老贼的唆使下，她变得越来越残忍。大三儿临死前那绝望的眼神至今令她刻骨铭心。

在不知不觉中，她喝干了两瓶“人头马”，此时已是醉眼迷离。她的男友苏明皓的身影不停地在她脑海里闪现，明亮的大眼睛里闪动着晶莹的泪花……

夜总会大堂经理见董事长今天晚上有些失态，满腹疑虑地走到丹雅身边，关切地问：“您身体是不是不舒服？我派人送您回去休息吧？”

丹雅轻轻地摇了摇头：“你不用管我。你最近有苏明皓的消息吗？你把乐队队长给我找来！”

大堂经理面露难色地说：“他已经神秘失踪一个多月了，我们已向公安局报案。乐队队长给他家里打过几次电话，他父母同我们一样焦虑万分。即使把队长找来，他也没有苏明皓的任何消息呀。”

丹雅认为他说的有一定道理，只好打消了这个念头。猛然间，一种不祥的预感袭上她的心头，她不敢再想下去了。难道……

她喝干了杯中酒，拿起手包，不再理会大堂经理的唠叨，踉踉跄跄地离开了夜总会，驾驶着自己的那辆红色“美人豹”都市跑车，风驰电掣般回到了没有一丝温暖的“家”。她花200万元在紫竹园生活小区购买了一套260平方米的复式楼。

她脱光了衣裳，站在镜子前，久久地凝视着自己迷人的胴体，她的躯体在灯光的照耀下闪烁着玫瑰色的光晕，不知怎么她的眼睛里再次涌出泪水……忽然，卧室里的电话响了起来，她看了一眼来电显示，略微迟疑了一下，还是拿起了话筒。话筒里传出冷冰冰的声音，让她心里升起透彻肌肤的寒意……

黎明时分，她酸软无力地瘫在席梦思床上，重重的关门声又使她辛酸的泪水夺眶而出。她冲进卫生间，打开水笼头，冲洗着身体上的污垢。也不知过了多长时间，她轻轻地叹息着步出卫生间，走到客厅里打开电视机。电视里正在播放《滨江早间新闻》：滨江刑警在浅草湖里发现一具无名尸体，尸体上绑着一块20多斤的大石头，系被凶手用绳子勒死后沉入湖底。警方正在调查死者的身份。当镜头定格在尸体脸部时，丹雅不由得发出了一声尖叫，死者正是她朝思暮想的男友苏明皓。

雪峰对16号别墅秘密调查后发现，别墅产权人三年前使用假身份证购买了这套别墅。小区管理员称，三年来，16号别墅只有一位老人看家护院，从未见陌生人进出别墅。雇他看护别墅的是一位年轻貌美的姑娘，这位姑娘每月将工钱打到他在工商银行的账号上。这三年来，老人只见过这个女人两次。她每次使用别墅前会打电话告诉老人，让老人回家休息几天。她还叮嘱老人，如有陌生人来别墅马上打电话告诉她。那天，雪峰二人离去后，老人把他俩的情况如实相告。雪峰知道，他们的行动已经引起了对方的警觉。

雪峰了解到，老人4月16日至4月18日休息三天。尸检的结果，4月16日正是大三儿被杀害的时间。他断定，别墅地下室就是杀害大三儿的场所，别墅里一定有一条秘密通道。他立即带几位刑警对别墅进行了彻底搜查，果然发现别墅后花园的地窖里有一个通往华凉山山间密林的地道。

雪峰让老人打电话给他的雇主，没想到她的手机已停机。

经到电信部门查询，她所使用的手机号码也是用假身份证购买的。经查阅通话记录，这个号码与“帝王”夜总会乐队的吉他手苏明皓频繁通话。苏明皓于5月10日被人杀害，死因不明，凶手至今未归案。

苏明皓被害前与夜总会董事长丹雅过往甚密，俩人是一对情深意笃的恋人。

雪峰让人对“帝王”夜总会及这个女人进行了秘密调查后，仔细翻阅着刑警们的调查报告。他根据窃贼的活动规律以及旅客出行讲究“三六九往外走”的特点认为，鱼总是要浮出水面的，他们一定会再次在列车上兴风作浪。

六

沉寂了一段时间的“鬼影帮”见风声不那么紧了，又蠢蠢欲动起来。

每逢农历“三六九”这几天，途经滨江的旅客列车都会严重超员。

今天，丁大轮带着一伙喽啰登上了一趟特快列车，车厢里拥挤不堪，丹雅鬼使神差般地尾随其后。

丁大轮在车厢里走了几圈便选择好了目标，他站在一节车厢门口默默地观察了一会儿，然后打了一个手势，手下的喽啰们开始动起手来。

丁大轮看中了一个老年旅客的衣兜，他走到旅客身边，用刀片割破了旅客的衣兜，一沓厚厚的人民币落在丁大轮手里。他正要把钱往裤兜里塞时，他的手腕被一位身材魁梧、目光刚毅的青年男子一把抓住。

躲在车厢一隅的丹雅看到了眼前的一切，呵，这张面孔怎么如此熟悉？她从心里发出了惊叹，大三儿上次就是栽在他的手里。

这位青年男子左手抓住丁大轮的右手腕，扬起了右手，随着手铐耀眼的白光丁大轮被戴上了手铐。她看清了，这位男子赤裸的手臂上有一块明显的疤痕。

丹雅对这道疤痕太熟悉了。哥哥！她从心里发出了惊喜的呼唤。她5岁那年不小心打碎了保温瓶，滚烫的开水烫伤了哥哥的右臂，留下了一块令她难忘的疤痕。这难道是在梦里吗？男友苏明皓的音容笑貌在她眼前闪现着。自己已经失去了一个为之牵肠挂肚的恋人，难道……她简直不敢面对现实。虽然苏明皓被人杀害，公安局未能及时破案，但是她已猜出幕后的真凶是谁了。

见便衣刑警抓住了一个扒手，车厢里一片沸腾，旅客们无比激动和兴奋。接着雪峰和姜雨生又在车厢里连续擒获了丁大轮手下的四名窃贼。雪峰离开车厢时，朝丹雅投去意味深长的一瞥。丹雅恍惚有一种如梦方醒的感觉。

车厢里归于平静之后，她找到车厢列车员，从侧面了解了一下那个便衣刑警的情况。年轻的列车员对雪峰非常熟悉，她说，滨江铁路公安处赫赫有名的擒贼能手，谁人不知，谁人不晓！

雪峰乃是自己失散多年的哥哥！20年了！委屈、辛酸的泪水终于喷涌而出……

年轻的列车员望着泪流满面的丹雅，有些不知所措。

丹雅别无选择地走进乘警室，去拥抱灿烂的明天……

午夜枪声

一

红苹果酒吧门前的霓虹灯和大片的雪花灯珠闪烁着耀眼的光亮，酒吧的停车场里停放着二十几辆豪华轿车，一位看车的老人拿着大号手电筒在停车场里转悠着。

一阵瑟瑟秋风吹过，几片树叶落在老人的肩头上。老人用手弹掉肩上的落叶，缩了一下脖子，竖起了坚硬的衣领。

零点的钟声敲过之后，一男一女相互依偎着从酒吧走出，男的50多岁，身材魁梧，有一种威严的气质，女的二十三四岁，容颜娇美，体态婀娜，衣着华丽，浑身散发着一种迷人的风韵。

两人站在酒吧的台阶上，环顾了一下周围。大门口空无一人，由于天冷，保安和礼仪小姐站到了大厅里面。

两人下了几级台阶。忽然，不知从什么地方冒出了一个身材高挑的青年男子，他戴着一个大墨镜，墨镜几乎遮住了半个脸。男青年走到离他俩五六米远的地方止住了脚步，扫视了一眼那个年轻女人，把目光停留在中年男子脸上，动作极快地从怀里拔出一支闪着幽光的 64 式手枪，冲着眼前的男人连开两枪，一枪穿过男人的心脏，另一枪击中了他的眉心处。

中年男子哼了一声，顺着台阶滚落到男青年脚下。男青年蹲下身子，冲着满脸鲜血、双眼紧闭的中年男子左侧太阳穴又开了一枪。

年轻女人极度恐惧，发出了凄厉的惊叫。

在停车场里转圈的老人听到了令人心悸的喊叫声和清脆响亮的枪声，但几辆轿车挡住了老人的视线，他没有看见蹲在台阶下的青年男子，只看见了站在台阶上那个惊恐万状失声尖叫的年轻女人。

凶手站起身往马路上跑去，女人的惊叫声越来越惨，凶手转过身，抬手一枪，那女人应声倒下。

老人从轿车间的空隙看清了，凶手是一个 20 多岁的青年男子，他狂奔到马路对面，冲过街头拐角处，眨眼间，消失得无影无踪。

躲在大厅里面避风的保安和礼仪小姐目睹了凶手行凶的情景，惊恐地张大嘴巴，眼睁睁地看着杀人凶手在他们的视野里消失。

他俩面面相觑着，过了半晌才想起拨打 110 报警电话。

几分钟后，110 巡逻车赶到了现场，巡警们迅速封锁了现场，并将受伤的女青年抬到了救护车上。

很快市局刑警支队重案组探长薛阳也带领几位精干探员赶到了枪击现场。

那位报警的保安惊魂未定地站在薛阳的面前说着案发时的情景。根据三位目击者的讲述，薛阳断定，凶手枪法极准，一定受过射击训练，他奔跑时动作敏捷，肯定有武术功底。凶手作案目标明确，主要是针对那位中年男子，连开两枪命中要害，唯恐其不死，又在其太阳穴处补射一枪。他在逃跑途中，为制止青年女子的惊叫声，又转身顺手向其开了一枪，没击中要害部位，只是打在她左肩部。由于失血过多，女青年在被送往医院途中处于休克状态。

整个作案过程仅有两分钟，凶手给目击者留下的印象非常模糊。酒吧保安描述道：凶手戴着一副墨镜，二十六七岁，身高大约有 1.80 米，身穿一件款式新颖的休闲夹克，由于灯光昏暗没有看清夹克的颜色，好像是黑色。凶手留着平头，肤色较白，身体特别结实，好像受过专业训练。

在尸体旁边扔着一个男式黑色手包，装有现金 12000 元，一部摩托罗拉 E398 型手机以及工作证等物品。从证件上得知，死者叫杨永利，50 岁，市城建局局长。

凶手行凶后，并没有洗劫死者包里的财物，为了制止女青年的喊叫他迫不得已向其开了一枪，由此可见，这是一起针对性极强的杀人案。

根据目击者提供的凶手逃跑方向，薛阳命几位刑警沿着凶手逃跑路线进行追踪。寂静的街头只有几辆飞驶而过的出租车，宽阔的马路两侧空无一人，这条街是花山有名的样板街中华大街。

在离酒吧十几米远的马路对面，停着六辆等待载客的红色夏利出租车，枪击案发生时，出租车司机们正趴在方向盘上打盹儿，根本没有看清凶手。凶手是在中华大街上消失的，他究竟乘坐了出租车还是其他交通工具，至今还是一个疑问。

刑警们在现场附近展开了仔细搜索，除了酒吧门前的三位目击者，未在现场发现其他目击者。

技术人员只在现场提取了四枚 64 式手枪子弹弹壳，未获取其他与凶手有关的物证。

薛阳和孙晓晨驱车赶到了市第一医院，在急救室见到了从昏迷中苏醒的女青年。她叫班怡霖，今年 23 岁，海州市人，现居住在紫竹花园 6 号楼 2 单元 3 号。

经过医生的急救，班怡霖脱离了危险，由于失血过多，脸色显得特别苍白。

经过主治医生的许可，薛阳对躺在病床上的班怡霖进行了初步询问，她所叙述的情况与酒吧保安见到的情景基本一致：

她和杨永利在天园美食城吃过晚餐后，驾驶一辆奥迪轿车到了红苹果酒吧。两人在一间包房里喝了十瓶啤酒后从酒吧里走出，刚走到酒吧门口的台阶上，一个戴墨镜的青年男子站在台阶下面的人行便道上，二话不说，掏出手枪就把杨永利打死在台阶上。

当薛阳询问到她和杨永利的关系时，她那苍白的脸颊上闪过一丝红晕，嗫嚅道："我们只是一般的朋友关系。"

据酒吧保安讲述，两人当时相互搂抱着走出酒吧，俨然一对热恋中的情侣。深夜时分，年龄悬殊，相差二十五六岁的男女会是一般的朋友关系吗？由于她刚受了枪伤，身体非常虚弱，薛阳便没有当面揭穿她的谎言。

至于凶手的体貌特征，她说，当时完全吓蒙了，根本想不起凶手的长相和衣着打扮。

二

确定了死者身份后，薛阳开始围绕死者进行调查。

薛阳决定，将杨永利的专职司机潘大军列为重点调查对象，因为他对杨永利的工作和生活情况非常熟悉。

果不其然，潘大军提供了一个重要情况：杨永利在牡丹园别墅区拥有一幢豪华别墅。杨永利非常谨慎，几年来，他从没有让司机进过别墅，每次都让司机把他送到别墅区大门口便让其掉头离去，需要用车时再让司机去门口接他。

杨永利担任城建局局长多年，市里有许多针对他的传闻：有人说，他是下一届副市长的候选人；也有人说，永乐桥坍塌造成六死三伤的重大事故是一项豆腐渣工程，华盛建筑公司负有主要责任，公司老总何子威与杨永利关系密切，市里许多重要工程都是在杨永利的授意下由华盛公司承建的；还有人说，杨永利收受巨额贿赂，包养多名情妇。

薛阳通过物业管理部门，查清了杨永利在牡丹园所拥有的别墅。

在小区物业人员的陪同下，薛阳和技术人员打开了18号别墅紧闭的院门。

幽静的小院里弥漫着鲜花的清香，院子中间是一条由鹅卵石铺成的通道，通道两侧有几十盆精心修剪的奇花异草。

刑警们走进了一楼客厅。客厅宽敞明亮，大理石铺的地板光可鉴人。薛阳逐个房间检查了一番。每间屋都装饰得富丽堂皇，连楼梯的扶手都用黄金精制而成，充分显示主人的富有。

这套静谧的住宅分上下两层，面积约400平方米，一楼设有客厅、餐厅、厨房、卫生间、工人房等房间，二楼有三间带卫生间的卧室和一间小书房，每间卧室里都有一张宽大的席梦思床。

薛阳在一间卧室的墙壁上发现了一个极为隐秘的墙壁式保险柜，他用技术手段打开保险柜后，看到里面堆满了一沓沓的百元大钞，经清点，共有80万元，还有三张存款单，上面共有300万元，另外，还有两尊金光闪闪重达1000克的小金佛及金银首饰等贵重饰品50余件，存款单和房产证上赫然书写着杨永利的名字。

通过清查保险柜里的财物，薛阳认为，杨永利是一个隐藏极深的大贪官。

在床头柜和梳妆台的抽屉里，刑警们还搜出大量淫秽书刊、光盘及进口春药、性具。在书房的写字台里，薛阳搜出了两个蓝色笔记本，是杨永利书写的日记，他粗略地翻阅了一下。

牡丹园别墅是杨永利精心营造的安乐窝，也是他和情妇们幽会的秘密场所。

离开牡丹园之后，薛阳立即吩咐王海等刑警对杨永利及班怡霖的个人情况进行调查。

下午3点，出去调查的刑警陆续回到办公室。听完调查汇报，薛阳对杨永利有了一个清晰的认识：杨永利利用手中的权力为自己谋取了大笔不义之财和豪华别墅，分别为三位年轻情妇购买了三室一厅的单元房，其中，班怡霖是他最欣赏最宠爱的情妇。

杨永利很善于伪装自己，他和妻子住在一套二室一厅的小房子里，家里最值钱的就是客厅那台18寸的彩电。他妻子从教委病退多年，终日吃斋念佛，从不过问杨永利工作上的事。他见妻子信奉佛祖已到痴迷状态，便整日沉醉在声色犬马之中。

班怡霖自幼生长在海州市，去年秋天，她在花山银都夜总会做礼仪小姐时被杨永利看中。杨永利为她购买了一套紫竹花园的单元房，自从有了班怡霖，他和另外几位情妇的关系逐渐疏远。班怡霖到花山银都之前曾在广州、深圳等地娱乐场所做陪酒小姐多年，接触过各种各样的男人，对付男人自有一套办法和经验。近一年来，班怡霖未与其他男人有过任何接触和来往，甘心充当杨永利的“金丝雀”。她只和曾在深圳一起打工的秦雪莉关系密切，但秦雪莉于今年春天自杀身亡。

警方经过周密调查确认，枪击案仇杀的可能性很大，凶手的枪法极准，打第一枪时就已使杨永利毙命，当其倒地时，唯恐其不死，又朝其太阳穴处补射一枪。为制止班怡霖喊叫，凶手向她开了一枪，只是击中了她的左肩部，根本没有杀害班怡霖之意。

调查中获取的两条线索引起了薛阳的重视：第一，杨永利与华盛建筑公司总裁何子威过往甚密，市里大部分工程项目均由华盛公司承建，通达建筑公司与华盛建筑公司具有同等的实力和规模，但由于杨永利的暗箱操作，通达公司没有争取到一项工程，在花山建筑行业中难以立足。公司总裁师浩庆任通达公司总裁之前曾在黑道上打拼多年，手下有一帮铁杆兄弟，他对杨永利恨之入骨，欲将其置于死地，有明显的作案动机。第二，永乐桥坍塌，造成人员伤亡的惨剧，成为花山市民议论的焦点，死者亲属聚集在市政府门前上访请愿，要求处理有关责任人，而永乐桥由华盛公司承建。在死者中有一个六年级的小学生，他是一个品学兼优的好学生，在全市小学生奥林匹克数学竞赛中获得过冠军，父母将所有希望都寄托在孩子身上，然而，孩子却由于工程质量问题过早地离开了人世。孩子父母愤怒到了无以复加的程度。孩子的父亲桂文天是一位火车司机，年轻时当过武警，曾在大比武中获得射击冠军，被授予“神枪手”的光荣称号。惨剧发生后，他终日神情恍惚，在工作中屡出差错，险些造成行车重大事故，为此，他病休在家。前一段时间，他从家里取走了1万元钱，对妻子说，要去外地看望几位战友，至今一直没有回家。

薛阳决定，根据这两条线索展开调查，由王海和刘振庆调查桂文天的行踪，他和孙晓晨调查通达公司的师浩庆。

刑警们准备离开办公室时，潘大军急匆匆地走进了重案组。

三

他顾不上擦去脸上的汗水，从衣兜里掏出三枚亮光闪闪的子弹壳放在办公桌上：“薛探长，我有一个重要情况向你汇报，这也许与你们破案有关系。”

薛阳给他沏了一杯绿茶，脸上闪过一丝微笑，说：“小潘，不要着急，有什么事慢慢讲！”

潘大军接过茶杯，说：“大约一个月以前，一天晚上 11 点，我开车送杨局长去牡丹园。当车子行驶到一条僻静的小路上时，一辆客货车横在路中间挡住了我们的去路。我揿响了车笛，示意他们让一下路，没想到从车里跳出两个手持猎枪的彪形大汉，朝我们开枪射击。我和杨局长急忙趴在车里，汽车玻璃被子弹击打得粉碎。爆豆般的枪声响过之后，我和杨局长从车里抬起头，惊恐不安地环顾着四周，两条大汉踪影皆无。我打开车门，走到大汉开枪射击的小树旁，从地上捡起三枚弹壳，因为我有收藏子弹壳的嗜好。我又回到轿车旁，惋惜地抚摸着弹痕累累的轿车，对坐在车里失魂落魄的杨永利说：‘局长，没事了。’当时，他脸色苍白，浑身发抖。他挥了挥手，示意我赶快离开这个地方。

“事后，他告诫我，不要向他人提及此事。没过几天，他把奥迪车处理给了汽车修理厂，不知道通过什么途径又弄了一辆崭新的奥迪 A6

型轿车。”

薛阳全神贯注地听完潘大军的讲述，又仔细看了看桌上的猎枪弹壳，断定这是五连发猎枪发射的子弹，具有相当大的杀伤力，一粒子弹足可以杀死一头野猪。但是根据杨永利和潘大军毛发未损这一点来分析，持枪大汉只是想警告杨永利，根本没有置他于死地的意图，因为杀死杨永利对于两个持枪大汉来说易如反掌。

刑警们断定，那起枪击事件与通达公司总裁师浩庆有很大关系。

虽然师浩庆没有杀害杨永利之意，但起到了敲山震虎的作用，使杨永利收敛了自己的行为。

薛阳和孙晓晨驱车赶到通达建筑公司，走进了宽敞明亮的总裁办公室。

师浩庆有40来岁，身材魁梧，留着小平头，双目炯炯有神，身穿名牌西装，举手投足都给人一种精明干练的印象。得知来人是威震花山的名侦探薛阳时，他立即命秘书端来两杯清香怡人的雀巢咖啡，恭敬地说：“久闻薛探长大名，您亲自登门有何贵干？”

薛阳简短地说明了来意。

师浩庆听说薛阳是为了杨永利一事时，脸上掠过一丝阴云：“他被枪杀一事，花山市传得沸沸扬扬，市民百姓都说，他是一个大贪官，死有余辜！”

薛阳摆摆手，不露声色地从公文包里取出三枚子弹壳摆在办公桌上，然后，目不转睛地注视着师浩庆。

师浩庆略微愣怔了一下，愤愤地说：“杨永利暗箱操作，把工程项目都让给了华盛公司，使我们公司陷入经营危机，几家银行上门催要贷款，公司没有资金，一时难以偿还。如今他的死给我们公司带来了福音，我们一定会起死回生，重振雄风。这几枚空弹壳我不明白是怎么回事。”

薛阳极为平静地说："一个月以前，杨永利在回家途中遭到了枪击，这是现场遗留的子弹壳。"

"这和我有什么关系？"师浩庆点燃了一支雪茄，不以为然地说。

薛阳知道，不把那两个大汉揪在他面前，他是不会轻易承认此事的。

忽然，办公室的门被重重推开，一个身体强壮的大汉立在门口，瓮声瓮气地说："薛警官，你不要为难我大哥了。那件事是我指使人干的，我只是想警告他一下……"

师浩庆狠狠地拍了一下桌子，怒气冲冲地说："谁让你出来的？这里没你的事！"

"大哥，让警察把我抓走吧！"大汉倔强地站在那里，信誓旦旦地说，"好汉做事好汉当！我做的事绝不能连累大哥！"

师浩庆怒不可遏地吼道："山子，你简直是胡闹。"

看到两人僵持不下，薛阳已看出了问题的端倪。这时，薛阳包里的手机发出了悦耳的鸣叫。刑警王海打来了电话："薛探，桂文天一星期以前曾去过他服役部队所在地沙城市，他离开的当天晚上，部队枪械库的三支64式手枪和200发子弹被盗，部队保卫部门将其列为重点怀疑对象。现在，桂文天依然行踪不明。"

薛阳若有所思地挂掉手机，威严地说："既然这样，我希望你们主动到派出所接受处理，为我们破案提供线索。"

薛阳和孙晓晨刚回到办公室，王海和刘振庆也脚步匆匆地走进重案组。

刘振庆坐在椅子上，用手绢擦去脸上的汗水："我和部队的两位保卫干事去了桂文天的工作单位和他家，单位领导不知道他的去向，家里的客厅供奉着他孩子的照片和牌位。他妻子一脸凄迷地坐在家门口，失神的眼睛久久地凝视着遥远的天空，她说，桂文天好久没有回家了，她也不知道他现在何处。”

薛阳略微沉思了一下，说：“部队的同志确认盗枪系桂文天所为吗？”

刘振庆点点头，用十分肯定的语气说：“部队保卫干事说，桂文天案发前曾在部队招待所住过两天。中午午休时，有人看见他在枪械库门前转悠了几分钟。案发后，保卫干事在枪械库大门的拉手上提取了一枚指纹，这枚指纹正是桂文天留下的。”

“嫌疑人是破坏门锁闯进枪械库的，还是破窗而入实施盗窃的？”薛阳的眉头微蹙了一下，提出了心中的疑问。

“破窗而入！”刘振庆说。

“既然破窗而入，窗户上有他的指纹和脚印吗？”

刘振庆摇头道：“窗户上没有桂文天的指纹，是另外一个人的指纹。”

薛阳轻轻地拍了一下桌子：“问题的复杂性就在这里！”

刘振庆胖胖的脸上闪过一丝疑惑不解的神色。

四

省公安厅刑侦部门鉴定证实，枪杀杨永利所用的64式手枪正是沙城武警支队被盗的枪支。

沙城市公安局和沙城武警支队保卫科联合办案，将目标锁定在桂文天和另一个身份不明的人身上。

沙城警方请花山市公安局协助查找桂文天的行踪。

协查通报发出不久，沙城警方又传来新的消息：桂文天被人杀死后埋在郊外的一片密林里。

盗枪案陷入胶着状态时，案情又出现了新的转机。

沙城市青园街发生了一起抢劫运钞车案件，银行押运人员与两名持枪劫匪发生激战，押运人员两死一伤，一名劫匪被击毙，另一名身中数枪，奄奄一息。

劫匪使用的64式手枪正是沙城市武警支队被盗的枪支。

两名劫匪的身份很快得到确认，主犯叫胡洪祥，曾在沙城支队机动队担任过文书；被击毙的劫匪叫邢长龙，与胡是战友，两人都在沙城支队机动队当过兵。

沙城刑侦部门在现场缴获了两支64式手枪，另一支手枪下落不明。

办案刑警对胡洪祥进行了突审，他供述了作案经过：

他从部队复员以后，被分配到一家工厂，由于厂里不景气他下岗回了家。为了生存，他萌生了抢银行的念头，向同样下岗在家的邢长龙提出了自己的想法。两人一拍即合，决定去部队盗窃枪支。密谋一番后，他俩赶到了部队，正好昔日的战友桂文天也在部队。听了桂文天的介绍，他俩对桂文天的遭遇非常同情。看见桂文天在枪库门前转悠了半天，他们看出桂文天也有盗枪的念头，决定拉他入伙，因为桂文天有百步穿杨的功夫，而且弹无虚发，却被桂文天断然拒绝。在此之前，他到省委上访过多次，引起了省委的高度重视。他只想让社会铲除贪官污吏，为死去的儿子报仇雪恨。他俩见桂文天和他们不是一路人，唯恐事情败露，决定杀人灭口，将桂文天勒死后草草地埋在郊外的一片密林里。

他俩连夜回到部队，盗窃了枪支和子弹后迅速逃离了现场。他俩为了获取活动经费，在沙城塔楼黑市以1万元的价钱将手枪和20发子弹卖给了一位20多岁的青年男子。

供述完这一切后，胡洪祥因伤势严重及失血过多，在病床上咽了气。

根据胡洪祥的供述，沙城警方在塔楼一带的黑市展开了调查，然而一无所获。那位青年男子犹如蒸发了一般，没有留下任何踪迹。

重案组的刑警们感到枪杀案毫无头绪，大家的情绪都非常低落。

薛阳坐在办公桌旁，仔细翻阅着杨永利写的两本日记，日记里点点滴滴地记录着杨永利近年来生活和工作的轨迹。日记本上除了有杨永利的指纹，还有另外一个人的指纹。

薛阳利用整整一上午时间才看完了杨永利的日记。他拿起桌上的电话，与海州市交警支队取得了联系。

这时，刑警们已吃完午饭，并从食堂给探长打来了热气腾腾的饭菜。

薛阳顾不上吃饭，开始给刑警们部署下一步工作。他胸有成竹地说："如果顺利的话，明天晚上枪击案一定会真相大白！"

薛阳和孙晓晨驾车赶到花山市夕阳红敬老院，拜访一位居住在103室的年近六旬的老人。老人叫常秀花，老伴已去世多年，唯一的女儿秦雪莉，今年春天新婚没过三天便服安眠药自杀身亡。

对于这起自杀案《花山晚报》进行过详细报道：秦雪莉今年23岁，高中毕业后在家乡没有找到工作，便到南方打工，曾在深圳几家夜总会做陪酒小姐。挣到一笔钱后，她回到花山，经人介绍与一位工商银行的职员结婚。在婚宴上，丈夫的一位同事见到前来敬酒的新娘时眉头紧锁，显得特别尴尬。美貌的新娘子也显得窘迫不安。细心的丈夫察觉到他俩之间曾发生过什么事情。酒宴结束后，丈夫逼问他的同事，同事万般无奈，只好道出其中的隐情：一年前，他去深圳出差，晚上实在无聊便到一家夜总会饮酒，酒后与一位陪酒小姐发生了性关系。这位陪酒小姐正是秦雪莉。当时，秦雪莉讲一口浓重的花山方言，所以，他对陪酒小姐印象非常深刻。

憨厚耿直的丈夫得知自己的妻子做过卖淫女后，一怒之下砸坏了所有家用电器，并提出离婚的要求。

秦雪莉万念俱灰，失去了生活下去的勇气，她把多病的母亲安置到敬老院并交纳了一笔足够母亲后半生生活的费用。三天后，她留下了一封遗书，服下了大量的安眠药，带着无限的眷恋离开了人世。

薛阳和孙晓晨安慰了老人几句，问老人秦雪莉除了留下一封遗书外还留下什么遗物。老人从衣柜里取出一本影集。

老人泪眼婆娑地说："每当想女儿时我就看这本影集，里面都是我女儿的照片及她和朋友们的合影。我女儿的一位朋友经常来看我，她说，在她最需要帮助的时候我女儿曾借给她 5 万元钱。"

老人显然不知道女儿在深圳做过陪酒女的事情。

薛阳接过影集，翻看着里面的照片，忽然，其中一张照片引起了他的注意。

他征得老人的同意后借用了这张照片。

根据这张照片，薛阳确认了自己的判断，并以此展开了一系列的调查工作。

第二天傍晚时分，刑警刘振庆和王海从省城传来一个令人振奋的消息。

五

晚上 9 点，薛阳和孙晓晨走进了市第一医院 508 病室。

班怡霖一脸倦容，疲惫不堪地躺在病床上，见到两位刑警，极其费力地从病床上坐起身。

薛阳坐在病床前的一把椅子上，锐利的目光在班怡霖脸上停留了片刻，随即从皮包里取出一张照片，让班怡霖看过之后冷冷地说："你对这张照片不会陌生吧?"

班怡霖沉稳地点点头。这张照片是她和秦雪莉在深圳夜总会时的合影，拍摄于三年前的春天。

薛阳又从包里取出两本蓝皮的日记本，在她眼前晃了一下，依然冷冰冰地说："这是杨永利写的日记，里面所记录的内容你一定非常熟悉，因为日记本上有你的指纹。红苹果酒吧门口发生的枪击案源于三年前海州市滨江大道发生的那起车祸。三年前的春天，杨永利去省城办事，在返回花山途中路过海州市，当轿车行驶到滨江大道时，他撞上了一位穿越马路的老人，老人的左腿被撞断，生命垂危。杨永利把老人抱到轿车上，驾车离开了现场。当时已是深夜 1 点，路上没有行人和车辆。

"杨永利并没有把受伤的老人送到医院，而是抛到了郊外林间小道上。可怜的老人在冰凉的地上冻了一夜，黎明时分被过往的行人救起并送到了医院。由于延误了救治时间，老人的左腿被截肢，胃部被撞得大出血，急需手术费 5 万元。老人是退休工人，家里一贫如洗，工厂效益不好，难以支付高昂的手术费。

"在这生死关头，老人远在深圳的女儿从朋友秦雪莉那里借了 5 万元，挽救了老人的生命。这位老人就是你的父亲，然而，一年以后，病魔还是夺去了老人的生命……"

薛阳说到这里时，班怡霖酸楚的泪水奔涌而出，她哽咽地说："即使如此，杨永利之死与我有什么关系?"

薛阳语调低沉地说："你有了钱后，还给了你的好朋友。后来，你俩从深圳回到了花山。秦雪莉服药自杀后，你感受到了人生的短暂和凄凉。你对失去了一个好朋友感到无比痛惜。杨永利有写日记的习惯，你在书房里无意中看到了他写的日记。他在日记里详细地描述了那天深夜他在海州市肇事逃逸的经过。你看过之后伤心到了极点，没想到寻找多年的杀父仇人竟然在自己身边。你对杨永利深恶痛绝，同时，也对自己的行为感到万分悔恨。虽然他给你买了一套房子并送给你大笔财物，但是你非常清楚，这笔钱是他受贿所得，属于不义之财，他的行为迟早有败露的那一天。于是，你决定杀掉杨永利，为死去的父亲报仇雪恨。

“你开始实施复仇计划，你找到了在省城开京艺茶馆的儿时伙伴汪安石。他在省射击队当过队员，并在全国射击比赛中获得过亚军。退役后，他在省城开了一家茶馆，由于经营不善茶馆濒临倒闭，急需资金周转。他始终暗恋着你，对你着一种特殊的情感，当你提出让他杀死仇人杨永利并付给他 20 万元时，他二话不说拍着胸脯答应了你的要求。他在沙城塔楼黑市购买了一支 64 式手枪，在你的授意下按照原定计划杀死了杨永利，然后又向你开了一枪。我非常佩服你高超的演技。他在中华大街拐角处坐事先准备好的出租车赶到了火车站。当我们在现场搜查时，他已经坐上了开往省城的特快列车。那位出租车司机我们已经找到了。我们的刑警也已在京艺茶馆将汪安石抓获并缴获了作案凶器 64 式手枪。汪安石已供述了一切，现已在押解途中。”

班怡霖难以置信地听着薛阳的讲述，睁大了双眼。

薛阳继续说：“当初我就对你有所怀疑：凶手对杨永利连开三枪，而且枪枪命中要害部位，为什么只对你的肩膀开了一枪？我一直在寻找这个问题的答案。后来，我在日记本上找到了问题的切入点——三年前的车祸，你父亲是那次车祸的受害者。海州交警部门给予了确切答复。后来，我对你进行了调查，并且通过银行部门调查了你的存款。案发前一天中午 1 点钟，你从工商银行人民路支行取走了 20 万元。如果不是看到杨永利在日记本上描述的车祸发生的情景，我还不会这么快注意到你。你作的这起案子可以说天衣无缝，他在日记里记录了很多东西，但是唯独那起意外车祸引起了我浓厚的兴趣。

“如果你不命汪安石枪杀杨永利，他也难逃法律的惩罚。由于永乐桥事件死者家属连续上访告状，省纪委已对杨永利立案侦查，他的贪污受贿行为将大白于天下。你这样做不但毁了你自己，也害了汪安石。”

班怡霖呆呆地地注视着神情严肃的薛阳，苍白的脸上渐渐露出一丝悔恨的神情……

后 记

铁警追梦——这个梦是什么？是铁路公安对这份职业的执着坚守，是对肩负使命与责任的无悔忠诚。追梦于心，担当在肩。多年来，就是靠着这种内心世界的充盈，铁路公安民警在万里铁道线上，在大山深处，在偏僻小站，在旅客身边，在危难时刻，书写着一个个动人的故事。他们的故事也许鲜为人知，但却不乏鲜艳夺目的色彩。当那两条平行延伸的钢轨与铁路警察的人生紧紧浇铸在一起时，这钢铁就已经成了他们的骨骼、脊梁。这样的故事，每天都在铁道线上流淌，如万川入海，如星火燎原。

用一流的表达讲述铁警一流的故事，这是铁路公安系统贯彻习近平同志对新时期文艺创作要求、落实公安部打造警察文化具体意见所达成的共识。

多年来，铁路公安系统活跃着一批执着而优秀的文学作者，他们在繁忙的工作之余，一手拿枪，一手握笔，孜孜以求地倾注全部热情来创作。他们以散文、诗歌、小说、报告文学，为我们呈现铁路公安这个群体独有的情怀。从这些作品中，我们能够感受到流淌在其间的滚烫热量。一部作品能否成功，关键就在于作者是否真诚地面对生活、面对自己、面对读者。这个过程有如输血，把我们体内那滚烫的血液毫无保留、没有障碍地输送给读者，把那些感动我们的故事以鲜活的方式讲述给读者。倘能如此，我们的文学作品就将拥有长久的生命力。

这些书籍的出版得到了铁路公安文联的大力支持，折射着铁路公安充满传奇与热血的故事。借用诗人田湘《虚掩的门》诗中的几句："虚掩的门里，有着许多不为人知的秘密……它似乎在等待着一个人，轻轻地把门叩开……"希望这些书籍的出版能为铁路公安文学创作爱好者打开一扇门，让更多的人走进来，参与到这项带着春天般芬芳的事业里，把更多的色彩、更多的热量传递出去。更希望为读者打开一扇门，让他们从这扇门里，领略到铁路公安这个行业里独有的春天。